Fischer TaschenBibliothek

Alle Titel im Taschenformat finden Sie unter:
www.fischer-taschenbibliothek.de

»Dikranian. Abovyan. Petrosian. Mazavian. Mein Nachname war plötzlich in phonetischer Gesellschaft. Bisher hatte ich ihn getragen wie ein unpassendes Kleidungsstück, wie einen verbeulten Hut, den ich auch zum Essen nicht abnahm.«

1915: Die alte Bibel einer armenischen Familie an der Schwarzmeerküste ist das Einzige, was den Geschwistern Anahid und Hrant auf ihrer Flucht bleibt. Hundert Jahre später in Jerewan wird der Restauratorin Helen eine Bibel anvertraut. »Hrant will nicht aufwachen«, hat jemand an den Rand einer Seite gekritzelt. Helen taucht ein in die Rätsel des alten Buches, in das modern Armenien und in eine Geschichte vom Exil, vom Verlorengehen und vom Schmerz, der Generationen später noch nachhallt. Und sie bricht auf zu einer Reise an die Schwarzmeerküste und zur anderen Seite des Ararat.

Katerina Poladjan wurde in Moskau geboren und lebt heute mit ihrer Familie in Berlin. Nach ihrem Debütroman »In einer Nacht, woanders«, erschienen »Vielleicht Marseille« und »Hinter Sibirien«. Sie erhielt zahlreiche Auszeichnungen und Stipendien. »Hier sind Löwen« wurde in sieben Sprachen übersetzt, stand auf der Longlist des Deutschen Buchpreises und wurde 2021 mit dem Nelly-Sachs-Preis ausgezeichnet.

Weitere Informationen finden Sie auf www.fischerverlage.de

Katerina Poladjan

HIER SIND LÖWEN

Roman

FISCHER TaschenBibliothek

Aus Verantwortung für die Umwelt hat sich der S. Fischer Verlag zu einer nachhaltigen Buchproduktion verpflichtet. Der bewusste Umgang mit unseren Ressourcen, der Schutz unseres Klimas und der Natur gehören zu unseren obersten Unternehmenszielen.

Gemeinsam mit unseren Partnern und Lieferanten setzen wir uns für eine klimaneutrale Buchproduktion ein, die den Erwerb von Klimazertifikaten zur Kompensation des CO_2-Ausstoßes einschließt.

Weitere Informationen finden Sie unter: www.klimaneutralerverlag.de

FSC
www.fsc.org
MIX
Papier | Fördert gute Waldnutzung
FSC® C083411

Erschienen bei FISCHER Taschenbuch
Frankfurt am Main, November 2023

Umschlaggestaltung: Gungula Hißmann,
Andreas Heilmann, Hamburg
Umschlagabbildung: Martiros Sarian (1880–1972),
›Kopf eines Mädchens (Bildnis M. Sarukhanian)‹, 1923.
Sarian Family Colection/ © Sarian Family
Druck und Bindung: CPI books GmbH, Leck
Printed in Germany
ISBN 978-3-596-52343-6

Hic et Nunc

Ich schalte das Deckenlicht ein. Auf mehreren Tischen liegen Papierstapel und Pergamentrollen ausgebreitet. Ich rieche Erde, Ei und Pilz, Holzstaub und altes Tier. Mein Atem streift den Einband, mein Atem ist zu warm, zu warm auch meine Haut. Ich arbeite ohne Handschuhe, halte inne. Die Seiten des Buches sind aus ihrer schützenden Hülle gelöst und säuberlich zu Stößen gestapelt. Vor langer Zeit steckte dieses Buch vielleicht unter dem Kissen eines Kranken, und am nächsten Morgen wartete man bang auf sein Erwachen, auf den hellen Augenaufschlag der beginnenden Genesung. Vielleicht waren die Bäume schon kahl, vielleicht hatte die Kuh kein Futter, vielleicht war der vertraute Berg verschoben. Siebzehntausend Handschriften und Bücher werden in den Kellern und Kammern des Archivs verwahrt, Karten, Folianten, Stiche in Regalen, Schubladen und Panzerschränken, und immer deutlicher höre ich im Rauschen der Lüftungsanlage das Raunen ihrer Worte und Stimmen.

Istanbul

Im Bus von einem Flughafen zum anderen, draußen ein Durcheinander von Taxis und Menschen, ich war wieder in Istanbul.

Fünf Nadeln, fünf Seidenfäden, zwei schwarze, zwei rote, ein weißer.

An jeder Haltestelle wurde das Gedränge dichter. Ich hatte einen Platz, träumte ein wenig, nicht richtig. Eine junge Mutter setzte mir ihr Kind auf den Schoß, sie tat es schweigend und selbstverständlich. Das Kind saß ganz still, drehte sich nur einmal zu mir um und sah mich an. Es geht gar nicht vorwärts, sagte ich. Das Kind lachte, mein Türkisch klang holzig nach all den Jahren.

Den roten Faden in die Öse, den weißen gleich hinterher, festziehen.

Am Taksim-Platz musste ich umsteigen. Ich hatte noch etwas Zeit und setzte mich in die Empfangshalle des Marmara-Hotels. Ich bestellte Tee und rief

Tarık an. Bei Tarık und seiner Mutter habe ich vor zehn Jahren während meines Semesters in Istanbul gewohnt. Damals hatte ich gerade mein Studium der Kunstgeschichte abgeschlossen, ein paar Semester Orientalistik angehängt und mein Geist war theoriemüde. Ich sehnte mich nach konkreter Materie und bewarb mich um ein Praktikum in den Werkstätten der Süleymaniye-Bibliothek. Ich bekam eine Einführung in die Restaurierung alter Handschriften, und zum ersten Mal hielt ich Bücher aus dem zehnten Jahrhundert in den Händen. Zurück in Deutschland gab ich mein Promotionsvorhaben auf und ging bei einem Buchbinder in die Lehre.

Weiß, rot, weiß, der schwarze Faden darunter,
Knoten für Knoten, festziehen, fester.

Tarık schien über meinen Anruf kaum überrascht. Vor zehn Jahren hatte er mir die Stadt gezeigt, einmal ein Gewölbe in den Grundmauern eines byzantinischen Palastes, wo Getränkekisten, Turnschuhe und Fritteusen lagerten, ein andermal hatte er in einem Hinterhof eine rostige Bodenklappe geöffnet, und wir waren vorbei an Müll und verwesenden Ratten viele Stufen hinabgestiegen. In der Dunkelheit zwischen den Säulen einer antiken Zisterne hatte Tarık über die Wasserversorgung doziert, die in dieser Stadt schon immer eine Herausforderung gewesen sei. Und wenn mich an einem solchen Ort plötzlich die Angst vor einem Erdbeben anfiel, das uns für immer begraben würde, blitzten seine Augen im Schein der Taschenlampe, und er flüsterte, Erdbeben – ich liebe es, wenn die Natur den Menschen in die Grenzen weist.

Tarık ist Altphilologe, bibliophil, sammelt Gemmen und setzt jeden seiner Schritte im Wissen um den Staub der Jahre und die Sedimente von Jahrtausenden unter seinen Sohlen. Denke ich an seinen Schreibtisch, sehe ich aufgeschlagen eine altgriechische Ausgabe der *Ilias*. Denke ich an seine Stimme, höre ich Gedichte von Goethe oder Herder, die er so flüssig zitiert wie Verse von Omar Chayyām: Wie die trunk'ne Nachtigall den Weg zum Garten fand, kam sie und sprach ganz launig in mein Ohr, begreife, dass vergang'nes Leben niemand fand. – So ungefähr.

Tarık und seine Mutter bewohnten ein traditionelles Holzhaus mit Blick auf den Bosporus. Osmanisches Holz und gute Lage halfen jedoch nicht über finanzielle Engpässe hinweg, und sie vermieteten ein schönes Zimmer im ersten Stock. Von dort führte mich mein täglicher Weg zum Fähranleger, dann weiter mit dem Schiff über die Wasserscheide zwischen Asien und Europa. Oft begleitete mich Tarık, und wenn im Frühsommer Delphine aus dem Wasser sprangen, rief er, Sie müssen singen, Helen, denn von Herodot wissen wir, dass diese Tiere dem mythischen Sänger Arion das Leben retteten, als er von geldgierigen Räubern über Bord geworfen wurde, singen Sie! Sobald wir in Eminönü an Land gingen, bot er mir ein Erfrischungstuch an, nahm selbst auch eins, reinigte sich die Hände, und wir dufteten um die Wette nach Zitrone aus Çeşme oder Lavendel aus Burdur.

Jahrelang hatte ich Tarık weder gesehen noch gesprochen, und nur selten hatten wir uns ein paar Zeilen geschrieben.

»Sie sind in Istanbul, Helen?« Tarık blieb beharrlich beim *Sie*, obwohl wir uns mehrmals gegenseitig das *Du* angeboten hatten.

»Nur auf der Durchreise. Ich will in den Osten, zunächst nach Ordu. Von dort gibt es eine Busverbindung nach Kars. Mein Flugzeug geht um vier.«

»Was wollen Sie in Anatolien? *Hic sunt leones* schrieb man in alter Zeit an die weißen Flecken einer Landkarte.«

»Können wir uns treffen?«

»So kurzfristig bin ich nicht abkömmlich. Aber ich könnte Sie – Ihr Einverständnis vorausgesetzt – in Ordu treffen und Sie begleiten.«

Ich schaute aus dem Fenster. Das Dezemberlicht war hart und klar. Die Stadt hatte sich verändert. Ich hatte mich verändert.

Ich fange noch mal an.

Seestück mit Ararat

Der Tag meiner Ankunft in Jerewan begann mit einer ruppigen Landung. Die Halle des Flughafens war bis auf einige Mitreisende und ein paar müde Sicherheitsleute leer, das Gepäckband erwachte aus einem tiefen Schlaf. Schon beim Öffnen der letzten Schiebetür las ich meinen Namen auf einem lässig gehaltenen Pappschild und war erleichtert, dass ich wirklich erwartet wurde.

»Helene Mazavian? Mein Name ist Levon Petrosian, willkommen in Jerewan«, sagte der Mann auf Russisch. Ihm sei aufgetragen, mich in das Apartment zu bringen, das ich in den kommenden Wochen bewohnen würde. Ich bestand jedoch darauf, direkt ins Institut zu fahren. Es regnete. Die Scheibenwischer schmierten den Oktobermorgen über die Windschutzscheibe. Mein Chauffeur war wortkarg, im Stillen dankte ich ihm dafür.

Eine steile Auffahrt führte zum Matenadaran, grau und imposant lehnte das Zentralarchiv für armenische Handschriften an einer Felswand über dem Talkessel der Stadt. Hier sollte ich also in den nächsten drei Monaten arbeiten.

»Sind Sie sicher, dass Sie warten wollen? Es ist noch sehr früh, und es wird einige Zeit dauern, bis man hier öffnet.«

»Ich warte gern.«

Er schien amüsiert, zuckte die Achseln, hievte meinen Koffer auf den Vorplatz, wünschte mir eine gute Zeit. Nach wenigen Metern hielt er wieder und öffnete das Fenster.

»Wenn Sie Jazz mögen, es gibt in der Abovyanstraße eine Bar, dort spiele ich manchmal. Es ist nicht weit von Ihrer Wohnung.«

»Jazz?«

»Sie kennen sich aus?«

»Nein.«

»Sie sind trotzdem willkommen.« Er fuhr davon.

Ich sah dem Auto nach. Levon Petrosian. Ein schwacher Nebel hing über der Stadt.

Es war kalt, ich wickelte mich fester in meinen Mantel und begann, auf und ab zu gehen, schlenderte zu der Mesrop-Maschtoz-Statue auf dem Vorplatz. Dunkel und gewaltig saß der Vater des armenischen Alphabets auf seinem Postament, zu seinen Füßen kniete sein Schüler Koryun. Ich lehnte mich an seinen kalten Arm und schaute mit ihm in die strengen Züge des Meisters. Abovyanstraße würde ich mir merken können. Abovyan. Petrosian. Mazavian. Mein Nachname war plötzlich in phonetischer Gesellschaft. Bisher hatte ich ihn getragen wie ein unpassendes

Kleidungsstück, wie einen verbeulten Hut, den ich auch zum Essen nicht abnahm.

Ich war etwa zehn Jahre alt, und alle meine Puppen hießen wie ich – Helen. Damit sich beim Spielen nicht alle gleichzeitig angesprochen fühlten, benutzte ich Variationen: Helen, Helli, Helene. Es wohnten fünf Helenes und zwei Wellensittiche bei mir. Ich lebte mit meiner Mutter Sara in einem kleinen Reihenhaus, ihr Atelier hatte sie im Keller. An einem heißen Tag kurz vor den Sommerferien war ich von der Schule nach Hause gekommen und gleich in mein Zimmer gelaufen, um nach meinen Wellensittichen zu sehen. Die Vögel lebten, aber irgendetwas fehlte. Ich sah mich um, da waren mein Bett mit der grünen Decke, die Poster an der Wand. Aber die Puppen fehlten, außerdem der Bär und mein Schwein. Ich lief die Treppen hinunter zu Saras Atelier. Im Flur roch es nach Farben und Lösungsmitteln, die Tür war verschlossen. Ich klopfte und hämmerte. Was ist denn? Mach die Tür auf! Ich hörte ihre spitzen Schritte auf dem Steinboden. Du bist schon da, ist Unterricht ausgefallen? Es ist halb zwei, ich komme jeden Tag um halb zwei! Ich drückte mich an ihr vorbei. Zuerst erkannte ich den Bären, der Kopf war nicht mehr dran, dann sah ich Teile meiner Puppen und das Schwein und einige meiner Kinderzeichnungen und Fotos auf dem Fußboden vor der Staffelei verstreut.

Hier ein Arm, da ein Kopf, der Rest war auf ein großes Holzbrett geklebt und mit Farbe beschmiert, dazwischen Fotos von toten Kindern, die kannte ich schon. Tote armenische Kinder in Schwarzweiß und Sepia waren nichts Besonderes mehr, seit Jahren klebte Sara sie in ihre Bilder. Sie stand inmitten der Verwüstung und rauchte. Ich sagte nichts, und sie sagte nichts. Die gelockte Puppe hing neben dem Foto eines ausgemergelten Mädchenkörpers. Der Körper lag im Staub, und zum ersten Mal erkannte ich, dass die Fotos echte Menschen zeigten. So tot kann ein Kind nicht sein, habe ich gedacht.

Ich kickte Mesrop Maschtoz vors Schienbein, um das verklebte Laub unter meinen Sohlen loszuwerden, hockte mich auf meinen Koffer und schrieb Danil eine Nachricht: Bin gut gelandet.

Aus den verwaschenen Bewegungen von Autos und Passanten am unteren Ende der Auffahrt löste sich eine Gestalt und nahm den Anstieg zum Matenadaran mit energischen Schritten.

»Mein Sohn hat mich angerufen, was fällt ihm ein, Sie zu dieser Stunde hier stehenzulassen? Das tut mir furchtbar leid, und ich entschuldige mich sehr. Herzlich willkommen, Helen, ich bin Evelina Stepanowna Petrosian.«

Die kleine Frau war blass vor Aufregung und Anstrengung und ließ sich auch durch meine Versicherung, ich hätte darauf bestanden, hier zu warten, nicht beruhigen. Ein Taugenichts sei ihr Sohn, wohl ein um das Land verdienter Mann, aber ein Taugenichts.

Evelina schleuste mich an der bewachten Pforte vorbei in die Werkstätten des Zentralarchivs. Dort dauerte es noch eine ganze Weile, bis die Belegschaft vollständig eingetroffen war und ich endlich das Objekt in Augenschein nehmen konnte. Ein handliches Heilevangeliar also, die Heilwunder Jesu, *steh auf und geh, öffne deine Augen und sieh,* entstanden schätzungsweise 1710, durch möglichen Feuchtigkeitsschaden war der Buchblock wellig, die Bindung schadhaft. Ganzledereinband, vermutlich Kalbsleder, Blinddruckdekor, fünfzehn Zentimeter breit und einundzwanzig Zentimeter hoch. An den Ecken und im Kapitalbereich Fehlstellen, auf dem Vorderdeckel und dem Rückdeckel Kratz- und Abschabspuren. Reste der hinteren Buchklappe – das für armenische Handschriften charakteristische Türchen – klebten auf der Innenseite des Rückdeckels. Das Türchen war nur noch zu einem Drittel erhalten, Verschlüsse waren gar nicht mehr vorhanden. Ich wog es in den Händen, eine kleine Melone, ein mittelgroßer Stein. Ich strich über den Buchrücken, er war flach wie bei orientalischen Handschriften.

»Sie müssen müde sein von der Reise.«

»Im Gegenteil.«

Evelina schickte mich trotzdem fort, eine alte Handschrift brauche einen ausgeschlafenen Geist und ruhige Hände, also zog ich meinen Koffer über das narbige Pflaster bis vor einen vierstöckigen Plattenbau in einer Straße mit dem unaussprechlichen Namen Tpagrichner. Der Eingang befand sich im Innenhof neben einem kleinen Kinderspielplatz. Im Zwielicht des Treppenhauses fand ich in der zweiten Etage die richtige Tür. Dahinter ein Wohnzimmer mit Küchenecke, ein Schlafzimmer, ein Bad. Auf der Ablage im Flur lag eine Notiz: Welcome Helene Mazavian, enjoy your stay! Ich inspizierte die Dusche, sie konnte bunt leuchten und Musik spielen. Im Schlafzimmer stand ein großes Bett mit einem Kopfteil aus Schlangenlederimitat in blassem Rosé. Vom Bett aus sah ich den Himmel. Ich nahm die Bilder – ein Seestück und der verschneite Ararat – von den Wänden, schob sie hinter den Schrank und heftete ein Foto von Danil über das Bett. Sein vertrauter Blick, liebevoll und mit einem Hauch von Spott. Ich stellte meine Schuhe in den Flur, räumte den Schrank ein. Es gab ein Bügeleisen, aber zu wenige Kleiderbügel. Ich öffnete das Fenster und blickte hinunter in den Hof. Es roch nach Herbst. Ein Mann mit grüner Wollmütze stand bei der Wippe und telefonierte. Mit der freien Hand trommelte er auf das verrostete Stahlrohr. »Dikranian, hörst du mir zu?«, rief er ärgerlich auf Russisch.

Dikranian. Abovyan. Petrosian. Mazavian. Ich schloss das Fenster. Auf dem runden Holztisch im Wohnzimmer stand eine Schale mit Granatäpfeln. Rot wie das Rot in armenischen Handschriften. Rote Bäume, rote Erde, rotes Meer, Höllenrachen, Paradiesgarten, die Flüsse Kishon, Gihon, Tigris und Euphrat, das Rot, gewonnen aus der armenischen Kermeslaus, im Morgengrauen vorsichtig von einem grünen Blatt gezogen, mit Schwefelsäure ausgekocht, getrocknet, zum Farbpigment gemahlen. Keines der beiden Messer aus der Schublade in der Küche eignete sich, die Frucht zu öffnen. Ich nahm mein Skalpell, ein Schnitt, und meine Bluse war rot gesprenkelt. Gallseife, Kleiderbügel, Küchenmesser notierte ich auf einem Zettel. Dann stand ich mitten im Raum und konnte mich nicht entscheiden, wie ich mich fühlen sollte, einsam oder froh.

Ich rief Danil an, ließ es lange klingeln. Ich sah ihn sein Telefon suchen, hörte sein kleines Räuspern.

»Was macht der Kaukasus?«

»Der Kaukasus ist dunkel.«

»Wie war deine Reise?«

»In Moskau musste ich lange warten.«

»Wie ist die Wohnung?«

»Interessant.«

»Sonst?«

»Noch ich.«

»Ich küsse dich, du Kröte.«

Matenadaran

Im Morgenlicht des nächsten Tages stritten Spatzen um herumliegende Krümel, flatterten, machten ein lebhaftes trockenes Geräusch. Der Herbst, auch hier ein Vertrauter, begleitete mich auf meinem Weg zum Handschriftenarchiv.

Am Personaleingang vier Polizisten, zwei waren mit Laubfegen beschäftigt, einer las Zeitung, der vierte widmete sich meiner Ankunft. Ich reichte ihm meinen Pass.

»Mazavian?«

»Ist das ein Name, der häufig vorkommt?«

»Nein. Aber es gibt ihn. Armenierin?«

»Meine Mutter.«

»Sie sprechen kein Armenisch?«

»Ich bedaure, nein.«

»Weshalb sind Sie hier?«

»Ich bin Buchrestauratorin. Ein wissenschaftliches Austauschprogramm. Evelina Stepanowna erwartet mich.«

Der Polizist war zufrieden und wies in Richtung Aufzug. Die anderen drei sahen mir hinterher. Im

Gehen knöpfte ich meinen Mantel auf. Der vorletzte Knopf hakte.

Evelina saß an ihrem Schreibtisch und beendete eine Notiz, bevor sie sich erhob und mir die Hand reichte. Sie trug ein enganliegendes Kostüm, ihr rotgewelltes Haar hatte sie kunstvoll aufgesteckt.

»Wozu brauchen Sie vier Polizisten am Eingang?«, wollte ich wissen.

»Sie sind froh, dass sie Arbeit haben. Und sicher ist sicher. Sind Sie mit Ihrem Apartment zufrieden?«

»Natürlich.«

»Haben Sie schon mit armenischen Handschriften gearbeitet, Helen?«

»Ich habe viel darüber gelesen und hatte in Istanbul mit orientalischen Handschriften zu tun.«

»Sie haben in Istanbul gearbeitet? Interessant. Hier werden Sie die armenische Bindetechnik lernen.«

»Deshalb bin ich hier.«

»Inessa wird Sie in die Geheimnisse einführen, sobald Sie so weit sind. Sie sind die dritte Restauratorin, die aus Deutschland zu uns kommt.«

»Ist das gut?«

»Natürlich ist das gut, es ist schließlich Teil der Vorwärtsbewegung.«

Evelina führte mich in die Werkstatt. Alle waren in ihre Arbeit versunken, einige schenkten mir ein schüchternes Lächeln, andere grüßten förmlich. Die

Luftfeuchtigkeit in diesem Raum war zu hoch, das spürte ich sofort, und es war zu warm. Zwanzig Grad Celsius sind ideal, und für Menschen mit feuchten Händen ist dies der falsche Beruf. Evelina wies auf einen freien Arbeitsplatz am Fenster, das Buch lag bereit. Ich setzte mich, schob das Objekt etwas nach links, mein Etui mit dem eigenen Werkzeug legte ich nach rechts, den Behälter mit den bereitgestellten Instrumenten zog ich zu mir heran und sortierte Nützliches von Unbrauchbarem. Evelina stand noch hinter mir und nickte mir zu, »lassen Sie sich Zeit, dieses Evangeliar ist seit dreihundert Jahren in der Welt, und in den nächsten Wochen wird es Ihnen niemand wegnehmen«.

Ich holte tief Luft und schlug das Buch zum ersten Mal auf. Am Anfang ein Zyklus von ganzseitigen Darstellungen aus dem Leben Jesu. Der Stammbaum Christi, die Verkündigung Mariens, die Huldigung der drei Könige. Vorsichtig näherte sich der Erzengel von rechts, sein Kreuzstab ein dünner Strich. Maria trug ein Dreieck in der linken Hand, die Finger der rechten Hand hielt sie gespreizt. Im Zentrum der Text in zwei Kolumnen, die Tinte rot und schwarz, geschrieben in Bolorgir, nicht Erkatagir, das ab dem dreizehnten Jahrhundert zunehmend verwendet wurde. Das Schriftbild ließ in den Schwüngen die Bewegung der Hand des Schreibers erahnen. Ich notierte beginnenden Kupferfraß bei den farbigen

Buchmalereien, Farben ausgeblutet, Titelarabesken und Kanontafeln teilweise stark verblasst, am Stammbaum Christi ausgeprägter inaktiver Schimmel. Ich blätterte weiter. Hier das Himmelszelt, dort eine Taube, den Schnabel senkrecht zur Erde gerichtet, der Heilige Geist im Sturzflug. Vogelmenschen, vergoldete Schmuckbuchstaben. Dann eine weibliche Gestalt in purpurnem Mantel. Das Rot ihres Mantels war gut erhalten. Plinius der Ältere berichtet in der Naturalis historia, zur Herstellung eines Gramms reinen Purpurs brauche man ungefähr zehntausend Purpurschnecken. Die Schnecken wurden zerstampft und für mehrere Tage in Salz gelegt, dann kochte man die Masse so lange mit Urin ein, bis nur noch ihr sechzehnter Teil übrig war. Erst im Licht entwickelte sich durch eine Enzymreaktion aus dem Gelb das Purpurrot. Die Gestalt schaute missmutig aus ihrem purpurnen Mantel in die Welt. Ich nannte sie Tyros.

Purpur

Es lebte ein Mann, es lebte eine Frau, es lebte ein großer, schlammfarbener Hund. Der Hund lag gern im Schatten des Hauses und beobachtete das Treiben auf der Straße, betrachtete Tyros, eine junge Nymphe, ein faules, nichtsnutziges Ding, das vor der Haustür auf den Stufen saß und Blätter kaute. Die Baumwolle ist mir zu kernig, die Arbeit zu schwer, ich trinke gern, ich esse gern, naht der Abend, will ich schon zu Bett, sang die faule Nymphe. Sie liebte einen Halbgott, der tagein, tagaus mit Heldentaten beschäftigt war, und die Nymphe war unglücklich. Als sie eines lauen Abends an der Küste des Schwarzen Meeres spazieren gingen, sagte die Nymphe zu ihrem Halbgott, siehst du diesen Hund, er folgt mir, wohin ich auch gehe. Der Halbgott legte seinen Arm um die Nymphe und betrachtete spöttisch das hässliche Tier, das in den Spalten der Klippe nach Essbarem schnüffelte. Der Hund fand eine Purpurschnecke und biss gierig hinein und seine Lefzen färbten sich mit dem sämigen Rot der Schnecke. Mit zitternder Stimme erklärte die Nymphe, mein Herakles, von solcher Schönheit ist dieses Rot, dass ich dich erst wieder lieben werde, wenn du mir ein Kleid von dieser Farbe verschaffst. Als der Sommer zu Ende ging, bekam sie, was sie gewünscht hatte, und nun stand sie da in ihrem purpurnen Gewand und war doch unglücklich, denn bei der Herstellung des Farbstoffs entsteht ein äußerst langanhaltender und unangenehm säuerlicher Geruch.

Jazz

»Gehen Sie immer so vor, Helen?«

»Nein, das kommt auf den Zustand des Buches an. Hier hat sich die Heftung schon gelöst. Ich werde den Buchblock heraustrennen müssen.«

»Und wie schätzen Sie den Zustand des Buchblocks ein?«

»Das kann ich erst nach einer vollständigen Sichtung sagen. Was meinen Sie, Evelina, hat der Mönch bei der Anfertigung der Handschrift in vollkommener Stille gearbeitet? Ich habe mich gefragt, was ihm durch den Kopf ging.«

»Darüber habe ich noch nie nachgedacht.«

»Vielleicht plagten ihn Zweifel, an einigen Stellen im Buch ändert sich die Schrift, sie wird unruhiger. Ob er in diesen Momenten hinterfragte, was er abschrieb?«

»Vielleicht war er ungeduldig wie Sie. Für die Mönche war es eine Lebensaufgabe. Jahrelang saßen sie in einer kalten Kammer bei schwachem Kerzenschein und kopierten Wort für Wort botanische Verzeichnisse, Kodizes, die Heilige Schrift.« Evelina seufzte. »Kommen Sie morgen zum Essen zu mir nach

Hause, dann sprechen wir über die Gedanken der Mönche. Wir würden uns freuen, Araik und ich.«

Zu meiner Rechten saß ein junger Mann über ein Schälchen mit Knochenleim gebeugt. Auf seinen Unterarm war eine Billardkugel tätowiert.

»Ich bin Vardan«, stellte er sich vor. Er interessierte sich für meinen Spatel mit dem Griff aus elastischem Silikon. »Hat auch Nachteile«, sagte ich und zeigte ihm, wo sich Teile des Materials bereits ablösten. Er nickte und wandte sich wieder seinem Leim zu.

Auf dem Heimweg rief ich Danil an.

»Ich bin bei meiner Chefin zum Essen eingeladen.«

»Mein Chef würde mich nie zum Essen einladen.«

»Weil du dich nicht benehmen kannst, Danil.«

»Das hättest du wohl gern.«

»Glaubst du?«

»Helen?«

»Danil?«

Ich fand keinen Schlaf und verließ noch spät am Abend die Wohnung, stolperte über die Fußmatte vor meiner Tür. Im Treppenhaus war es still. Vor der Nachbarwohnung lagen Kinderstiefel, ich stellte sie auf. Sie waren ganz leicht.

Draußen atmete ich die Nachtluft in den verlassenen Straßen. Hinter beleuchteten Fenstern Bildschirmflimmern, Liebe, dampfende Töpfe. In einem Schaufenster schimmerten Armaturen, verstellbare Spiegel. Ich wandle durch Armenien, dachte ich.

Die Abovyanstraße war leicht zu finden und die Bar nicht zu verfehlen. Der kleine Raum war voll und so verraucht wie die Kneipen meiner Studienzeit. Eine Band spielte. Die Leute im Publikum sprachen durcheinander, dazu schrie das Saxophon, stritt mit der Posaune, das Schlagzeug wirbelte dahinter, und am Bass erkannte ich Levon. Er hielt die Augen geschlossen, Kinn und Kopf wurden vom Rhythmus geworfen und gezogen. Seine Hände waren schmal, sein Haar nicht mehr nur schwarz. Ein Blick, ich lächelte.

In einer Ecke fand ich einen freien Platz, genoss das Halbdunkel, betrachtete Gesichter und die Tafel mit dem Angebot an Getränken und wünschte, ich könnte diese strengen, schlichten Formen der armenischen Schrift lesen, wollte einfach sitzen bleiben, bis alles möglich schien, bis die Musik das Stimmengewirr einfing und verwob, sitzen bleiben, bis auch die Musik verebbte, einzelne Stimmen wieder aus ihrem Gespinst entließ in den Teil der Nacht, der für den Schlaf nicht mehr taugt. Die Musiker legten ihre Instrumente beiseite und fanden sich an der Theke. Ich folgte ihnen.

Levon drehte sich zu mir und legte den Kopf schief, als betrachtete er ein seltenes Tier.

»Helene Mazavian – ich hoffe, Sie mussten nicht allzu lange vor dem geschlossenen Matenadaran warten.«

»Mesrop Maschtoz hat mich bewacht. Und dann ist Ihre Mutter Evelina Stepanowna gekommen.«

»Sie sind immer unter Beobachtung. Und jetzt sind Sie hier, und ich kann Sie beobachten.«

»Sie beobachten mich?«

»Seit Sie hereingekommen sind, haben Sie uns geduldig zugehört.«

»Mit Geduld hat das nichts zu tun.«

»Ich nehme das als Kompliment.«

»Morgen bin ich bei Ihren Eltern zum Essen eingeladen.«

»Sind Sie gekommen, um mir das zu sagen?«

»Nein, es ging mir nur gerade durch den Kopf.«

»Gefällt es Ihnen in Armenien?«

»Ich habe noch nichts von Armenien gesehen.«

»Dann wird es Zeit.«

»Vielleicht.«

»Bestimmt. Ich muss wieder spielen.«

»Ich wollte eben gehen.«

»Kommen Sie wieder?«

»Warum nicht.«

Er strich beiläufig über meinen Mantelkragen.

Ich bezahlte und verließ eine Spur zu schnell die Bar. Auf dem Heimweg folgte mir ein Hund. Mit eingezogenem Schwanz strich er an den Hauswänden entlang. Leise und falsch pfiff ich vor mich hin, spürte ein anderes Lied in den Fußsohlen, es war schneller als meine Schritte. Irgendwann blieb der Hund unvermittelt stehen und machte kehrt.

Der nächste Morgen war leer. Es war Samstag, ich konnte nicht in die Werkstatt und schlief bis zum Mittag. Es ging ein heftiger Wind, ich spürte den Luftzug, er berührte mein Gesicht. Ich lauschte auf die Geräusche von Wasser in Rohren, von Türenschlagen, auf Stimmen im Treppenhaus und im Hof. In der Nachbarwohnung ging jemand auf und ab, klopfte, rief etwas, zog Schubladen auf, schob sie wieder zu. Vielleicht fehlte Zucker oder Geld. Ich betrachtete die gelb gestrichene Zimmerdecke und den Kronleuchter mit den baumelnden Glaskristallen an kurzen goldenen Armen. Ich zog die Beine an, streckte sie wieder aus, legte mich auf die Seite.

»Danil, ich werde jetzt mal aufstehen.«

»Bleib noch ein wenig liegen.«

»Meinst du?«

»Oder geh ins Museum. Besichtige Kirchen.«

»Mir wird schon etwas einfallen.«

»Du könntest duschen.«

»Die Dusche hier kann singen.«

»Um so besser. Du klingst müde.«

»Ist Müdigkeit ein Gefühl?«

»Nein. Ein Zustand. Was ist das für eine Musik?«

»Warte, ich mache sie aus.«
»Seit wann hörst du Jazz?«
»Immer schon.«
»Wirklich?«

Auf dem Weg zu Evelina kaufte ich Blumen, es gab nur fertig gebundene Sträuße. Außer Sichtweite der Verkäuferin warf ich den Tüll in einen Mülleimer. Bestimmt hatte sie den Zierat mit viel Mühe zwischen die Rosen geflochten. Ich war zu früh, schlenderte zwischen Schuppen und Garagen über den Hof des Häuserblocks und blieb an einem großen Taubenschlag stehen. Gurrend saßen die Vögel herum und glotzten. Der Boden war mit Bogen alter Zeitung ausgelegt, auf einem sah ich ein Foto von Charles Aznavour. Trotz des Taubendrecks war sein Gesicht gut zu erkennen. Ich erinnerte mich an den Film *Schießen Sie auf den Pianisten*. In einer Szene sitzt der Pianist – ein Armenier, der seine Herkunft verdrängt hat – am Bett seiner Geliebten und starrt ihr schweigend auf die Brüste. In einer anderen Szene ist der Pianist verzweifelt und brüllt sein Klavier an.

Als ich Evelinas Wohnung betrat, vertrieb sie mit einer schnellen Bewegung zum Lichtschalter das Halbdunkel aus dem Wohnzimmer. Der Tisch war schon gedeckt, vor dem Fernseher saß ein Mann sehr aufrecht im Rollstuhl. Er begrüßte mich mit einer kleinen Verbeugung. Alles an ihm war schwer, groß und warm.

»Mach den Fernseher aus, Araik.« Evelina zog mich in die Küche, gemeinsam trugen wir das Essen und eine Kanne Tee ins Wohnzimmer. Es gab Huhn in Walnusssoße, einen Salat mit Kräutern und Granatapfelkernen, der Tee war eine Mischung aus Minze und Estragon.

»Sie verwöhnen mich, es ist wunderbar, ich danke Ihnen«, sagte ich.

»Danken Sie nicht mir, danken Sie den großartigen Landschaften, die diese Dinge hervorgebracht haben«, sagte sie feierlich. »Und probieren Sie meine Boraki, gefüllt mit Lammleber, Kräutern und Aprikosen.«

»Das ist unser Kaukasus«, rief Araik. »Wussten Sie, Helen, dass Gott beim Verteilen der Erde die Armenier vergessen hat? Und als Gott seinen Irrtum bemerkte, gab er den Armeniern das Land, das er eigentlich für sich selbst vorgesehen hatte.«

»Diese Geschichte erzählen die Georgier auch, mein Lieber«, sagte Evelina.

»Die Georgier können erzählen, was sie wollen, aber hier ist das Paradies auf Erden, und das Einzige, was uns fehlt, ist ein Zugang zum Meer. Dafür sitzen wir an der Quelle des wunderbarsten Cognacs.«

Araik schenkte ein und rollte zu einer großen

Vitrine, die fast die ganze Längsseite des Zimmers einnahm.

»Meine Tassen«, sagte er und bedeutete mir, näher zu treten. »Zweihundertdreiundsiebzig Tassen von 1730 bis 1930.«

Er holte ein winziges Porzellangebilde hervor, hielt es wie eine zarte Blume in den Händen. »Meißen«, sagte er, und setzte die Tasse vorsichtig auf den Tisch. Er gab mir einen Einblick in die Techniken der Porzellanfabrikation – Öfen, Scherben, Brenntemperaturen –, erzählte Geschichten zu einzelnen Tassen und den Orten ihrer Herkunft. Die zerbrechlichen chinesischen meide er, von denen fühle er sich manipuliert, sie führten ihm wie kapriziöse Damen seine Unzulänglichkeit und Grobheit vor Augen.

»Räum deine Tassen weg, Araik, wir brauchen Platz für Torte und Kaffee«, rief Evelina aus der Küche. Ich half ihm, die Kostbarkeiten wieder in die Vitrine zu stellen, jede hatte ihren festen Platz.

»Araik und ich sind bald vierzig Jahre verheiratet«, sagte Evelina und schenkte Cognac nach. »Wir haben uns in Russland kennengelernt, er war ein junger Draufgänger aus Jerewan, und ich war auch jung, keine Schönheit, die bin ich nie gewesen, aber für ihn war ich die Schönste.«

»Du warst und bist eine Schönheit.«

Für einen Moment schwiegen wir alle und aßen Schokoladentorte. Der Wandteppich über dem Sofa war von exotischen Vögeln und zornigen Affen bevölkert. Aber vielleicht täuschte ich mich auch.

»Früher bin ich in die Berge gefahren, Helen, ich blieb manchmal eine ganze Woche«, beendete Araik unser Schweigen, »ganz allein. Ich wollte niemanden dabeihaben. Wie habe ich es genossen, mich im eiskalten Bach zu waschen und im Morgengrauen meine erste Wanderung zu unternehmen. Es wäre mir nicht im Traum eingefallen, über so etwas wie Blutzusammensetzung nachzudenken oder über Verengung der Arterien.«

»Jetzt bist du der Prometheus des Tals, Araik«, sagte Evelina sanft.

»Ja, vielleicht. Prometheus. Jetzt bleiben mir nur Evelina und meine Tassen.«

»Zum Glück hast du viele Tassen«, lachte Evelina. »In Araiks Familie gibt es auch ein Heilevangeliar, ganz ähnlich jenem, das Sie restaurieren, Helen. Als Araik bewegungsunfähig im Krankenhaus lag, rief er mich an und schimpfte, bring mir die verdammte Bibel. Er war nie religiös, aber in seinem Elend wollte er plötzlich das alte Buch haben. Ich fuhr also zu seiner Mutter, eine Frau von damals fünfundneunzig Jahren, und fragte sie nach dem Evangeliar. Zuerst wollte sie mir das Buch nicht geben, denn ihr Sohn sei ein gottloser Türkenfreund. An einer Hand fehlten ihr zwei Finger, abgeschnitten für zwei wertlose Ringe.

Dann gab sie mir das Buch. Ich bete für ihn, sagte sie.«

»Das verdammte Buch hat mir nicht geholfen«, sagte Araik.

»Gott ist gerecht«, sagte Evelina.

»Und du bist eine Vogelscheuche.« Araik nahm Evelinas Hand.

»Natürlich bin ich eine Vogelscheuche. Aber jeder Christ muss sich auf den Tod vorbereiten, und zwar durch einen rechten Lebenswandel. Der Tod ist nur die Verlängerung des irdischen Lebens, allerdings in gesteigerter Form.«

Araik zündete sich eine Zigarre an und brummte, »wenn ich an die Ödnis meines irdischen Lebens denke, frage ich mich, wie sie noch gesteigert werden kann«.

Nur kurz, nur um das Streichholz anzureißen und die Zigarre anzuzünden, ließ er Evelinas Hand los.

Es musste geregnet haben, die Tauben hockten aneinandergepresst in ihrem Schlag. Ich genoss den Weg durch die Dunkelheit, die das Durcheinander von Häusern, Dächern, Treppen, Denkmälern, Bildern und Sätzen des Abends zu einem silbrigen Ganzen verschmolz. Ich dachte an Araik, der mir eine Orange geschält hatte, die Schale hatte sich um seine Hand gekringelt, mundgerecht hatte er mir die Stücke gereicht, ich dachte an Evelina, die gedankenverloren ihre Lesebrille an der Tischdecke geputzt hatte.

»Da sind Sie ja wieder«, Levon wirkte nicht überrascht. Eher erschöpft, vielleicht gleichgültig.

»Wollen Sie spazieren gehen?«

»Ich muss noch spielen, wir haben noch gar nicht angefangen.«

»Natürlich.«

»Sie könnten auf mich warten.«

»Ja.«

»Wie war es bei meinen Eltern? Hat es Ihnen geschmeckt?«

»Ja. Ihr Vater hat mir seine Tassen gezeigt.«

»Natürlich, die Tassen.«

»Schöne Tassen.«

»Wunderschöne Tassen. Warten Sie auf mich?«

»Das wird zu spät.«

»Wie Sie möchten.« Er sah mich an und lächelte.

»Warum lachen Sie?«

»Ich lache nicht, ich lächle Sie an.« Auf dem Tresen aus Stahlrohr und Plexiglas standen Gläser im rötlichen Licht und ein Bonsai. Ich fragte mich, wie das Gewächs in dieser verrauchten Dunkelheit überleben konnte. Als ich Levon wieder ansah, lächelte er immer noch.

»Das war ein kurzer Besuch«, sagte er.

»Ja«, sagte ich.

Am Sonntag las ich einen Aufsatz über Einflüsse byzantinischer und westlicher Miniaturmalerei auf die eigenständige Bildsprache in armenischen Handschriften, aber ich konnte mich nicht konzentrieren. Ich dachte an Danil, an unser Abschiedsessen vor wenigen Tagen. Als die Gäste gegangen waren, hatten wir in der Küche gesessen und Reste getrunken. Schau nicht so ernst, es sind nur einige Monate. Hatte ich das gesagt oder er? Plötzlich wusste ich es nicht mehr.

»Und?«

»Ja, gut. Aufregend.«

»Wie war es bei deiner Chefin?«

»Ich mag ihren Mann Araik. Beide klammern sich an Gegenstände, sie an ihre Bücher, er an seine Tassen. Er hat eine beeindruckende Sammlung.«

»Kannst du schlafen?«

»Und du?«

»Das Bett ist kalt ohne dich.«

Danils vertraute Stimme klang angenehm nach. Ich stand auf und stellte mich vor den Spiegel, zog mein T-Shirt hoch und betrachtete meine Brüste. Dann zog ich mich an und stellte fest, dass ich keinen Schal eingepackt hatte. Ein Schal sollte meine erste Anschaffung in Armenien werden. Auch für Danil wollte ich einen Schal kaufen. Ich wusste, er würde ihn nicht tragen, er kann es nicht ausstehen, wenn ich ihm Kleidung kaufe. Schenk mir was zum Lesen oder eine Flasche Whiskey, würde er sagen. Wohin war eigentlich seine braune Lederjacke verschwunden?

Wie hatte ich mich danach gesehnt, wieder allein durch Straßen zu streifen, in Cafés zu sitzen, und immer trug ich in meiner Vorstellung ein Kleid, das ich nicht einmal besaß. Ich bewegte mich entlang der mir bekannten Straßenachsen, ging einfach geradeaus, merkte mir den Blick über eine Kreuzung, ein Plakat, die Werbung an einem vorbeifahrenden Bus. Häuser in der Farbe von Pappkartons, Wettgeschäfte, Banken, Restaurants, Filialen internationaler Modekonzerne. Mittendrin das Gebäude der Oper, majestätisch und mahnend, davor hochhackige Damen in Pelz, junge Männer, rauchend, telefonierend, in kurzen Mänteln, mit großen Plänen, alte Männer, denen die Schatten jahrelanger Arbeit um die Augen hingen. In einem Imbiss am Ende des Vernissage-Marktes bestellte ich Kaffee. Auf meine Frage nach Zucker kam die Wirtin mit der Zuckerdose an meinen Tisch und rührte mir sorgfältig einen gehäuften Löffel in die Tasse. Woher ich käme, wollte sie wissen.

»Sie kommt aus Deutschland«, verkündete sie meine Antwort laut.

»Guten Tag«, rief eine Frau aus der Küche auf Deutsch, und ein Mann, der gerade Getränkekisten hereintrug, strahlte mich an: »Wie geht's denn so?«

»Gut, gut«, sagte ich.

Ich schlenderte über den Markt, vorbei an Ständen mit Kunsthandwerk, Hühnern und Welpen in Käfigen, Werkzeug, Schaschlik. Ich fand keinen passenden Schal, dafür aber ein scharfes Küchenmesser, Kleiderbügel und einen wildgemusterten Gebetsteppich aus Turkmenistan, den ich an die Wand in meinem Schlafzimmer nagelte.

Ich lag auf dem Bett und betrachtete die kleinteiligen Blumen und Ornamente, die zur späten Stunde ihr wunderliches Eigenleben zelebrierten. Ich hatte den Teppich so aufgehängt, dass Danil ihn von seinem Foto aus gut sehen konnte. Eine Sense oder ein Posthorn, Blattadern, Raubtiere, Weintrauben.

Am Montagmorgen erwachte ich viel zu früh, wartete, bis der Tag die Nacht ablöste, kochte Kaffee. Das Radio in der Dusche funktionierte, aber das Wasser blieb kalt.

In der Werkstatt war es warm. Die Sonne flackerte durch das morsche Laub am Baum vor dem Fenster auf meinen Arbeitstisch. Ich zog die Vorhänge zu, und das Kollegium beschwerte sich. Ich zog die Vorhänge wieder auf.

Papier, Leder, Holz – jedes Teil trug eine Ahnung des Ganzen in sich. Am Rücken war das Leder eingerissen, an einigen Stellen auch gebrochen. Darunter verbargen sich fest geflochtene, in Kerben versenkte Doppelkordeln, an die die Lagen mit Fischgrätstichen geheftet waren. Der Kaukasus war in der Antike die Grenze Europas, und der Gebrauch von Kordeln in der armenischen Bindetechnik verriet den christlich-byzantinischen Einfluss. So viel wusste ich schon. Der Farbschnitt war kaum versehrt. Man nahm rote Tonerde, Bolus armenicus, um Schädlinge fernzuhalten, dennoch hatte Holzwurmfraß zur Schwächung des Deckels beigetragen. Ich würde die Fehlstellen unterlegen, Leder ausdünnen, färben, Blindstempel erneuern. Die Heftung war fast vollständig aufgelöst, ich würde die Seiten herauslösen und einzeln bearbeiten. Ich rechnete mit fünf Blättern pro Tag. Als Erstes trennte ich den Deckel vom Buchblock, dazu löste ich mit Hilfe von feuchten Kompressen den Spiegel von den Deckelinnenseiten, um an die verbliebenen Heftfäden zu gelangen, und schnitt sie vorsichtig durch. Ich nahm den Ledereinband ab. Am Ende würde ich die Buchklappe vom Rückdeckel lösen, den Seidenspiegel auf dem Innendeckel anfeuchten, glätten und mit eingefärbter Seide unterlegen, die Seide vorher mit Japanpapier kaschieren. Der Buchblock war fleckig verbräunt, im Falzbereich klebten Seiten aneinander. Ich spannte den Buchblock in eine Vergoldepresse, strich Methylzellulose auf den Buchrücken und entfernte mit dem Skalpell den verbliebenen Klebstoff. Nach zwei Stunden nahm ich den Buchblock aus der Presse und trennte Lage für Lage die Seiten voneinander. Draußen vor dem Fenster ging der Tag auf und ab, immer schneller, immer schneller. Ein Käfer kroch über die Fensterbank, erkundete mit zarten Fühlern den glatten Stein, entfaltete die Deckflügel, flog los, prallte gegen die Scheibe, fiel, blieb liegen, versuchte es erneut.

Hingabe und Verschwendung

Hinter dem Fenster war das Meer, und am Meer war ein Gasthaus. Es lag zwischen zwei Felsen, direkt am Strand, mit großer Terrasse. Jeden Tag gab es zwei Gerichte, die der Vater selbst zubereitete. Wenn ein Gast das Essen lobte, zupfte er seinen Schnurrbart, richtete den Tarbusch, spielte verlegen an der Quaste. Er liebte es, wenn auf der Terrasse das ganze Osmanische Reich versammelt war, wenn geraucht und gegessen und gespielt wurde. Dem Leben sollten wir die Treue halten, Gott sollten wir die Treue halten, sagte der Vater zu seinen Kindern. Er sah sie an und sah, dass sie kein Wort verstanden. Sie konnten noch nicht verstehen, dass der Mensch nicht nur in der Natur lebte, sondern gleichwohl in der Geschichte. Weshalb sonst komponierten Menschen herzerschütternde Symphonien, kochten Menschen Köstlichkeiten, die alles vergessen ließen, entdeckten sie mathematische Formeln, dachten über die Unendlichkeit nach? Er hatte den Kindern Süßigkeiten gegeben, und seine Frau würde schimpfen. Er liebte es, wenn sie schimpfte. Sie hatten es gut. Sie mussten dankbar sein. Sie mussten ihr Herz mit Hingabe und

Verschwendung füllen. Das Letzte dachte er, aber er sagte es nicht.

Im Gasthaus mussten die Kinder mithelfen, und es machte ihnen Freude, wenn der Vater nicht gerade der dicken Gayane nachstellte. Die Küchenhilfe war ein Mädchen, das nicht zur Schule ging, sie war von ihrer Familie aus Erzurum zum Arbeiten an die Küste geschickt worden. Die Zahnlücke zwischen ihren weißen Schneidezähnen ließ sie verschlagen aussehen, und sie roch immer leicht nach Thymian. Wenn alle Gäste fort waren, rollte sie ihre Matte aus. Der Vater zählte das Geld, und sie lag auf der Matte und reckte die Glieder. Kevork, mein Lieber, heute haben wir gut eingenommen, trällerte sie, als wäre sie die Herrin. Die älteste Tochter erzählte alles der Mutter. Warum erzählst du mir das? Ich weiß nicht, weil sie nicht die Herrin ist. Dann ist doch alles gut, oder, du eifrige Möwe? Die Mutter hatte ihre eigene Ordnung, in der gingen alle ihrer Arbeit nach, von der ersten Stunde des Morgens bis zur letzten Stunde des Abends. Im Garten blühte der Birnbaum, und wie jedes Jahr konnte sich das Mädchen nicht vorstellen, dass die Äste vor Tagen noch kahl gewesen waren. Hinter dem Birnbaum, im Stall bei der Ziege und dem Esel, stand eine kleine Truhe eigens für ihre Mitgift, für feines Porzellan, Wäsche, Handtücher. Das Mädchen fürchtete, dass ihre Aussteuer am Tag ihrer Hochzeit nach Ziege stinken würde, deshalb hatte sie überlegt, die Truhe nach ihrem vierzehnten Geburtstag aus dem Stall zu holen und unter ihr Bett zu schieben. Die Zahl vierzehn war grün und rot und blau zugleich, geflüstert und gesungen, wie ein ungestümes Klopfen.

Sara

Matthäus, Markus, Lukas, Johannes – ich ordnete die herausgelösten Seiten zu vier Stapeln. Ein fünfter Stapel bildete die Nachschrift, das Kolophon, das in armenischen Handschriften nicht nur Herkunft und Datum der Abschrift enthielt, sondern auch Notizen, Widmungen und Fürbitten. Ich hatte die Seiten der ersten beiden Stapel bereits fotografiert, die Fotos ausgedruckt und in einen Ordner geheftet. Auf den Kopien notierte ich am rechten Rand meine Arbeitsschritte. Nach der Restaurierung würde ich jede Seite erneut fotografieren und ebenfalls abheften.

Evelina trat mit zwei Tassen Tee hinter mich, eine Tasse stellte sie beängstigend nahe neben den Markus-Stapel.

»Helen, darf ich Sie stören?«

»Sie stören nicht.« Ich stellte die Tasse auf die Fensterbank.

»Kommen Sie Ihrer Handschrift näher?«

»Ich bin auf dem Weg, machen Sie sich keine Sorgen.«

»In Armenien macht man sich mehr Sorgen um

die Vergangenheit als um die Zukunft.« Evelina blätterte in meinem Dokumentationsordner und nickte anerkennend.

»Das gefällt mir«, sagte ich.

»Was gefällt Ihnen?«

»Dass man sich in Armenien um die Vergangenheit sorgt.«

»Ja, für Historiker und Restauratorinnen klingt das verführerisch. Aber in jüngerer Vergangenheit haben wir in Armenien nicht viel geschafft, worauf wir stolz sein können. Worauf sind Sie stolz, Helen?«

»Wie meinen Sie das? Viele Leute sind auf irgendetwas stolz, auf ihre Beine, ihr Land, ihr Auto oder ihr Kind. Ich kann Ihnen das nicht sagen.«

»Es ist nichts Schlechtes, auf das eigene Kind stolz zu sein. Ich bin auch stolz auf meinen Sohn. Leider hat er wenig Verantwortungsgefühl, am wenigsten für sein eigenes Leben. Aber Mütter verwöhnen ihre Söhne. Haben Sie keine Kinder?«

»Das hat sich nicht ergeben.«

»Warum du keine Kinder hast, wird man dich hier noch oft fragen«, feixte Vardan, als Evelina außer Hörweite war, »du erfindest dir lieber welche, am besten drei Jungs – Fritz, Franz und einen winzigen Friedrich.« Ich warf ihm einen Lappen an den Kopf. Vardan warf den Lappen zurück. Mein Telefon klingelte, und ich stand auf, um vor die Tür zu gehen, der Lappen traf Inessa.

»Lachst du, Helene?« Es war Sara.

»Nein.«

»Wie ist unsere Heimat?«

»Unsere Heimat?«

»Was sonst? Wie ist sie?« Sie rauchte.

»Wo bist du?«, fragte ich.

»Ich habe gleich ein Seminar.« Bestimmt war sie in Begleitung eines eifrigen Kunststudenten oder einer Doktorandin, die jährlich das Brillenmodell wechselte. »Also, wie ist es in Armenien, ich habe nicht viel Zeit. Warst du in der Nationalgalerie?«

»Ich bin erst seit einer Woche hier. Ich bin bei der Arbeit. Jerewan ist hübsch. Gibt es etwas Bestimmtes? Warum rufst du an?«

»Eine furchtbar hässliche Stadt ist Jerewan. Bist du gesund, kannst du den Ararat sehen?«

»Nein, es ist bewölkt. Ich weiß noch nicht einmal, in welche Richtung ich schauen sollte.«

»Dass dieser Berg bei den Türken steht.«

»Da steht er nun mal, er hat sich nicht bewegt.«

»Hast du schon etwas über unsere Verwandten herausgefunden?«

»Komm mich besuchen, du könntest jeden Tag den Ararat und die verschollene Verwandtschaft suchen. Ich habe zu arbeiten.«

»Nein, Lena.« Ich kannte dieses gedehnte Nein,

dieses gedehnte Lena. »Es gibt so viel zu tun, ich muss zwei Ausstellungen vorbereiten. Und ich habe einen Lehrauftrag in Rotterdam angenommen. Ich weiß nicht, wo mir der Kopf steht. Nein, ich kann hier nicht weg. Du musst Fleisch essen.«

»Du auch.«

Sie lachte. »Ruf an, Lenka.«

Als Sara erfuhr, dass ich für einige Zeit nach Armenien gehen würde, rief sie keine halbe Stunde später wieder an. Ich komme am Freitag zu euch, verkündete sie. Soll ich dich abholen? Natürlich nicht – gut, wie du willst, hol mich ab. Wann landest du? Um drei. Als ich auflegte, sah ich den Staub auf der Kommode.

Ein Jahr zuvor hatte ich Sara das letzte Mal gesehen, sie war in der Stadt gewesen, um die Laudatio bei einer Kunstpreisverleihung zu halten.

Ich kochte Linsen, kaufte bulgarischen Schafskäse, Oliven, Halva, scharfe Salami, und Danil sagte, wir sollten ihr unser Schlafzimmer überlassen. Das wird sie nicht wollen, sie schläft im Wohnzimmer, nah beim Balkon, damit sie nachts rauchen kann. Auf den Küchentisch hatte ich eine Vase mit Narzissen gestellt. Später würde die Vase umkippen, auf ihr aufgeschlagenes Buch, und sie würde sagen, wie dumm, diese Vase ausgerechnet hierhinzustellen. Es war wieder kalt geworden, es schneite sogar, und ich fürchtete, es könnte glatt sein auf der Autobahn. Ich fuhr zum Flughafen, es war viel Verkehr, und ich kam zwanzig Minuten zu spät. Sara stand vor dem Eingang und telefonierte. Sie hatte kaum Gepäck, trug eine Schirmmütze und den Tweedmantel, in dem ich sie schon als Kind kannte. So ist sie, dachte ich, genau so. Ich entschuldigte mich für die Verspätung. Sie umarmte mich zur Begrüßung, ich küsste sie auf die Wange. Ein Jahr haben wir uns nicht gesehen, sagte ich. Ein Jahr, wirklich, sagte sie. Kannst du das Fenster öffnen, fragte ich, als sie sich im Auto die nächste Zigarette ansteckte, und Sara sagte, nein, sie könne sich erkälten – wird Danil auch da sein? Natürlich, er freut sich auf dich. Nichts ist natürlich. Als wir zu Hause ankamen, stand Danil in der Tür, nahm mir die Tasche ab und schüttelte meiner Mutter die Hand. Die Schuhe kannst du anbehalten, sagte er, und sie sagte, nein, im Haus zieht man die Straßenschuhe aus, ich habe dicke Socken mitgebracht, ich habe überhaupt sehr viel mitgebracht. Sie bestand darauf, dass wir uns sofort hinsetzten, damit sie ihre Geschenke verteilen konnte. Vielleicht zuerst einen Tee? Erst die Geschenke. Danil bekam einen chinesischen Seidenfächer, mir reichte sie einen Umschlag. Darin ist eine alte Fotografie deiner Familie, sagte sie ernst, nimm diese Fotografie mit nach Armenien. Ich bin in das Mesrop-Maschtoz-Institut eingeladen, um zu restaurieren und die armenische Bindetechnik zu lernen, sagte ich. Sie hörte nicht zu und zog das

Foto aus dem Umschlag. Es zeigte dreizehn Personen mit ernsten Gesichtern. Auf der Rückseite stand *Artaschat 1957*, darüber einige Namen. Sara setzte ihre Brille auf, dieses Foto stammt aus dem Nachlass deiner Großeltern, ich weiß nicht, woher sie es hatten. Du weißt, deine Großeltern haben nicht viel erzählt. Das hier ist mein Onkel Anton Mazavian, der Bruder meines Vaters. Es sind Mitglieder der Familie, wer noch lebt, weiß ich nicht. Fahr hin, sprich mit ihnen, Lenka. Gibt es keinen Tee bei euch?

Levon

In der Offenbarung hatte listig eine Raupe gewütet. Zwei Vögel bewachten mit erhobenen Köpfen eine Schale. Ein Engel mit böse funkelnden Augen hing kopfunter über der Heiligen Schrift, die der Messias feierlich in Händen hielt. Daneben hatte jemand mit zartem Strich versucht, den Sohn Gottes abzuzeichnen. Der Kopf war klein, die Hände riesig im Vergleich zum Körper. In seinem Gesicht war viel Ruhe. Die Zeichnung war durchgestrichen. Ich sichtete Johannes, dokumentierte die Miniaturen, Risse, Knicke, Verbräunungen. Im Matthäus-Stapel ein gräuliches Kamel mit drei Höckern und einem Mückenrüssel, es kauerte beleidigt am Seitenrand.

Nach der Arbeit führten mich Vardan und Inessa in ein traditionelles Restaurant. Das letzte Glas Wein lehnte ich ab. Ich wollte für mich sein. Auf halber Strecke entschied ich mich anders. Ich ging in die Bar, die Musiker standen am Tresen und tranken Bier, unterhielten sich. Levon trug Jeans und ein helles Hemd und sah ein wenig aus wie ein Westernheld. Ich beobachtete ihn eine Weile, dann ging ich zu ihm.

»Heute kommen Sie spät.« Sein Satz klang wie ein Vorwurf.

»Zu spät?«

»Wir spielen heute nicht mehr. Jetzt können wir spazieren gehen.«

Die Luft war kühl, es gab auch Sterne. Schweigend gingen wir durch die Straßen. Wir kletterten über die Wippe auf dem Spielplatz und standen vor meiner Tür.

»Zu trinken habe ich leider nichts.«

»Einen Kaffee können Sie kochen?«

»Einen Kaffee kann ich kochen.«

Levon ging zum Spülbecken und trank Wasser aus der Hand, wischte sich den Mund, ging ins Schlafzimmer, betrachtete flüchtig Danils Foto und sagte etwas auf Armenisch.

»Was hast du gesagt?«

»Ein Fluch, ein Kompliment, ein Wunsch. Ich überlasse es dir.«

Ich zog mich aus, ganz, alles, und es rauschte in meinen Ohren. Nackt stand ich da und drückte mit meinem Daumennagel Halbmonde in den Zeigefinger. Ich hätte aufräumen können, die Socken, das Glas mit dem Teebeutel. Levon machte zwei Schritte auf mich zu, und der raue Stoff seiner Kleidung rieb an meiner Haut. Er trat zurück und zog sich auch aus, bis wir nackt voreinanderstanden. Mein

Körper leuchtete weiß, sein Körper verschmolz mit dem Dämmergrau. Ich fror, er lächelte.

»Und jetzt?«, fragte ich in die kleine Stille.

»Wer ist das auf dem Foto. Dein Mann?«

»Das ist Danil.«

»Dein Bauch ist weich, hast du ein Kind?«

»Nein, ich habe nur einen weichen Bauch. Und du hast auch einen weichen Bauch.«

»Ich habe eine Tochter, sie geht in die zweite Klasse, keine Sorge, ich lebe mit der Mutter nicht mehr zusammen.«

»Ich habe keine Sorge.«

»Das ist mir unheimlich.«

»Wirklich?«

»Hast du keine Zigaretten?«

»Ich habe Tomaten, ich kann einen Tomatensalat machen. Und ich habe noch ein wenig Käse und Brot.« Ich ging in die Küchenecke, nahm Tomaten aus dem Kühlschrank. Ich schnitt die Tomaten und zog dabei den Bauch ein. Ich schnitt eine rote Zwiebel. Auf einem Teller richtete ich den Käse und das Brot an. Ich beugte mich, um eine fallende Zwiebelschale einzufangen. Ich war schön.

Am nächsten Morgen weckte mich das Klingeln seines Telefons. Am anderen Ende der Leitung hörte ich eine Kinderstimme. Levon drehte sich von mir weg und sprach zärtlich und bestimmt.

»Wie heißt sie?«, fragte ich, als er aufgelegt hatte.
»Ihr Name ist Julja.«
»Und wo ist die Mutter des Kindes?«
»Man will Liebe und macht alles falsch.«
Ich zog die Decke über den Kopf und sagte, »und die Bäume haben Laub, und das Geld ist aus Papier, und der Schnee ist weiß und grau.«
»Ich habe kein Wort verstanden«, sagte er, »kein Wort.«
Ich wollte Kaffee kochen, Levon wollte gehen. Als er fort war, ging ich in ein Café. Ich hatte Hunger. Der Kellner stellte einen Teller Sandwiches vor mich hin. Ich erinnerte mich an Levons Arme, an seinen Mund. An der Innenseite seiner Unterlippe hatte er eine Narbe, als Kind sei er vom Stuhl gefallen. Ich konzentrierte mich aufs Essen, zahlte und ging. Der blaulackierte Himmel störte. Im Schaufenster einer Buchhandlung hing die Reproduktion eines Renaissancegemäldes mit einer allegorischen Darstellung der fünf Sinne. Ich musste an eine Bluse mit Puffärmeln denken, die ich als Kind besessen und nie gemocht hatte.

»Helen, du fehlst hier. Letzte Nacht ist die Lampe im Flur runtergekracht. Ich dachte, es wäre ein Erdbeben oder eine Bombe. Ich dachte, das war's, und du bist nicht da.«
»Warum ist die Lampe runtergekracht?«

»Das weiß ich nicht. Der Haken. Der Putz.«

»Rauchst du?«

»Ich mache das Fenster auf.«

»Das habe ich nicht gemeint. Hast du viel zu tun?«

»Ich muss zu dieser Tagung, danach fahre ich ein paar Tage an die Ostsee.«

»Mit Tim?«

»Allein.«

»Wolltest du deine Urlaubstage nicht für Armenien aufsparen?«

»Es wird auch so gehen. Irgendwie werde ich kommen können.«

»Danil, haben wir zusammen den Film *Schießen Sie auf den Pianisten* gesehen, mit Charles Aznavour?«

»Nein, habe ich nie gesehen.«

»Was macht der Oleander auf dem Balkon?«

»Vertrocknet.«

»Gut.«

Bisher hatte es mich nie gestört, an Büchern zu arbeiten, die ich nicht lesen konnte. Ich habe Handschriften restauriert, geschrieben in hebräischer, lateinischer oder arabischer Schrift, und alle haben mir Geschichten erzählt, ohne dass ich die Worte entziffern konnte. Jetzt störte es mich. Es war zehn Uhr, vielleicht elf. Ich schaltete mein Telefon aus, setzte mich an den Küchentisch und schrieb bis zum

Abend – Zeichen für Zeichen – die armenische Gebrauchsanweisung für die Mikrowelle ab. Sechsunddreißig Zeichen für sechsunddreißig Laute hat das armenische Alphabet, das Mesrop Maschtoz Anfang des fünften Jahrhunderts erfunden hatte, damit die Bibel auch auf Armenisch gelesen werden konnte. Die Mönche verstanden, was sie kopierten, ich jedoch musste jedes Wort der Gebrauchsanweisung mit der russischen und der englischen Übersetzung vergleichen, versuchte, Muster zu erkennen, suchte Sinn in den Buchstaben, und bald sprachen sie mit mir, weil meine Hand sie schrieb. Ich schrieb *Levon*. Dann schrieb ich լուսին – *Mond* – und բերան – *Mund*. Աստվածաշունչ – *Asdwadzaschuntsch* – nennen die Armenier die Bibel, Hauch Gottes.

»Ich habe gestern versucht, Sie anzurufen«, begrüßte mich Evelina.

»Ich habe die armenische Schrift geübt.«

»Den ganzen Tag?«

»Der Tag war zu kurz.«

»Sie wollen Armenisch lernen, das ist gut. Sie sind Armenierin. Aber es ist schwierig.«

»Armenierin?« Ich stampfte fest auf.

»Was tun Sie?«

»Stampfen belebt mich immer sehr.«

Bei unserem gemeinsamen Essen hatte Evelina mir von einem armenischen Dorf in Georgien erzählt, dort gebe es drei wertvolle Handschriften aus dem zwölften Jahrhundert, doch die Dorfbewohner wollten die Bücher nicht aus der Hand geben, weil sie fürchteten, dass dann der Fluch über sie käme. Sie selbst sei mit Inessa und Ruben in das Dorf gefahren, und sie hätten die Bücher vor Ort restauriert, um sie vor dem endgültigen Verfall zu bewahren. Die Bücher seien krank gewesen und hätten spezieller Heilmittel bedurft. Überall in der Welt verwende man chemische Mischungen gegen alle Arten von Pilzen und Bakterien, hier aber verwende man eine Kräutertinktur aus über fünfzig verschiedenen Pflanzen und Insekten, diese Königstinktur habe auch bei den Objekten in Georgien sehr gute Wirkung gezeigt. Ein anderes Evangeliar, das über achtzig Jahre vergraben in der Erde eines Klostergartens gelegen hatte, habe man vor einigen Jahren unversehrt bergen können. Es stammte aus Mardin und sei wahrscheinlich während der Deportationen 1915 versteckt worden. Ein silberner Kamm habe zwischen den Seiten gelegen. Dass das Evangeliar keinen Schaden genommen habe, sei nur durch die Wirkung des heiligen Ortes zu erklären. Auch rätselhaft kann unser Gott sein, hatte Evelina mit einem schelmischen Lächeln gesagt, worauf Araik Beethovens Sinfonia Pastorale aufgelegt hatte.

Auch mein Evangeliar musste lange in einer feuchten Umgebung gelegen haben. Ich benetzte ein Baumwolltuch mit der Wundertinktur und tupfte die Ränder der ersten Seiten und des letzten Drittels vorsichtig ab. Dort hatte der Pilzbefall die größten Schäden angerichtet. Aspergillus, niger oder flavus.

Ein Wachsfleck überdeckte ein Wort, es könnte das Wort *sprach* oder *Sohn, Wasser* oder *Mut* gewesen sein. Das Wachs war durch mehrere Seiten gedrungen, bis auf das Haupt von Petrus Schwägerin, vielleicht war es auch seine Schwiegermutter. *Und er trat zu ihr und gebot dem Fieber, und es verließ sie, und sogleich stand sie auf und diente ihnen.* Über ihrem Haupt schwebte der Wachsfleck wie ein Heiligenschein, ließ ihn plastisch hervortreten. Ich würde den Fleck erhalten. Je länger ich an dem Buch arbeitete, desto größer wurde meine Scheu, mein Unbehagen, die Seiten zu berühren. Ich hatte Angst, das Buch zu verletzen. Jede amorphe Stelle, jeder Bruch, jede versehrte Zeichnung ließ mich innehalten. Alles sollte so lange wie möglich unscharf bleiben. Welche Spuren würde ich verwischen oder zum Verschwinden bringen? Ich pflegte Leerstellen, starrte eine Seite an, von der fast ein Drittel fehlte, die farbigen Risskanten ließen vermuten, dass hier Miniaturen ausgerissen worden waren. Ich rührte den Weizenstärkekleister, bis er wieder kalt und unbrauchbar war.

Das Innere einer Walnuss

Das Haus hatte drei Zimmer, und jedes Zimmer hatte sein eigenes Klima. Im Zimmer der Eltern herrschte Flussluft, im Zimmer der Kinder Wüstenluft, und in der Stube roch es nach Wald.

Der Junge, er war etwa sechs Jahre alt, legte sich auf den Boden in der Küche und zählte die Bohnen und vergaß, dass er die Bohnen nicht zählen sollte, sondern waschen. Du sollst die Bohnen waschen, nicht zählen! Da stellte er sich tot. Jetzt nicht dieses Theater! Aber tot war tot. Hör auf damit! Ein letzter Seufzer, und schon spürte er die Küsse der Mutter überall auf seinem Gesicht, sogar ein wenig Spucke an Nase und Auge. Spucke schmeckte immer anders. Die Spucke der Mutter schmeckte nach Kefir. Du dummer kleiner Vogel, rief die Mutter und wiegte ihn in den Armen, ich mag das Spiel nicht, jetzt geh, hol deine kleine Schwester, sie soll dir helfen, bevor die Verwandtschaft kommt und in leere Töpfe blickt.

Der Junge ging hinaus und setzte sich neben seine kleine Schwester und beobachtete die Sapties, die mit geraden Rücken und wichtigen Gesichtern durch die Straße ritten. Zwei komische Vögel, dachte der Junge, der die Sapties mochte, weil sie sonst niemand mochte. Gott sagt, man muss alle mögen, die unglückliche Gesichter machen. Die unpässliche Lehrerin, die Sapties, die Großmutter, sie alle machten unglückliche Gesichter. Der Junge winkte den Sapties zu, und einer winkte zurück. Die Mutter kam aus dem Haus gestürzt und gab ihm einen kräftigen Klaps auf den Hinterkopf, zischte, du sollst nicht die Gendarmen grüßen, zischte, rein mit euch, Bohnen putzen. Früher dachte der Junge, die Mutter sei allwissend, aber nun war er sich nicht mehr sicher, vor allem, wenn die Mutter die Hände so über dem Gesicht zusammenhielt und manchmal selbst aussah wie ihre Ziege, die sie doch so hasste.

Seine älteste Schwester war ganz außer Atem, sie war den langen steilen Weg vom Gasthaus des Vaters bis hinauf zu ihrem Haus gelaufen. Sie nahm den Kindern die Bohnen ab und putzte sie. Dabei summte sie vor sich hin, schimpfte leise auf die dicke Gayane und dachte, ob die Mädchen auf der anderen Seite der Weltkugel wohl auch fegten und Bohnen wuschen und zur Schule gingen oder ob sie funkelnde Juwelen sammelten, sie untereinander tauschten und im Meer badeten mit den kleinen Fischen.

Seit Tagen wurde für die Verwandtschaft aus Mersiwan gekocht, gebacken, geputzt. Der Cousin hatte das Mädchen vor langer Zeit, sie war gerade elf geworden, hinter einen Busch gedrängt, sie sollte den Rock heben, damit er sah, ob sie wirklich ein Mädchen war mit ihren großen Händen und dem struppigen Haar. So sähe nämlich kein Mädchen aus, dort, wo er und seine Schwester in die Schule gingen. Sie hob den Rock, sie hob den Kopf zum Steinadler. Zufrieden, fragte sie. Von mir aus bist du ein Mädchen, aber heiraten werde ich dich niemals, sagte er und beobachtete sie fortan.

Wenn das Mädchen im Waschraum der Schule auf den Hocker stieg, konnte sie das Meer sehen. Manchmal fuhr ein Schiff vorbei. Manchmal hörte sie die Schulglocke nicht und blieb einfach stehen und schaute aufs Meer und träumte sich nach Konstantinopel.

Gedenkt

Vardan lief durch die Räume und verkündete den Feierabend. Für mich klang das armenische Wort für Feierabend wie Pacman. Evelina hatte es eilig, ihre Enkelin sollte sie besuchen, auch die anderen verabschiedeten sich, wünschten mir einen schönen Abend.

Vardan nahm seinen Helm, hielt inne. »Soll ich dir Jerewan von der anderen Seite zeigen?«

»Warum nicht.«

Er gab mir seinen Helm und Evelina winkte. Vardans Motorrad schüttelte sich unter mir, mein Rock flatterte wie im Film.

»Hier wird der berühmte Cognac gemacht«, rief Vardan, »und da vorn ist das Genozid-Museum! Und dahinten bin ich zur Schule gegangen!« Er zeigte auf ein niedriges Gebäude mit einem verlassenen Klettergerüst auf dem Schulhof. An einer Baustelle stand ein Schild, auf dem Schild fiel ein Mann, den Kopf voran, nach unten. Vardan kurvte einen Hügel hinauf und hielt an einer Aussichtsplattform. In den Wolken wartete schon der Winter.

»Du weißt, dass die Arche Noah am Berg Ararat gestrandet ist?«, fragte er.

»Ich hörte davon. Aber sehen kann ich den Berg nicht.«

»Er versteckt sich hinter den Wolken. Er ist eine Diva, mal zeigt er sich, mal nicht.«

»Wie lange arbeitest du schon in der Werkstatt, Vardan?«

»Zwei Jahre, ich bin noch in der Ausbildung. Willst du Armenisch lernen?«

»Dein Englisch ist hervorragend.«

»Kranich heißt *krunk*, und *tzov* heißt Meer, und *mair* heißt Mutter, und *tzech* heißt Schmutz, und *tsche* heißt nein.«

»Und ja?«

»*Ajo* heißt ja, aber du wirst *tsche* häufiger hören als *ajo*. Soll ich dich nach Hause fahren?«

»Ajo.«

»Oder willst du noch was trinken gehen?«

»Ajo.«

Wir gingen in ein Café in der Teryanstraße. Die junge Frau hinter der Theke trug ein T-Shirt mit der Aufschrift *Hard Rock Café Beirut*, sie begrüßte Vardan überschwänglich.

»Das ist meine Freundin Ano«, stellte Vardan sie vor, »sie ist seit einem Jahr in Jerewan.«

Wir setzten uns an einen Tisch in der Ecke und er sagte, »ich bin schwul«.

»Gut«, sagte ich.

»Keine Ahnung, ob das gut ist, in Armenien soll man nicht schwul sein. Meine Eltern warten auf meine Hochzeit.«

»Dann lass sie warten.«

Er lachte. Sein Bruder, jünger als er, habe schon zwei Kinder. Seine Schwester lebe in Teheran und schneide Haare, und seine Eltern beteuerten immer wieder, dass er, Vardan, ihr Ein und Alles sei – einer, der sich mit alten Büchern beschäftige, sei ein feiner Geist. »Sie betrachten mich gleichermaßen mit Bewunderung und Unbehagen. Ich denke, bis ich dreißig bin, lassen sie mich in Ruhe. Magst du Armenien?«

»Bis auf ein paar Straßen in Jerewan und die Räume des Instituts habe ich noch nicht viel gesehen.«

»Heute hättest du fast den Ararat gesehen!«

»Fast. Aber er gehört nicht zu Armenien.«

»Natürlich gehört der Ararat zu Armenien, er steht nur auf türkischem Boden. Aber von uns aus hat man den besten Blick darauf, der Eiffelturm ist auch nicht so schön, wenn man druntersteht.«

»Bringst du mich nach Hause?«

»Ajo.«

Vardan kam noch mit zu mir, wir tranken Tee, und Vardan rauchte irgendein Kraut, auch ich nahm einige Züge, es schmeckte nach Lakritz, und ich wusste, dass es mich müde machen würde. Wir sprachen über hartgekochte gepellte Eier, wie so ein nacktes kaltes Ei den Bauch rauf und runter rollt. Das englische Wort für Unmerkwürdigkeit fiel mir nicht ein. Ich erzählte ihm von dem nachgezeichneten Jesus in meiner Handschrift, und er bemerkte, dass meine Füße wie Flossen aussähen, weil die Zehen so nah beieinander gewachsen seien. Als Vardan ging, war ich schon eingeschlafen. In der Nacht rief Danil an. Er war betrunken. Zuerst wollte er mit mir das Bivalenzprinzip diskutieren, dann erzählte er, er hätte das Badezimmer neu gestrichen, schließlich sang er mir vor. Wir telefonierten bis halb fünf, bis ich die Vögel hörte. Irgendeine Ordnung war wiederhergestellt.

Einige Tage später fragte mich Evelina, »Helen, warum haben Sie diese Fehlstelle nicht ausgebessert, nur fixiert?« Sie berührte leicht die Seite mit den ausgerissenen Miniaturen.

»Wenn wir diese Fehlstelle betrachten, können wir uns ausmalen, dass dort ein Pfau in einer Pfütze badete«, sagte ich.

»Das ist kindisch. So arbeiten wir hier nicht. Bitte unterlegen Sie die Stelle wenigstens. Ich erwarte nicht, dass Sie mir einen Pfau zeichnen, aber das ist ein

Riss.« Sie nahm sich einen Stuhl und setzte sich zu mir.

»Das ist Geschichte«, sagte ich.

»Nennen Sie es, wie Sie wollen. Bessern Sie es aus.«

»Was steht hier, Evelina?« Ich blätterte vorsichtig in den Seiten und suchte die Kritzelei, die ich im Lukasevangelium gefunden hatte. Das A hatte ich erkannt. Sie betrachtete die Stelle und lächelte.

»Da steht *Anahid, Anahid, Anahid.*«

»Dreimal?«, fragte ich.

»Ja.«

»Was bedeutet das?«

»Das ist ein Mädchenname. In Armenien kommt er häufig vor. Die Reine. Die persische Göttin hieß Anahita.« Evelina setzte ihre Brille ab und rief etwas auf Armenisch in Richtung Inessa. Inessa hob die Arme, dann nickte sie.

»Wer hat das geschrieben, was ist das für eine Schrift, welches Jahr?«, fragte ich weiter.

»Das kann ich nicht sagen«, sagte sie. Inessa trat zu uns. Ich blätterte weiter zu den Vogelmenschen.

»Und das, was steht hier?«, fragte ich.

»Das scheint dieselbe Schrift zu sein. Da steht, *Hrant will nicht aufwachen, mach, dass er aufwacht.* Ein Gebet.«

»Hrant?«, fragte ich.

»Hrant ist ein armenischer Jungenname. Die Bedeutung kenne ich nicht«, sagte Evelina.

»Da steht, *Hrant will nicht aufwachen*?«

»Ja, Helen. So steht es da.«

»Warum?«

»Das kann ich Ihnen nicht sagen. Armenische Handschriften waren Teil der Familie. Haben Sie schon im Kolophon gelesen? *Hischatakaran* nennen wir das Kolophon, übersetzt heißt es Gedächtnis.« Evelina nahm den Stapel mit der Nachschrift des Buches zur Hand. Unmengen von Namen, Zeichen, Wörtern standen klein und eng geschrieben untereinander und nebeneinander.

»In den Büchern liegen manchmal sogar Briefe, eingeklebte Fotos. Das ist ärgerlich, weil es beim Herauslösen Risse gibt.«

»Wo sind die Briefe?«

»Wahrscheinlich im Magazin. Wir finden so viel in den alten Büchern. Tanja hat letzte Woche in einer Handschrift osmanische Banknoten gefunden.«

»Lesen Sie die Briefe?«

»Manchmal.«

»Was steht in diesen Briefen?«

»Unterschiedlich. Liebeszeug, Alltagsberichte.«

»Interessiert Sie das nicht?«

»Wir finden so viele Briefe, Helen.«

»Was steht hier?«

Evelina setzte ihre Brille auf, murmelte vor sich hin und verzog den Mund.

»Das sind Namen, Besitzer des Buches und deren Familien.«

»Wann wurde das geschrieben?«

»Es sind verschiedene Jahreszahlen. Sehen Sie, es beginnt 1733, vieles kann ich auch nicht lesen, dann gibt es Einträge aus den Jahren 1793, 1898, 1901, 1915. Der letzte Eintrag ist von 1963. Anapa 1963.«

»Anapa?«

»Eine Stadt am Schwarzen Meer. In Südrussland.«

»Weshalb denn Russland?«

»Vielleicht hat die Besitzerin oder der Besitzer dieses Buches in Russland gelebt. Anapa war zu Sowjetzeiten ein Kurort. Auch ich bin dort gewesen. Schön.«

»Wie kam das Buch hierher? Das haben Sie mir noch gar nicht erzählt.«

»Ich glaube, es kam mit der Post. Wir können uns nicht bei jedem Buch erinnern, wie es zu uns kam. All diese Bücher geistern durch die Jahre, und eines Tages wollen die Menschen, dass sie in unserer Obhut sind. Wenn sie die Bücher hierherbringen, lassen sie auch ihre Geschichten hier. Wenn ich ehrlich bin, haben wir dieses Evangeliar für einige Jahre im Magazin vergessen.«

»Vergessen? Notieren Sie das nicht? Das ist doch wichtig.«

»Für die Restaurierung ist es nicht wichtig. Bei den wertvollen Handschriften ist es etwas anderes, aber dies ist ein Heilevangeliar, wie wir sie hier viele haben. Eine Familienbibel. Ich habe Ihnen doch die Geschichte von Araik und seiner Familienbibel erzählt. Es waren und sind Gebrauchsgegenstände. Dieses ist besonders hübsch, ich gebe es zu, und es ist alt, und wir sind froh, dass Sie es restaurieren. Sind Sie eigentlich im Kloster Geghard gewesen? Sie sitzen hier von früh bis spät und arbeiten.«

»Wann glauben Sie, wurde das geschrieben?«

»Was?«

»Hrant will nicht aufwachen.«

»Das weiß ich nicht. Es ist nicht mit Tinte geschrieben. Vielleicht war es ein Minenstift oder etwas Ähnliches. Es kann also hundert Jahre oder auch nur fünfzig Jahre alt sein. Die Menschen haben sich in den Büchern verewigt. *Gedenkt unser* steht in nahezu jedem Kolophon.«

»Gedenkt unser?«

»Warum, glauben Sie, sind unsere Bibeln so klein und handlich im Vergleich zu den abendländischen Handschriften? Viele dieser schwergewichtigen westlichen Handschriften sind zu selbstbewusst, ich will dich beeinflussen, ich will dich einschüchtern, sagen sie. Die armenischen Familienbibeln mussten so klein sein, damit man sie jederzeit unter den Arm klemmen konnte. Und das haben die Menschen getan. Manche ließen eher das eigene Kind zurück als ihre Bibel. Immer war man auf unsichere Zeiten eingestellt, immer bereit zu fliehen. In den Familienbibeln fanden die Menschen Trost, sie wurden benutzt, nicht nur angesehen und wieder zurückgestellt. Sie sind Deutsche. Sie kennen Heinrich Heine, Sie werden wissen, was Heine über Bücher als tragbare Heimat geschrieben hat. Es ging immer um Schutz und Abwehr, daher auch der stabile Einband, die Pressung schützte vor Insekten. In ein fest gepresstes Buch konnten Schädlinge nicht so leicht eindringen. Dieses Volk hatte schon immer Angst zu verschwinden.«

»Hat nicht jeder Mensch Angst zu verschwinden?«

»Ich spreche von jahrhundertelangen Verfolgungen. Wir leben noch in der Geschichte, nicht im Hier und nicht im Jetzt. In den Büchern, vielleicht im Angesicht des Todes, offenbarte sich die Ewigkeit. Aber wenn es Sie gar so interessiert, hole ich Knarik Gevorgian aus dem ersten Stock, sie ist unsere Spezialistin für die Nachschriften und das Konvolut.«

»Nicht Knarik«, rief Inessa, »bitte nicht Knarik!« Auch Tanja, Vardan und Aschot stimmten ein, denn Knarik aus dem ersten Stock sei eine redselige Person, die man nicht für den Rest des Tages ertragen könne.

Zehn Minuten später erschien Evelina mit einer lebhaften Dame, die zuerst nach gesüßtem Kaffee verlangte, um dann mit spitzen Fingern durch die Seiten der Handschrift zu blättern. An jeder Hand trug sie funkelnde Ringe, ich bewunderte ihre aufwendig manikürten Nägel, auf denen winzige Strasssteinchen klebten.

»Hier sind Einträge aus dem Ort Ordu«, sagte Knarik, nachdem Evelina mich vorgestellt hatte, »viele Namen, viele Krankheiten, wiederholte Fürbitten, dieser oder jener soll geheilt oder beschützt werden – der Kaffee ist nicht süß genug, Inessa, mein Engel, bring mir noch ein wenig Zucker. Wie geht es den Eltern, Aschot, die Mutter soll im Krankenhaus gewesen sein, habe ich gehört?«

»Nein, alles in Ordnung«, rief Aschot, ohne aufzublicken, aus seiner Ecke, wo er gerade ein Pergament mit schnellen Bürstenstrichen reinigte. Inessa kam mit dem Zucker.

»Was steht noch im Kolophon?«, fragte ich.

Knarik rührte den Zucker langsam in ihren Kaffee und schien zufrieden. Sie betrachtete meine Schuhe. Dann mich. Dann wieder das Buch.

»Hier steht, Anahid, geboren 1901, Sarkis, geboren 1902, Keghuhi, das kann ich nicht lesen, Sona, geboren 1909 oder 1919, und Hrant, geboren 1908. Fast jedes Jahr ein Kind. Ich würde sterben. Mir reicht schon ein Kind. Haben Sie Kinder?« Ich hörte Vardan laut auflachen.

»Nein.«

»Warum?«

»Dafür gibt es keinen Grund.«

»Bei uns hat es auch nicht sofort geklappt. Die

Eltern meines Mannes wurden schon ungeduldig. Als es dann ein Junge wurde, waren alle glücklich.«

»Was steht da noch?«

»Wie Sie sehen, sind Teile des Kolophons entfernt worden. Wir könnten uns fragen, warum? Wir werden es nie erfahren. Wir finden in den Büchern Bindfäden, die man als Lesezeichen verwendete, getrocknete Blumen, Moos, sogar Rechnungen.«

»Was machen Sie damit?«

»Es liegt alles bei mir im Magazin. Sehen Sie, hier sind Einträge aus Sochumi, auch am Schwarzen Meer gelegen. Viele Armenier konnten zur Zeit der Deportationen nach Abchasien fliehen. Einige blieben dort, viele flohen weiter nach Russland. Die Besitzerin oder der Besitzer dieses Buches offenbar auch, hier gibt es auch Einträge aus Anapa. Ein Krankenhaus, eine Kirche, eine Heirat. Es taucht der Name Koroljow auf. Koroljow Igor Pawlowitsch, seltsam, was hat dieser Koroljow hier zu suchen? Sein Name steht in keinem Zusammenhang, vielleicht ein russischer Priester oder eine private Angelegenheit.« Sie blätterte weiter. »Ach, hier erfahren wir etwas über den Schreiber. Hören Sie: *Dieses Buch wurde geschrieben in der bitteren und bösen Zeit, denn von allen Seiten kommt Bitternis, und Kummer hat unser gequältes Volk umgeben, denn jedes Jahr kommen verschiedene Strafen über unser Volk. Hunger, Schwert, Gefangenschaft, Tod, Erdbeben, Rost, Heuschrecken, Würmer,*

Fieber, Gelbsucht, Überschwemmung, Plagen, die ich nicht beschreiben kann. Das alles kam über uns, weil wir gesündigt haben, anders, oh Herr, ist das nicht zu begreifen, aber wir danken dir Gott, für dieses Leben, wir haben Christus als Hort der Hoffnung und der Zuflucht.«

Sie legte das Kolophon beiseite und seufzte, fasste sich an die Stirn und schüttelte den Kopf, »so viele Gefühle, nicht wahr? Das hat wohl ein Herr mit Tiefe geschrieben, allerdings auch mit einem Dreh zur Geschwätzigkeit. Ich frage mich, welche Sünden er meint? Das armenische Volk lässt sich seit jeher unterdrücken, wann soll es gesündigt haben?«

Als Knarik Gevorgian gegangen war, schlug ich noch einmal die Seite mit der Randnotiz auf. *Hrant will nicht aufwachen. Mach, dass er aufwacht.* Mach. Das hatte ich als Kind auch immer gebetet. Mach, mach, mach.

Scherben und Stimmen

Ordu, das klang wie das Innere einer Walnuss, wie Hufe auf Sand. Es brannte in Ordu. Der Himmel senkte sich dunkel auf die Erde. Macht die Fenster zu! Wieso brennen die Häuser? Seid still! Verriegelt alle Türen!

Auf dem Platz vor der Kirche sammelten sich Leute, sie rannten, sie schrien, aber was sie schrien, war nicht zu verstehen. Fenster zu!

Auch der Schneider hatte einen Stein in der Hand. Vielleicht zögerte er, vielleicht nicht. Der Stein war schwer und traf das Küchenfenster. Die Scherben der Fensterscheibe lagen auf dem grauen Steinboden verteilt. Grau wie das Auge der Mutter, heißes Öl hatte ihr beim Kochen ein Augenlicht genommen. Trotzdem war sie schön mit ihrem runden Gesicht und dem dunklen schweren Haar. Mit dem sehenden Auge hatte sie immer alle Kinder im Blick. Die Kinder kauerten in einer Ecke der Küche, und das Auge der Mutter ruhte bang auf ihnen. Vorsicht, die Scherben, sagte sie so leise, dass es kaum zu hören war, und wies mit dem Kinn auf die zerbrochenen Sterne unter dem Fenster.

Etwas Schreckliches ging vor, etwas, das die Kinder zum Schweigen brachte, dazu brachte, zu warten und mit fragendem Blick der Mutter zu folgen, die vorsichtig die Scherben aufsammelte, die eilig den Esel, die Ziege und die Gans aus dem Garten ins Haus holte. Noch nie waren die Tiere im Haus gewesen. Alle drängten sich um den Tisch, die Gans auf dem Tisch, der Esel und die Ziege daneben, und sie warteten.

Irgendwann holte Anahid ihr Tagebuch, das sie hinter dem Gewürzregal versteckt hielt, alle wussten davon, und alle lasen es, und Anahid schrieb: Heute ist kein guter Tag, aber er hat mich angesehen.

Abends wurde an die Tür gehämmert, und man schickte die Kinder zu Bett, alle in das Zimmer neben der Stube, sie mussten zusammenrücken. Schläfst du schon, fragte Sona nach einer Weile, und Anahid nickte, und Sona suchte ihre Hand unter der Decke. Sona war gerade fünf geworden. Wochenlang hatte sie die Tage bis zu ihrem Geburtstag gezählt, und dann kam der Tag, und sie bekam die Gans, und Anahid hatte ihr eine Puppe genäht, die nannte Sona Melek. Ich, Melek und die Gans, sagte sie. Die Kinder hörten die Stimme des Vaters und die Stimme des Onkels. Hrant schlief fest und dachte nicht an die Scherben und hörte nicht die Stimmen, die anders klangen als sonst.

Erzähl mir eine Geschichte, flüsterte Sona, und Anahid nahm ihre Hand. Es war einmal ein Frosch, der hatte besonders dicke Augen. Wie alle Frösche dachte der Frosch, er wäre eine verzauberte Prinzessin. Also machte er sich auf in die Welt, sich küssen zu lassen. Zuerst traf er den Fuchs und sagte, Fuchs, küss mich! Aber der Fuchs wandte sich ab und sagte, du bist mir zu grün, Frosch. Dann kam er zur Ratte, und die Ratte sagte, du riechst mir zu sehr nach Tümpel, Frosch. Nachdem der Frosch alle Waldtiere und Flusstiere und Lufttiere aufgefordert hatte, ihn zu küssen, und kein einziges Tier sich bereit erklärt hatte, traf der Frosch einen anderen Frosch und sagte, Frosch, küss mich! Aber der andere Frosch antwortete: Küss du mich zuerst! Und so ging es hin und her und her und hin, und wer nun wen zuerst geküsst hat, das erzähle ich dir morgen.

Unter dem Aprikosenbaum

Nachdem ich am Abend als Letzte das Licht gelöscht hatte, passte mich Evelina auf dem Flur ab und lud mich ein, sie nach Aschtarak zu begleiten, dort werde man im Kreis der Familie den Geburtstag von Araiks Bruder David feiern, und ich gehöre doch nun schon fast zur Familie. »Mein Sohn, Sie erinnern sich, er hat Sie vom Flughafen abgeholt, wird uns mit dem Auto hinfahren.« Mein Blick folgte ihren Händen zur Haarnadel in ihrem Dutt. Die Nadel verschwand mit einem schnellen geübten Griff. Stand nicht Aschtarak auf der Rückseite der Fotografie, die Sara mir mitgegeben hatte? Ich könnte das Bild mitnehmen, dachte ich, das ist die Familie meiner Mutter, würde ich sagen. Meine Mutter spricht von einer Lücke, einer Leerstelle. Es ist möglich, dass die Kinder und Enkelkinder dieser Menschen irgendwo auf der Welt verstreut leben, es ist möglich, dass diese Menschen alle tot sind. Wissen Sie, meine Mutter Sara Michailowna Mazavian, Tochter von Mgrditsch und Lilit Mazavian, weiß nicht, über welche verschlungenen Pfade ihre Eltern einst nach Moskau gekommen waren. Es ist jedoch bekannt, dass mein Großvater Mgrditsch in der Sowjetunion zu Michail umbenannt wurde, weil der Name Mgrditsch sich mit der russischen Sprache zu sehr verhakte. Es ist bekannt, dass er kandierte Früchte liebte, dass er im Großen Vaterländischen Krieg seinen linken Arm verlor, dass er zusammenzuckte, pflückte man Blumen ab, dass er es liebte, mit mir drei Häuserblöcke weiter Karussell zu fahren.

»Ja, ich erinnere mich an Ihren Sohn.«

Evelina zog die Nadel wieder aus dem Dutt, richtete ihn erneut. »Sitzt es jetzt?«, fragte sie und wandte den Kopf zur Seite.

Ich nickte. »Danke für die Einladung, ich freue mich und komme sehr gern.«

Am Tag der Feier zog ich mein blaues Kleid an, schminkte mich sorgfältig, und als ich fertig war, hatte ich noch über eine Stunde Zeit. Ich machte den Fernseher an, schaltete durch die Kanäle, durch Werbung und das Ende einer russischen Seifenoper, durch Nachrichten und das Musikvideo eines armenischen Popsängers. Der Sänger stand mit seinem charismatisch ergrauten Vater auf einem Steg am Ufer des Sewansees, beide sahen sich fest in die Augen. Aus diesem Blick entfalteten sich in pathetischen Bildern die Lebenserinnerungen des Vaters, seine große Liebe, Vertreibung und Flucht, ein geteiltes goldenes Amulett. Dazwischen reife Granatäpfel, die ewige Flamme der Gedenkstätte Zizernakaberd und immer wieder ein weites Feld, auf dem unendlich viele Chatschkars standen, Gedächtnissteine mit kunstvollen Ornamenten und einem Reliefkreuz in der Mitte.

»Was machst du, Danil?«

»Ich habe gerade etwas gekocht. Und du?«

»Fernsehen. Armenische Musikvideos. Mir ist schon ganz schwindlig von so viel Nationalpathos und Heldentum. Was hast du gekocht?«

»Nudeln.«

»Einfach Nudeln?«

»Mit Öl.«

»Sonst nichts?«

»Salz und Chili.«

»In dem Buch, das ich restauriere, steht, *Hrant will nicht aufwachen.*«

»Welcher Hrant?«

»Ich weiß es nicht. Da steht *Hrant will nicht aufwachen.* Vielleicht war da jemand in Not. Vielleicht war er tot. Es gibt Abertausende Schichten, und ich kratze an der Oberfläche herum, schabe Schmutz, löse Verklebungen.«

»Das ist deine Aufgabe, oder?«

»Dieses Evangeliar, wer weiß, wo das schon überall gewesen ist. Im Kolophon stehen so viele Orte und Namen.«

»Wir folgen der Spur, die wir im Schnee hinterlassen.«

»Oje. Wo hast du das denn her?«

»Hab ich irgendwo gelesen.«

»Ich wollte nur deine Stimme hören, Danil.«

»Willst du mitessen?«

»Ja. Nur ein wenig, ich bin zu einer Familienfeier eingeladen.«

»Es schmeckt etwas fad. Du kannst besser kochen.«

»Es schmeckt hervorragend. Diese Nudeln, dieses Salz, diese Chili.«

»Bist du wieder bei deiner Chefin eingeladen?«

»Ja. Wie ist das Wetter?«

»Irgendwie dazwischen.«

Ich legte auf und wusste, dass er das Thermometer auf unserem Küchenbalkon ablesen würde. Er würde den Mund verziehen und vom Thermometer in den Himmel und wieder zurück schauen. Die Unzufriedenheit, er selbst zu sein, kennt er nicht. Er schlägt die Zeitung auf und liest beim Essen. Politik, Kultur, Todesanzeigen, Wirtschaft. Manchmal ändert er die Reihenfolge und beginnt mit den Todesanzeigen, liest sie mir vor. In stiller Trauer geben wir bekannt. Oder er bleibt bei den Stellenanzeigen hängen und spielt Berufs- und Lebensvarianten durch. Stell dir vor, wir hätten uns nicht getroffen, Helen, stell dir vor, deine Mutter wäre nicht emigriert, du wärst in der Sowjetunion geboren, wärst heute ganz oben bei der Gazprom und würdest in Saint-Tropez Urlaub machen. Oder du hättest eine Frühstückspension am

Baikalsee und wärst in ganz Russland berühmt für deine Tannenzapfenmarmelade. Und du, Danil? Ich würde immer noch auf meiner Schaumstoffmatratze schlafen, vielleicht hätte ich aber auch den Oberarzt aus der Pathologie geheiratet. Tannenzapfenmarmelade am Baikalsee, das könnte mir gefallen.

Ich setzte mich an den Tisch, nahm einen Bleistift und zeichnete ein Pferd. Es gelang mir nicht. Ich versuchte es weiter. Ich würde die Zeichnung zwischen die Seiten meines Evangeliars legen. Das Pferd könnte mit Leichtigkeit in die Leerstelle springen, und alle wären zufrieden.

Als es an der Tür klingelte, raffte ich meine Sachen zusammen, lief die Treppen hinunter und trat auf die Straße. Levon umrundete das Auto und hielt mir die Tür auf, nuschelte etwas auf Armenisch. Er trug eine Armeehose und einen Parka in Tarnfarben, sah mich kaum an. Ich ließ mich auf den Sitz neben Evelina fallen. Araik drehte sich zu mir nach hinten und strahlte mich an, sein Goldzahn funkelte. Wir fuhren aus der Stadt, ich schaute hinaus. Plattenbauten am Straßenrand, Autowerkstätten, Wettbüros, riesige Hotelanlagen mit Nachtclubs und Casinos. Dann wurde die Bebauung spärlicher, die steinigen Hügel ruhten grau auf der Erde, und mein trommelndes Herz beruhigte sich. Levon fuhr schnell, das Licht war tastbar, und die Landschaft war nichts als wellige

Weite. Levons Hals, den nicht anzusehen ich mich so sehr bemühte, war ganz nah, hinter seinem rechten Ohr ein Leberfleck. Ich versuchte, meine Gedanken zu ordnen, Feige, Kartoffel, ein Pfau in der Pfütze, Haut und Sonne. Evelina zwitscherte neben mir, unsere Knie berührten sich.

»Sehen Sie, Helen, diese Kirche wurde in nahezu jedem Jahrhundert zerstört, in Teilen wieder aufgebaut, wieder zerstört. Man hatte für die Ewigkeit gebaut, doch immer wieder kamen blindwütige Menschen oder Erdbeben.«

»Hier ist alles so groß und hell«, sagte ich mehr zu mir selbst.

»Gott hat Armenien mit müder Hand gezeichnet, es muss spät gewesen sein«, sagte Araik. Den Rest der Fahrt schwiegen wir.

Das Steinhaus der Verwandtschaft wirkte gedrungen, Wein rankte an den Mauern empor, das Dach war mit Plane abgedeckt. Ein Mädchen von ungefähr neun Jahren, festlich gekleidet und mit schwarzen Lackschuhen, kam in den Hof gelaufen und sprang Levon in die Arme. Ich betrachtete Vater und Tochter wie ein Gemälde, eine rotgetigerte Katze mit dickem Bauch an seinem rechten Bein, das Ensemble farbig getupft vor unscharfem Hintergrund. Levon flüsterte dem Mädchen etwas ins Ohr, sie lachte und drückte ihn noch fester.

»Das ist meine Enkelin Julja«, sagte Evelina stolz. »Zieh deine Jacke an, Julitschka! Es ist kalt.«

Julja musterte mich neugierig und richtete fragende Worte an ihre Großmutter. »Julitschka will wissen, wie Sie heißen und woher Sie kommen«, übersetzte Evelina. Ehe ich antworten konnte, strömten Frauen und Männer aus dem Haus, es wurde geküsst und umarmt, und ich sagte mir, nun steh mal nicht so steif herum, Helene, schau, dass du dein Gastgeschenk loswirst.

»Levon, kümmere dich um unsere Restauratorin aus Deutschland, sie versteht doch kein Armenisch, zeig ihr alles«, sagte Evelina.

Levon nahm meinen Arm und führte mich hinter das Haus. Neben einem sorgfältig angelegten Gemüsebeet wucherte Grünzeug aus einem rostigen Autowrack. Einige fette Gänse gingen nervös auf und ab. Entfernte Stimmen, Lachen und der Duft von Feuer und gebratenem Fleisch.

»Was tun wir hier?«, fragte ich.

»Ich soll dich herumführen, Restauratorin aus Deutschland.«

Wir standen unter einem Aprikosenbaum.

»Es ist schön, dich zu treffen, hier bei deinem Onkel. So ein Zufall.«

»In Armenien glauben wir nicht an Zufälle.«

»Seit die Götter die Erde verlassen haben, ist vom Zufall die Rede.«

»Armenien ist klein, Helen.«

»Die ganze Welt ist klein.«

»Die Welt ist groß. Armenien ist klein. Du warst nicht in der Bar.«

»Ich hatte zu tun.«

»Du warst lange nicht in der Bar.«

»Ich hatte viel zu tun. Warum trägst du Tarnkleidung?«

»Gefällt sie dir nicht?«

»Und du hast dir einen Bart stehenlassen.«

»Auch das.«

Levon streckte sich und rief, »das alles lebt, die Halme, die Steine, die Luft!« Er sprang um den Aprikosenbaum und lachte. Ein Ast streifte mein Gesicht, ich erschrak und stieß einen Schrei aus. Levon schrie mit, dann verstummten wir gleichzeitig, und er stellte sich ganz nah zu mir. »Und jetzt bist du hier«, flüsterte er.

»Jetzt bin ich hier.«

Levon blickte sich um, beugte sich zu mir und küsste mich. Ich schob ihn weg. »Nicht hier, deine Eltern.«

»Sind wir fünfzehn?« Er biss mir in die Lippe. Meine Gedanken flogen mir in den Bauch, in die Beine, in die Erde, durch die Haare, aus dem Kopf. Ich trat ihm beim Küssen auf den Fuß, und er trat mir auf den Fuß, dass es weh tat, und ich musste lachen, lachte in seine Lippen, und er drückte mich so fest, dass ich kaum atmen konnte, dass ich nur noch ihn atmen konnte. Sein spitzer Zahn an meiner Lippe, und ich öffnete die Augen, Haut und Himmel. Gedanke für Gedanke kehrte zurück, versuchte zu greifen. Nicht fragen, war der erste Gedanke. »Was machen wir jetzt?«

»Essen«, sagte Levon, »viel essen.«

Bei Tisch saß ich zwischen Evelina und Araik. Levon und seine Tochter waren am anderen Ende der Tafel, dazwischen Onkel Davids Freunde und Verwandte, alle sprachen armenisch, hoben die Gläser, tranken und lachten und ließen den Jubilar hochleben, bis ihm die Tränen in den Cognac tropften. Mein Teller wurde mit Fleisch gefüllt, mit Zwiebeln, Kräutern, Lawasch. Evelina beugte sich zu mir und erklärte, wer wo lebe und mit wem. Ich hatte nur Augen für Levon, der mit den anderen lachte und trank und erzählte, aber nie zu mir sah. Ich schickte Julja ein kleines Lächeln und bekam ein kleines Lächeln zurück. Onkel David fragte mich etwas, bemühte sich, russisch oder englisch zu sprechen. Ich versuchte, auf Armenisch zu antworten, und er verstand mich so wenig, wie ich ihn. Evelina beendete unseren mühsamen Dialog.

»Sehen Sie, Helen, ein Stapel Lawasch ist wie eine alte Handschrift, wie Pergament.«

»Eigentlich schmeckt unser Brot nach nichts«,

knurrte Araik, »ich war in Frankreich. Baguette schmeckt mir besser.«

»Wann warst du in Frankreich?« Evelina sah Araik prüfend an.

»Das war vor deiner Zeit.«

»Es gab keine Zeit vor meiner Zeit. Und als Kind kannst du nicht in Frankreich gewesen sein.«

»Warum meinst du, alles über mich zu wissen?«

»Du warst nicht in Frankreich, Araik, du warst es einfach nicht.«

»Schon gut, ich habe viel darüber gelesen.« Araik riss ein Stück des dünnen Fladenbrotes ab, legte gebratenes Fleisch darauf, Kräuter, Ziegenkäse, Zwiebel, bestrich alles mit einer roten Soße, rollte das Ganze fest zusammen und biss hinein, kaute mit Andacht. Ohne die Gläser zu zählen, trank ich von dem Wein, ließ mich tragen von den runden schweren Tönen, die ein junger Mann einem Instrument entlockte, dessen Klang entfernt an eine Klarinette erinnerte.

»Wie heißt diese Flöte?«, fragte ich.

»Das ist ein Duduk«, sagte Evelina, »das armenische Nationalinstrument.« Sie beugte sich zu mir und flüsterte, Julitschka sei die Beste in ihrer Klasse, so begabt. Ihr Sohn sei von der Mutter getrennt, das werde er eines Tages noch bereuen, denn sie sei eine gute Frau, aber eine, die nicht auf ihn warte. Darauf wusste ich nichts zu erwidern und klatschte mit den anderen zur Musik, die jetzt aus den Lautsprechern kam. Die Melodien wurden leicht und heiter, der Rhythmus schneller.

»Kommen Sie, Helen, kommen Sie, tanzen!«

»Lieber nicht«, sagte ich und stand auf. Ich erinnerte mich an die türkische Hochzeit, zu der Danil und ich einmal eingeladen waren, damals hatte ich mich den ganzen Abend an ihm festgehalten. Jetzt war ich auf mich gestellt, meine Füße suchten den Takt, meine Arme waren hilflos, wuchsen dann über mich hinaus, ich fiel aus meiner Verlegenheit und tanzte. Ich tanzte mit einer Frau mit flammenden Wangen, tanzte mit Onkel David, tanzte mit der kleinen Julja und vergaß für einen Augenblick die Welt und Danil und Levon, der nicht tanzte. Als das Klatschen aufbrauste und dann verebbte, ließ ich mich auf meinen Stuhl fallen. Evelina füllte mein Glas, erhob sich und begann, den Tisch abzuräumen. Ich wollte ihr helfen, aber sie drückte mich zurück in den Stuhl.

»Sie sind unser Gast. Bleiben Sie sitzen, gleich gibt es Tee und Süßes.«

»Sind Sie denn wenigstens in Frankreich gewesen?«, fragte Araik und putzte seinen Teller mit einem Fetzen Brot.

»Ja, als Kind«, sagte ich. Ich erinnerte mich an den Campingplatz, an den wilden Atlantik, an Sara, wie sie nackt durch die Dünen lief, an ihr Gesicht, ihre Stimme. Lena, komm, spring in die Wellen! Ich hasste den Wind, und ich hasste die Wellen. Ich mag unbewegtes Wasser.

»Wie ist es in Frankreich?«

»Man kann Meerestiere essen. Fische, Seeigel, Krebse. Es gibt riesige Wasserfälle.«

»Wasserfälle? Wenn ich an Frankreich denke, denke ich an Maupassant, Brigitte Bardot, Matisse, Marie-Antoinette, nicht an Wasserfälle. Kommen Sie, Helen, ich zeige Ihnen einige Bilder.« Er rollte voran.

»Haben Sie diese Bilder gemalt?« Die meisten waren nicht gerahmt und zeigten Landschaften, dicke Farbschichten türmten sich zu Gebirgen und Himmelsstimmungen.

»Mein Bruder David ist der Künstler. Dieses hier, der Sevansee im Abendrot, gefällt mir besonders gut. Jetzt malt er nur noch Granatäpfel und Frauen. Die Granatäpfel verkauft er auf dem Vernissage-Markt an Diaspora-Armenier auf Heimaturlaub. Dann fahren sie zurück nach Los Angelos oder nach Marseille oder weiß der Kuckuck wohin und betrachten seine Granatäpfel und spüren ganz viel Heimat in sich.«

Zwischen Davids Gemälden hing eine Schwarzweißfotografie, die einen Herrn mit eindrucksvollen Augenbrauen zeigte. Araik sagte leise, »das ist mein Vater. Er war sehr streng mit mir und meinem Bruder. Aber seinen Enkel, den kleinen Levon, den hat er geliebt. Immer hat er ihn herumgetragen. Noch kurz bevor er starb, hielt er den Jungen in seinen Armen. Er sang ihm Lieder vor, und der Junge schlief ein. Mein Vater sang Lieder, die ich nie gehört hatte.«

Die rotgetigerte Katze strich um meine Beine, ich schüttelte sie ab.

»Haben Sie Angst vor Katzen, Helen?«

»Ja, ein wenig.«

»Müssen Sie nicht, es ist ja nur eine Katze.«

Nach dem Kaffee saßen Levon und Julja auf dem Sofa im Wohnzimmer. Im Fernsehen lief eine Talentshow, Julja sang mit den Talenten und war glücklich. Levon sah mich an, wo bist du denn gewesen, schien sein Blick zu fragen, oder, was tust du hier eigentlich? Ich stand in der Tür, befühlte die Innenseiten der Taschen meines Kleides, fand einen Knopf und ein Papiertaschentuch. Aus der Küche hörte ich Evelinas Stimme, eine schrille Stimme antwortete, es hörte sich an, als stritten sie, aber dann folgte helles Lachen. Araik kam, ich trat zur Seite, um ihn durchzulassen. Ein paar kleinere Kinder rannten durch das Zimmer und jagten sogleich wieder hinaus. Julja interessierte sich nicht für das wilde Spiel, zufrieden folgte sie der Sendung im Fernsehen, genoss die Nähe ihres Vaters, und Araik genoss die Nähe seines Sohnes. Julja rief mir etwas zu, ich zuckte die Achseln. Sie winkte mich zum Sofa, ich schüttelte den Kopf. Aber sie blieb hartnäckig, also gab ich nach. Ich meinte Levons Wärme durch ihren Körper hindurch zu spüren. Wie oft hatten Levon und seine Frau nachts gemeinsam an

Juljas Bett gestanden? Wie oft hatten sie sich geliebt? Julja fragte mich etwas.

»Was sagt sie?«

»Sie mag deine hellen Haare.«

»Es ist eine seltsame Situation für mich, Levon, hier mit dir und deiner Familie.«

»Du brauchst nicht zu flüstern. Meine Tochter versteht kein Russisch, und mein Vater ist eingeschlafen.« Er erhob sich.

»Wohin gehst du?«

»Ich gehe nach draußen. Ich möchte rauchen. Bald muss ich zurück nach Jerewan. Es reicht.«

Julja lief ihrem Vater hinterher. Araik wachte auf und lächelte mich an.

»Das ist eine Bagage, nicht wahr, Helen? Fühlen Sie sich wohl bei uns? Es sind gute Menschen. Sie alle feiern gern. Ich muss sie nicht jeden Tag um mich haben, aber ich müsste auch mich selbst nicht jeden Tag um mich haben. Erzählen Sie von Ihrer Familie. Erzählen Sie von Ihrer armenischen Mutter. Wo sind Ihre Wurzeln, Helen?«

»Ich bin kein Baum.«

»Sie weichen aus.«

»Meine Mutter war sehr jung, als sie allein aus Moskau kam. Sie wollte nach Australien, landete aber in einem Wohnheim in der Nähe von Bamberg in Bayern. Die Sprachen ihrer Mitbewohnerinnen verstand sie nicht, aber die verstanden sich gegenseitig auch nicht, und so verstand niemand etwas. Sie machte alles so, wie man es von ihr verlangte, sie unterschrieb Papiere, sie kam pünktlich zur Essensausgabe, sie ließ sich in die Ohren schauen. Eines Tages bat eine der örtlichen Angestellten – es war wohl eine Sozialarbeiterin – sie um einen Gefallen. Sie sollte in eine andere Stadt fahren und dem Bruder der Sozialarbeiterin bei der Renovierung seiner Wohnung helfen. Kurz überlegte meine Mutter und wunderte sich ein wenig, denn sie hatte noch nie eine Wohnung renoviert. Aber sie wollte nicht unhöflich erscheinen, also fuhr sie neun Stunden mit dem Zug in eine Stadt ganz im Norden. Der Bruder der Sozialarbeiterin holte sie am Bahnsteig ab. Er war jung, er lachte viel, und sein rechter Arm steckte in einem Gips. Er bewohnte das Erdgeschoss eines Reihenhauses, und in seinem Garten stand ein Wohnwagen. Seine Wohnung sah aus wie eine Rumpelkammer, überall standen Kisten herum, und die Tapete hing in Streifen von den Wänden. Meine Mutter schlief im Wohnwagen und entwickelte eine eher künstlerisch-konzeptionelle Vorstellung von der Renovierung. Den ganzen Sommer lang saßen sie im Garten und schauten sich an und machten wilde Pläne. Es kamen Handwerker und renovierten die Wohnung, und meine Mutter musste zurück ins Wohnheim fahren. Er vermisste sie und schrieb verzweifelte Briefe: Komm zurück! Aber sie kam nicht zurück. So hat sie mir das erzählt. So habe ich mir das gemerkt.«

»Der Herr in der Rumpelkammer ist Ihr Vater?«

»Gut möglich.«

Araik schob mir eine Schale mit Pralinen hin. »Es ist sicher nicht leicht, ohne Vater aufzuwachsen. Ich hatte einen Vater. Aber er war mit seinen Gedanken immer woanders. Immer abwesend und schweigsam. Meine Eltern haben beide den Völkermord überlebt. Meine Mutter hat nicht geschwiegen. Sie hat uns gequält mit ihren Geschichten. Sie wurde steinalt. Bei Tisch saßen wir zusammen, und meine Mutter erzählte von den Grausamkeiten, die ihr, den Angehörigen, den Bekannten, den Nachbarn widerfahren sind. Das war unsere Abendunterhaltung, mit diesen Geschichten sind wir ins Bett geschickt worden, mit diesen Geschichten schliefen wir ein. Am Ende sagte sie immer den einen Satz: Die anderen sind umgekommen, und ich bin übrig geblieben. Was soll man als Kind dazu sagen? Mein Bruder und ich, wir wollten das nicht hören, wir wollten ins Kino gehen, wir wollten uns mit Mädchen treffen. Mein Vater hat stumm gelitten und ist aus dem Zimmer gegangen. Ich weiß nicht, warum er nichts erzählt hat. Vielleicht hat er sich geschämt. Schämt man sich für sein erlittenes Leid? Als ich den Schlaganfall hatte, dachte ich, das war's, mein Leben ist zu Ende. Nicht, dass ich das Ende meines Lebens nicht schon durchgespielt hätte, aber wenn es dann kommt, ist es etwas anderes. Doch irgendein Gott war barmherzig mit mir, ich habe meine Angst verloren.« Araik wirkte erschöpft. Er holte sein Zigarrenetui hervor, schnitt die Spitze einer Zigarre ab und seufzte zufrieden. Die Sonne ließ die Rauchwolken schillern. »Genug der schlimmen Geschichten«, fuhr er fort, »ich würde gern nach Deutschland fahren. Ich habe gelesen, dass man in Deutschland so schnell fahren darf, wie man will. Stimmt das?«

»Ja, auf der Autobahn gibt es keine Geschwindigkeitsbegrenzung.«

»Das muss wunderbar sein.«

»Es macht Spaß, schnell zu fahren.«

»Welches Auto haben Sie, Helen?«

»Ich leihe mir manchmal ein Auto.«

»Früher habe ich mir immer einen Mercedes gewünscht.«

»Welchen denn?«

»Irgendeinen. Interessieren Sie sich für Autos?«

»Ja. Im Prinzip schon.«

»Das ist gut. Ich kann ja nicht mehr fahren, ich bin jetzt aus Holz.«

»Warmes Holz«, sagte ich und drückte seinen Arm.

»Wenn die Bäume ganz jung sind, sind sie weich und biegsam, und wenn sie alt sind, werden sie hart und trocken. Wie die Menschen.«

Aus den Augenwinkeln sah ich, wie Levon seine

Jacke anzog und sich verabschiedete. Julja klammerte sich an ihn, er nahm sie hoch, redete sanft auf sie ein, vielleicht versprach er ihr etwas, dann trat er zu uns, beugte sich zu seinem Vater und küsste ihn auf die Stirn.

»Ich muss zurück nach Jerewan, willst du mitfahren?«

»Nein, Helen, bleibt über Nacht.« Evelina stand plötzlich zwischen uns. »David fährt uns morgen alle wieder in die Stadt.«

»Das ist sehr freundlich von Ihnen, Evelina, aber ich würde gern zu Hause schlafen. Ich habe den Tag sehr genossen.«

Araik blickte von mir zu Levon und wieder zu mir. Ich verabschiedete mich von allen, wurde geküsst und gedrückt, und als wir im kalten Auto saßen, atmete ich aus.

»Ja, so geht es mir auch«, sagte Levon.

»Du hast Glück, eine solche Familie zu haben«, sagte ich.

»Ich bin ein glücklicher Mann.«

»Bist du Zyniker?«

»Auf keinen Fall, Helen. Ich weiß gar nicht, was das ist, ein Zyniker. Ich habe meine Zigaretten vergessen. Verdammt.«

»Julja ist bezaubernd.«

»Das ist sie.«

»Warum hast du sie nicht mitgenommen?«

»Mein Vater gefällt dir. Ihr habt euch lange unterhalten.«

»Dein Vater ist schwermütig, und er hat Humor. Ich habe mich verliebt.«

»Er ist raffiniert.«

»Er ist traurig.«

»Alle Armenier sind traurig. Immer.«

»Du bist doch ein Zyniker.«

»Die Menschen haben sich in Chatschkars verwandelt.«

»Ich weiß nichts über dieses Land. Es wird hier viel geschimpft über dieses Land.«

»Die Armenier glauben, sie seien etwas Besonderes, auserwählt. Ihre Schrift, das erste Brot, der erste Schuh, das erste Land mit dem Christentum als Staatsreligion. Irgendwann finden sie sich alle im Paradies, im Hayastan. Du beschäftigst dich mit armenischen Handschriften. Auch das ist dieses Land.«

»Was ist mit dir?«

»Ich kämpfe für mein Land. Ich will mich nicht in einen Stein verwandeln.«

»Wie kämpfst du?«

»Ich ziehe meine Uniform an, nehme mein Gewehr und gehe kämpfen.«

»Wo?«

»An der Front. In Bergkarabach.«

»Du bist Soldat?«

»Ich bin Offizier der Streitkräfte Armeniens.«

Offizier der Streitkräfte Armeniens – ich hatte keine Ahnung, was das bedeutete. Ich hatte keine Ahnung, ob ich wissen wollte, was es bedeutete. Ich versuchte, in Levons Gesicht ein Zeichen von Erregung zu entdecken, doch es gab keins. Wir erreichten die Stadt, die Straßenbeleuchtung war ausgefallen, vielleicht gab es mal wieder nicht genug Strom.

»Ich dachte, du bist Musiker«, brach ich das Schweigen.

»Ich bin Musiker. Auch das. Meine Mutter hätte mich gern im Konservatorium gesehen. Aber ich diene in der Armee.«

In meiner Wohnung stand das Fenster offen. Ich konnte mich nicht erinnern, das Fenster aufgelassen zu haben. Ich schließe immer alles, wenn ich gehe. Levon setzte sich auf die Bettkante, sah sich aufmerksam um und sagte, im Herbst spuke es in Armenien. Die Gespenster kämen im Spätsommer und gingen mit dem Gedenktag an die Heiligen Sahak und Mesrop. Sie kämen durch die Wände und gingen durch die Fenster. Zu manchen Menschen kämen sie zwei- oder dreimal, abhängig davon, was es an Interessantem zu bestaunen gebe, einen verlorenen Strumpf oder einen Rest Wein in einem Glas oder einen Teppich an der Wand. Manchmal versteckten sie sich auch und warteten, bis die Hausbewohner nach Hause kämen, denn sie seien sehr neugierig. Levon schaute unter das Bett, bevor er sich hinlegte. Ich setzte mich zu ihm.

»Zeig mir deine Kriegsverletzungen. Wo sind deine Narben?«

»Du machst dich über mich lustig.«

»Nein. Ich bin nur erstaunt.«

»Worüber? Dass ich Soldat bin? Widerspricht das deinen westlich-bourgoisen Vorstellungen?«

»Was meinst du?«

»Ein armenischer Musiker wäre dir lieber als ein armenischer Soldat, nicht wahr?«

»Darf ich dich küssen?«

»Warum fragst du?«

»Hast du dir dein Leben so vorgestellt, wie es ist, Levon?«

»Nein.«

»Deine Frau und dein Kind sind nicht bei dir, das hast du dir bestimmt nicht so vorgestellt.«

»Nein, das habe ich mir so nicht vorgestellt.«

»Kannst du dich erinnern, wann ihr euch verloren habt?«

»Ich habe nur bemerkt, dass ich abends nicht nach Hause kommen wollte.«

»Und Julja?«

»Julja ist mein Kind.«

»Aber du kannst nicht bei ihr sein.«

»Meine Tochter ist mir so selbstverständlich und nah, wie ich es mir selbst bin. Als sie zur Welt kam, hatte ich das Gefühl, meine Frau gebiert uns drei, und wir rasten durch alle Elemente zugleich. Wochenlang lagen wir im Bett und haben unsere Tochter angesehen, wie sie schlief, wie sie aufwachte, wie sie hungrig war und weinte. Ich konnte vor Aufregung nicht schlafen, ich dachte, das ist mit Einigkeit gemeint, das muss Gott so gemeint haben.«

»Glaubst du an Gott?«

»Als Julja da war, konnte ich nicht fassen, dass ich nur einen Tag ohne sie gelebt hatte und sogar zufrieden gewesen war. Inzwischen lernt sie schreiben und lesen, und manchmal ist sie bei mir. Darf ich dich jetzt küssen?«

»Ja.«

In der Nacht rückte ich von ihm ab, er streckte seine Hand nach mir aus. »Außerdem gehe ich gern ins Kino, lesen kann ich kaum noch, ich kann mich nicht konzentrieren, aber im Kino vergesse ich mich selbst, da kann sogar der Film schlecht sein. Ab morgen bin ich im Einsatz.« Als ich ihn fragte, wann wir uns wiedersähen, nahm er meine Hand, küsste meine Fingerkuppen. »Gestern, heute, morgen, in drei Jahren, hör auf zu zählen.«

Flucht

Als Sona endlich schlief, starrte Anahid in die Dunkelheit und dachte, der Schneider hat mit einem Stein das Küchenfenster eingeworfen, der Vater und der Onkel sitzen immer noch in der Küche und reden und reden, und draußen laufen Menschen aufgeregt hin und her.

Am frühen Morgen wurden sie vom Geschrei der Nachbarin geweckt, die in die Küche stürzte und schrie, jetzt sei es so weit, man werde sie vernichten, die Kirche sei angezündet worden und auf dem Markt habe man verkündet – eine Bekanntmachung der Obrigkeit –, die Armenier müssten in den Süden ziehen, und zwar schon morgen, Häuser und Besitz würden beschlagnahmt und ob ihr jemand erklären könne, wie denn alle so blind gewesen sein konnten, wie denn alle so dumm gewesen sein konnten? Barfuß kamen die Kinder in die Küche, und Sona sah die Nachbarin aufmerksam an und begann, Grimassen zu schneiden, als wollte sie die Nachbarin nachmachen, und die Nachbarin hörte auf zu schreien, und alle sahen auf Sona, und plötzlich mussten alle lachen, auch die Mutter und der Vater. Keiner habe ihr glauben wollen, schrie die Nachbarin weiter, und sie schrie, bis ihr Gesicht ganz rot war. Hinaus jetzt, sagte die Mutter und schob die Nachbarin zur Tür, es ist alles schon schlimm genug, du erschreckst unsere Kinder. Und die Nachbarin fauchte, deine Kinder sind nicht zu erschrecken, und sie zeigte auf Sona, die drohend ihre kleine Faust reckte.

Über Nacht hatte der Vater graue Haare bekommen, über Nacht war er zu einem alten Mann mit krummem Rücken und Feueraugen geworden. Er ließ die Kinder einzeln zu sich treten. Als Anahid an die Reihe kam, drückte er ihr einen Lederbeutel in die Hand, darin war das alte Buch, das kannte Anahid, denn das Buch wurde an Festtagen herausgeholt, auch wenn jemand krank war, manchmal einfach so. Als sie sich zu ihm beugte, konnte sie den Vater riechen. Frisch geschlagenes Holz und Kaffee und das Lavendelöl, mit dem die Mutter ihr Haar einölte.

Wieder wurde an die Tür gehämmert, und drei Gendarmen in Uniform zerrten den Vater und auch Sarkis aus dem Haus. Es geht in den Kampf, schrien sie. Nehmt die roten Goldmünzen, sagte der Vater, und die Gendarmen nahmen die Goldmünzen. Lasst den Jungen bei der Mutter, sagte der Vater, aber die Gendarmen ließen Sarkis nicht bei der Mutter. Sie gingen mit Sarkis und dem Vater fort. Am Nachmittag kamen andere Männer und holten Keghuhi und

Sona. Hrant und Anahid blieben übrig. Sie blieben übrig, weil sie, Anahid und Hrant, als die Kleinen geholt wurden, sich im Garten hinter dem Stall versteckt hatten. Versteckt euch, hatte die Mutter gesagt mit einer Stimme, die heiser und fremd klang, und wenn sie weg sind, nehmt unser Buch und lauft zum Metzger. Die Sapties verließen das Haus, stampften, dass es der Erde weh tat, und Hrant und Anahid wollten zum Metzger laufen, wie die Mutter es gesagt hatte, aber die Männer kamen wieder, und die Mutter kniete auf dem Boden der Küche und hielt ihren Kopf und schrie und schrie, lauft endlich! Lauft! Und Anahid nahm Hrant bei der Hand, und sie liefen die vielen Stufen zum griechischen Viertel hinunter, dann den bekannten Weg zum Metzger, und der Metzger sagte, ihr müsst euch verstecken, wie kann man so dumm sein und hier herumlaufen, wie kann man so dumm sein, jede Kuh ist schlauer als ihr. Ich kenne euch! Ihr seid die Kinder von Kevork! Los, sagt eure Namen, ihr dummen Kinder, schrie der Metzger, und Hrant flüsterte seinen Namen, und Anahid sagte laut und deutlich, ich heiße Anahid. Der Metzger öffnete eine Klappe, und die Klappe war sehr klein, und er stieß sie beide, Hrant und Anahid, in dieses Loch und machte die Klappe wieder zu, und in diesem Loch lagen Stücke von Tieren, und es roch nach Blut und Talg, obwohl es so kalt war in diesem Loch, und es war dunkel, und Hrants kleiner Körper zitterte so sehr, dass Anahid dachte, ihr kleiner Bruder sei ein richtiger Mensch, der so viele Muskeln hat, die alle so zittern können, jeder kleine Muskel für sich, und sie umarmte ihn, und auch ihr Körper begann zu zittern, und sie sagte ihrem Körper, nun hör auf zu zittern, und ihr Körper drückte sich fest an Hrants Körper, und sie fragte sich, ob sie sterben würden. Aber das war nur ein Gedanke, denn sie wollte nicht sterben. Sie wollte vielleicht sogar sterben, aber sie wollte nicht, dass Hrant starb, und Hrant sollte keine Angst haben, und deshalb sang sie ihm ein Lied und fand die Worte beim Singen. Sie sang von fliegenden Schafsohren und Kuhschwänzen und davon, wie sie alle bald zusammen irgendetwas sehr Gutes essen würden, und ihr wurde ein wenig schlecht beim Gedanken ans Essen dort in diesem Loch hinter der Klappe. Und vor der Klappe stand wohl der dicke Metzger und wartete, bis die Sapties mit ihren Dolchen wieder verschwanden. Nun hör schon auf zu zittern, flüsterte sie Hrant zu, und Hrant hatte so viel Rotz im Gesicht, und alles schmeckte salzig, sein Rotz und seine Tränen. Wollen wir einfach schlafen, fragte sie, und sie schliefen wirklich ein in diesem Loch zwischen all den blutigen Kuhteilen.

Irgendwann ging die Klappe auf, und der Abend war noch hell, und das Licht brannte in den Augen, und der Metzger zerrte sie heraus und zerrte sie in den zweiten Stock, und dort stand eine gusseiserne

Wanne, und er sagte, zieht euch aus! Los! Aber Anahid genierte sich, sie war fast vierzehn, und sie hatte schon einen Busen. Der Metzger drehte sich um, und plötzlich war es ihr egal. Ein Mädchen, das Anahid vom Markt kannte, so alt wie sie selbst, brachte heißes Wasser und schüttete das Wasser in die Wanne, dann auf Hrant und Anahid in der Wanne. Hrant sagte die ganze Zeit nichts, starrte nur auf Anahids nackten Bauch, weil ihr Bauch in Höhe seiner Nase war. Es wäre ihr lieber gewesen, er hätte etwas gesagt, aber er schwieg. Das Mädchen brachte saubere Kleidung, auch eine Jacke aus schwerem Leinenstoff. In der Nacht sollten sie weg, und Anahid fragte, wohin? Der Metzger sagte zuerst nichts, dann aber schrie er, wenn man euch findet, wird man euch töten! Sie fragte wieder, wohin, und dann schrie der Metzger nicht mehr, sondern er zuckte so seltsam mit den Schultern und sagte leise, ich weiß es doch nicht, Kinder. Er nannte sie ein Kind, sonst konnte sie es nicht leiden, wenn jemand sie ein Kind nannte, aber jetzt mochte sie es, und sie wollte ein Kind sein, dem man sagte, was das Kind zu tun und zu lassen habe, aber für Hrant durfte sie auf keinen Fall so etwas wie ein Kind sein, denn das wirkliche Kind war ja er, sie aber musste denken. Macht euch davon, Kinder, sagte der Metzger, und Anahid fragte wieder, wohin, und der Metzger schüttelte den Kopf und stöhnte und fing an zu heulen, ihr bringt mir noch Unglück, was soll ich denn mit euch machen, und als er das sagte, erinnerte sich Anahid an die Mutter, die oft von Stolz gesprochen hatte, und plötzlich wusste sie, was die Mutter gemeint hatte, oder zumindest glaubte sie, es zu wissen, und sie nahm Hrant bei der Hand, und sie nahm ihren Lederbeutel mit dem alten Buch und sagte, danke für alles, und sie gingen in die Schatten der heraufziehenden Nacht.

Hrant wimmerte, er wolle nach Hause, und Anahid sagte, es gibt aber kein Zuhause mehr, und sie sagte das sehr streng, denn sie wollte nicht über ihr Zuhause nachdenken, denn dort in der Küche gab es den roten Fleck, das war das Blut der Mutter, also gab es kein Zuhause, und so liefen sie einfach los.

Dreizehn ernste Gesichter

Levon stand früh auf, ich stellte mich schlafend. Auf dem Nachtschränkchen lag zwischen meinem Reisepass und dem Flugticket das Familienfoto, das Sara mir gegeben hatte. Levon nahm das Foto und setzte sich auf einen Stuhl, betrachtete es. Dann nahm er mein blaues Kleid, legte es sorgfältig über die Stuhllehne und ging.

Vor mir lag ein langer leerer Sonntag. Ich angelte die Fotografie vom Nachttisch, dreizehn ernste Gesichter, hier und da ein wenig schief im Moment, als der Auslöser gedrückt wurde. Ein Raum, Holzstühle, nachdenkliche Ellbogen, gerade Scheitel, weiße Strümpfe. Vielleicht lebt noch jemand von ihnen, hatte Sara gesagt.

Es hatte geschneit. In den Straßen war es hell und still, der Schnee taute unter meinen Füßen. Andrei Dmitrijewitsch Sacharow auf dem Sacharow-Platz trug ein weißes Hütchen aus Schnee. Es stand ihm gut. Ich ging die Tumanyanstraße entlang, dann weiter auf die Puschkinstraße. An der Straßenkreuzung gab es ein Plakat, das mir bisher nicht aufgefallen war. Die obere Bildhälfte zeigte einen Bäcker, der gerade ein Brot in den Ofen schob, und die untere Bildhälfte zeigte einen Soldaten, der ein Geschütz lud. Beide, sowohl Bäcker als auch Soldat, verrichteten ihre Arbeit offenbar verantwortungsvoll und mit freundlicher Zuversicht. Von da an bemerkte ich ähnliche Plakate. Eine junge Wissenschaftlerin begutachtete etwas unter dem Mikroskop, eine Soldatin schaute durch ein Periskop. Ein Arzt behandelte ein Baby, ein Offizier blätterte in seinen Unterlagen.

Ich rief Sara an, und wie immer meldete sie sich sofort. Wie immer war sie unterwegs, und ich hörte ihre hektischen Schritte. »Lena? Was ist los? Hast du endlich den Ararat gesehen?«

»Wieso hast du mir die Fotografie mitgegeben?«

»Ich dachte, es wäre interessant für dich, etwas über deine Herkunft zu erfahren.«

»Du kannst oder willst mir nicht sagen, wer mein Vater ist, aber entfernte Verwandte sollen mich jetzt interessieren?«

»Werd nicht sentimental. Du weißt, wer dein Vater ist. Gerhard. Gerhard Jacob. Oder Gerd, wie du willst.«

»Das ist nur ein Name.«

Der Zigarettenrauch wirbelte kühl durch ihre Kehle, sie paffte ihn in Ringen aus. Ich sah es vor mir. Ich habe ein Bild von ihr.

»Es steht dir doch frei, Lenka. Alles deine Entscheidung.«

Am Busbahnhof erfuhr ich, dass es der falsche war, der richtige Busbahnhof sei in der Nähe der Cognacfabrik. Ich nahm ein Taxi, es entließ mich inmitten rauchender Männer mit Fellmützen und dicken Jacken vor einem niedrigen Gebäude. Es war kalt, die allgemeine Geschäftigkeit wirkte verlangsamt, kondensierter Atem und Abgaswolken standen beharrlich in der Luft. Hinter dem Kiosk fand ich eine Toilette, neben dem Eingang saß eine alte Frau, ihre Jacke spannte über den vielen Schichten, die sie darunter trug. Sie drückte mir graues grobes Papier in die Hand. Ich lehnte dankend ab, und sie sagte, »nimm, nimm, es wird dein Lächeln und dein Flehen, es wird dein fürchterlicher Eid als fahles Schattenbild verwehen. Schau nicht so, das ist von Anna Achmatowa.«

»Warum zitieren Sie Achmatowa?«

»Warum nicht? Nun geh pinkeln. Geh.«

Ich fragte mich zum richtigen Bus durch. An Sonntagen fahre der Bus nur alle drei Stunden, aber die nächste Abfahrt sei in zwanzig Minuten, ich könne schon einsteigen.

Auf eigene Faust, was für ein seltsamer Ausdruck, dachte ich, als sich der Kleinbus in Bewegung setzte. Nun würde ich also Verwandte suchen. Warum nicht?

Vielleicht war es gut, Verwandte zu haben. Danil hat seine Geschwister, seine Nichten und Neffen, seine Cousinen und Cousins. Er sieht sie kaum, aber sie sind da. Ich bin neugierig, das ist alles. Ich dachte an Levons Familie, an die kriegsverherrlichenden Plakate, die überall hingen. Was wusste ich über Bergkarabach? Aserbaidschan kannte ich aus den Nachrichten. Baku klang für mich so weit entfernt wie Haiti, und nichts wusste ich über ein Leben als Soldat.

Auf meinem Schulweg hatte es an der Ecke zur Hauptstraße einen Military-Shop gegeben, zwischen Sparkasse und chinesischem Restaurant. Bundeswehrparkas waren schick, dazu trug man um den Hals ein Palästinensertuch und im Herzen intensive Träume von einem Auslandsjahr in den USA. Danil nicht. Aber gab es bei ihm nicht auch einen Kiesweg, der vom Haus hinabführte oder im Stadtteilkino einen Vorhang aus flachen, auf Nylonfäden aufgereihten Korken? Ich hatte ihn nie nach ersten Freundschaften und ersten Gefühlen gefragt. Colm war meine erste Liebe. Ein Junge mit Brille und einem Pferd. Wir trafen uns ein halbes Jahr lang, bis Colm mit seinen Eltern fortzog. Die erste Zeit besuchte ich noch sein Pferd. Nach Colm gab es ein paar andere Jungs, dann war lange nichts.

Zeigen Sie mir die Glastür, die es gewagt hat, sich Ihnen in den Weg zu stellen, hatte Danil gesagt, als ich mit meiner Gehirnerschütterung im Krankenhaus war und er in der Radiologie assistierte. Er trug braune Lederschuhe, seine Schritte hallten durch die Stille der Flure, das war mir aufgefallen. Er suchte eine Wohnung, und ich hatte ein Zimmer zu viel. Kurze Zeit später hatten wir einen gemeinsamen Haushalt. Wir liebten es, gemeinsam durch Möbelhäuser zu streifen, Betten und Sofas zu testen und nichts zu kaufen. Ob er sich erinnern kann?

Nach etwa zwei Stunden musste ich aussteigen. Gestern erst war ich hier gewesen, nichts kam mir bekannt vor. Niemals würde ich das Haus von Levons Onkel David wiederfinden, und mein vager Plan, meine Suche mit seiner Hilfe zu beginnen, löste sich in der kalten Luft auf.

Ich wanderte die Hauptstraße entlang, gelangte schnell zum Ende des Ortes, aber dort draußen zwischen Hügeln und felsigen Schluchten würde mir niemand helfen können, also machte ich kehrt. Auf dem sandigen Weg große Pfützen, dünne Rinnsale, kahle Bäume. Irgendetwas erwartete ich, von jedem Baum, jedem Haus, jedem Straßenschild. Zurück am Ausgangspunkt im Zentrum hatte die Kälte meine Zehen fühllos gemacht, ich betrat einen Imbiss gleich bei der Bushaltestelle. Es war später Vormittag, und ich war der einzige Gast. Ein Mann hantierte an einem großen Ofen, die Wirtin nickte mir zu, wies auf einen Hocker am Fenster. Sie brachte Tee und sah mich fragend an. Auf Russisch bestellte ich Schaschlik. Von ihrer langen Antwort auf Armenisch verstand ich kein Wort und fragte erneut nach Schaschlik. Sie schüttelte den Kopf und gestikulierte in Richtung Ofen, der, so entnahm ich ihren Gesten, kaputt oder noch nicht heiß genug war.

»Harissa«, sagte sie.

»Harissa?«, fragte ich.

Sie nickte. »Harissa.«

Ich nickte. Der Weizenbrei war dick, heiß und stärkend. Ich zog das Familienbild aus der Tasche. »Mazavian«, sagte ich. Ihre dunklen Augen wanderten zwischen mir und der Fotografie hin und her. Sie holte den Mann. Ich tippte auf das Bild: »Mazavian?« Sein skeptischer Blick hellte sich auf, »ah, Mazavian!«. Dann wandte er sich ab und verließ den Imbiss. Ein wenig ratlos verstaute ich das Foto und wollte eben meinen Mantel anziehen, da brachte die Wirtin eine weitere Tasse Tee und drückte mich zurück auf meinen Hocker. Minuten später kam der Mann wieder herein, nun in Begleitung eines hageren Herrn, »mein Name ist Eduard«, stellte er sich vor, »willkommen in unserer kleinen Stadt. Der gute Artak hier hat mich gebeten, bei einem Übersetzungsproblem zu helfen. Nun, da bin ich.«

»Ich danke Ihnen, dass Sie gekommen sind«, sagte ich und holte das Foto wieder hervor. »Ich bin auf der Suche nach der Familie Mazavian, ich selbst bin eine Mazavian, und dieses Foto von 1957 ist das einzige Zeugnis, das mir von meiner Verwandtschaft in Armenien geblieben ist. Dieser Herr mit der Augenklappe ist, soviel ich weiß, Anton, der Bruder meines Großvaters Mgrditsch. Meine Großmutter Lilit ist auf dem Foto nicht abgebildet.«

Eduard nickte ernst und betrachtete das Foto. »Lilit, die erste Frau von Adam. Aber sie hat das Paradies verlassen. Ich bedaure, Ihnen sagen zu müssen, dass mir keine Familie mit Namen Mazavian hier im Ort bekannt ist, ich werde jedoch Ihre Frage übersetzen in der Hoffnung, dass der gute Artak hier oder die alte Hasmik Ihnen weiterhelfen können.«

Man diskutierte lange, tauschte vielleicht manche Anekdote aus, ich trank meinen Tee. Schließlich wandte sich Eduard wieder an mich. »Ja, es gibt einen Mazavian hier. Er lebt mit seiner betagten Mutter nur einige Minuten von hier entfernt. Wir haben die Angelegenheit besprochen und sind zu dem Schluss gekommen, dass es am besten ist, wenn wir ihn jetzt gleich aufsuchen. Bitte folgen Sie mir.«

Schweigend und mit weit ausholenden Schritten führte mich Eduard zu einem niedrigen Haus. Er klopfte. Ich nahm die Mütze vom Kopf. Ein Mann in meinem Alter öffnete die Tür.

»Ich habe Verwandtschaft aus Deutschland mitgebracht«, sagte Eduard. Der Verwandte wurde etwas blass, sah uns misstrauisch an. Er trug einen gebügelten Trainingsanzug und Hausschuhe aus dünnem Leder. »Ich heiße Hagob, kommen Sie herein«, sagte er auf Russisch.

Hagob nahm uns die Mäntel ab, das sei in Ordnung, sagte er, es sei gut geheizt, und wies auf die Hausschuhe im Eingang. Er führte uns zu einem Sofa, auf dem eine alte Dame saß. »Das ist meine Mutter, sie ist mittlerweile blind und fast taub«, sagte Hagob.

Über der Kommode hing ein Porträt von Ernest Hemingway. Hagob brachte Tee, eine Schale mit Obst und Pralinen.

»Sie mögen Hemingway?«, fragte ich.

»Meine Mutter hat kein Foto ihres Vaters, und Hemingway erinnert sie an ihn, deshalb hängt er da.« Hagob vermied es, mich anzusehen. »Und du bist also eine Mazavian?«

»Das ist mein Name.«

Eduard lehnte sich zufrieden zurück und beobachtete die zarte Annäherung der Verwandten. Hagobs Mutter tastete nach der Pralinenschachtel, dann nach meiner Hand, reichte mir die Schachtel.

»Dann bist du also meine Schwester«, fuhr Hagob fort, »dann müsste ich jetzt gerührt sein, oder?«

»Nicht unbedingt«, sagte ich, »jedenfalls nicht sofort.«

Er lachte. Ich gab ihm die Fotografie. »Das ist aus dem Nachlass meiner Großeltern. Meine Großeltern haben in Moskau gelebt. Meine Großmutter stammt aus dem östlichen Kleinasien, aber mein Großvater kam aus dieser Gegend hier. Soviel ich weiß.«

Hagob betrachtete das Foto von allen Seiten, dann nahm er einen Schluck Tee und sagte, »auf der Rückseite steht *Artaschat 1957*«.

»Ja, das ist richtig«, sagte ich.

»Wir sind hier in Aschtarak, verstehst du?«

Ich verstand nicht.

»Wir sind in der Stadt Aschtarak, nördlich von Jerewan, und es gibt die Stadt Artaschat, die sich dreißig Kilometer südlich von Jerewan befindet. Und hinten auf deinem Foto steht Artaschat. Also sind wir nicht verwandt.« Dann fügte er lächelnd hinzu, »was sehr schade ist«.

»Wie schade!«, rief Eduard. »Wie furchtbar schade! Aber was macht es schon, denn welch schöne Zusammenkunft uns die Ironie des Schicksals beschert hat.«

Hagobs Mutter gab mir noch eine Praline. Ich aß sie langsam, sie schmeckte nach Himbeere. Beim Abschied fasste Hagob mich am Arm und sagte, »hör mal, wenn du in Artaschat keine Verwandten findest, kannst du gern wiederkommen. Der Gast ist der Mensch, den der Zufall zu dir führt, es ist der Mensch, den du gerufen hast und den du nicht gerufen hast.«

Ich bedankte mich für die Gastfreundschaft.

»Wir sehen uns, Schwester, und viel Glück in Artaschat, da wird es schwieriger, die Stadt ist größer.«

»Artaschat«, sagte ich zum Taxifahrer. »Ich möchte nach Artaschat, bitte.«

»Nicht Aschtarak?«

»Wir sind doch in Aschtarak.«

»Genau. Da sind wir.« Er lachte.

»Ist es weit?«

»Nein. Eine Stunde.«

»Gut.«

Ich spielte mit dem Gedanken, Sara anzurufen. Ich habe einen armenischen Verwandten gefunden, er heißt Hagob, lebt mit seiner alten Mutter in den Außenbezirken des Paradieses und freut sich auf deinen Besuch. Sie würde ihn sofort in seinem Trainingsanzug und den Lederschlappen vor den Grenzzaun zur Türkei stellen, im Hintergrund der Ararat. Sie würde ihn filmen, wie er nacheinander die armenische, die russische, die türkische, die israelische, die amerikanische und die palästinensische Flagge schwenkte. Vielleicht würde sie ihn auch dazu bringen, etwas zu rufen, *Hic sunt leones!*

Ich war wohl eingenickt, als ich erwachte, stand das Taxi irgendwo in einer weiten Ebene. Der Fahrer zündete sich eine Zigarette an und drehte sich zu mir um. »Panne«, sagte er.

»Was bedeutet das?«

»Ich rauche, dann schieben wir.«

Ich stieg aus, reckte mich, drehte mich um die eigene Achse und sah den Berg. Jäh buckelte der Ararat aus der Ebene empor, massiv und strahlend weiß. Das ist er also, der berühmte Ararat, dachte ich. Diese wuchtige Anhäufung von schneebedecktem Gestein, entstanden durch willkürliche Gewalt tektonischer Verschiebungen und geologischer Zufälligkeiten, tat wirklich alles, um zu beeindrucken. Rechts ein kräftiger Rücken, links eine scharfe schwungvolle Linie, die sich tief hinabzog, eine rasante Rampe für die Arche Noah.

»Er zeigt sich heute von seiner besten Seite«, mein Chauffeur war ausgestiegen und verscheuchte ein paar verirrte Schafe.

»Ich bin seit Ende Oktober in diesem Land und sehe ihn heute zum ersten Mal ganz.«

»Wollen Sie schieben oder fahren?«

»Ich schiebe«, entschied ich, aber ich konnte mich noch nicht von dem Anblick losreißen.

»Schieben Sie«, rief der Fahrer, »der Ararat ist ein ruhender Vulkan, wenn Sie ihn weiter so anstarren, wird er noch ausbrechen.«

Ich schob, so fest ich konnte.

»Schieben Sie«, rief der Fahrer, »schieben Sie! Sie sind ein Vulkan, Madame!« Nach einigen Metern sprang das Auto tatsächlich an. »Schnell! Steigen Sie ein!«

»Hatten Sie Angst«, fragte er, als ich atemlos wieder im Auto saß.

»Vor den Schafen?«

»Auch vor denen.« Er klopfte aufs Lenkrad. »Das ist ein Lada Schiguli, das beste Auto, das die Russen je gebaut haben. Es war ursprünglich ein Fiat, aber in Toljatti haben sie alles stabiler gemacht – Bleche, Achsen, Motor –, das ist ein Automobil, auf das man sich absolut verlassen kann.« Er reichte mir ein Taschentuch, damit ich meine schmutzigen Hände abwischen konnte.

»Wie sieht der Berg wohl von der anderen Seite aus?«, fragte ich.

»Ich denke, genauso, nur spiegelverkehrt. Aber ich war auch noch nicht da. Wenn es Sie interessiert, kann ich Sie nach Georgien bringen, ich mache Ihnen einen guten Preis. Von Tiflis können Sie nach Istanbul fliegen und dann die tausendfünfhundert Kilometer zurück zum Ararat fahren. Darf ich fragen, was Sie in Artaschat wollen?«

»Vielleicht Verwandte finden.«

Er nickte bedächtig. »Familie. Ich habe einen Großonkel in Paris, einige Vettern und Basen im Libanon und Iran und eine entfernte Tante in der Nähe von Thessaloniki. Eines Tages bin ich auf die verrückte Idee gekommen, die entfernte Tante aufzusuchen – bevor sie stirbt, dachte ich. Vielleicht würde ich etwas von ihr erfahren, was mich mir selbst und der Welt näherbringt, dachte ich. Ich verbrachte eine ganze Woche bei ihr in einem kleinen Dorf, wo man nur

Griechisch verstand, auch die Tante konnte mir auf Armenisch nicht einmal einen guten Morgen wünschen. Wir saßen ganze Tage vor ihrem Haus, und sie sah mich unentwegt an. Ich hatte mit dieser Frau nichts gemeinsam.«

»Nichts?«

»Den Namen natürlich. Unsere Nasen ähnelten sich ein wenig. Und ich stellte fest, dass die dicke Nase in meinem Gesicht besser aussah als in ihrem. Was ist mit ihrer Nase?«

»Was soll mit ihr sein?«

»Zu klein für eine Armenierin.«

»Es ist eine lange Geschichte, in der auch kurze Nasen vorkommen.«

»Wie heißen Sie?«

»Helen Mazavian.«

»Freut mich sehr, Helen. Mein Name ist Grigor.«

Wir hielten auf einem großen Platz vor einem mehrstöckigen Gebäude, über dem die armenische Nationalflagge wehte. Die verspiegelten Fenster glänzten in den letzten Sonnenstrahlen des Tages.

»In diesem Haus befinden sich die Schlafzimmer der Regionalregierung«, sagte Grigor, »vielleicht haben sie dort ein Personenregister, auf das sie ihre müden Häupter betten. Dort könnten Sie Ihre Suche beginnen.« Er schaute auf die Uhr. »Es ist Sonntag um kurz nach fünf, Ihre Chancen sind überschaubar.

Ich werde auf Sie warten. Wenn Sie Hilfe brauchen, winken Sie. Viel Glück.«

Der Wachmann hinter dem kleinen Fenster der Pforte zeigte lebhaftes Interesse für die Fotografie, verstand aber kein Wort. Je mehr ich mein weniges Armenisch bemühte, desto verständnisloser starrte er mich an.

»Ich dachte, ich könnte vielleicht helfen.« Grigor stand neben mir, beugte sich zu dem kleinen Fenster und erläuterte dem Wachmann mein Anliegen. Als er fertig war, verschwand der Wachmann, öffnete eine Tür und bat uns in die Pförtnerloge, wo wir in zwei tiefen Sesseln Platz nahmen.

»Wie ich vorausgesagt habe, ist keiner da«, sagte Grigor. »Jetzt ruft er den Bürgermeister an.«

»Den Bürgermeister?«

»In Armenien nimmt man Fragen der Verwandtschaft sehr ernst.«

»Und wenn wir einfach verschwinden?«

»Zu spät.«

Ein dicker Mann in Freizeitkleidung und einer Grillschürze über dem Parka erschien. Er streifte seine Handschuhe ab und begrüßte mich auf Russisch, dann verhandelten die Herren unter sich, und ich betrachtete den Wandkalender.

»Die Sache ist die«, sagte der Bürgermeister endlich, »ich kann Ihnen nicht helfen. Aber ich habe einen interessanten Gedanken. Direkt nebenan befindet sich das Fernsehstudio unseres Regionalsenders Ararat TV. Der Direktor ist ein Bekannter von mir, seine Mutter und meine Mutter sind befreundet. Ich bringe Sie zu ihm, wenn Ihnen jemand helfen kann, dann Artur. Kommen Sie, wir knacken das.«

Die Korridore des Senders waren schmal, aus den Türen zu den Kammern mit Schnittplätzen quoll dichter Tabaksqualm, der Linoleumboden quietschte unter unseren Füßen, und wir gelangten in ein Kabinett. Hinter einem mächtigen Schreibtisch saß Direktor Artur mit Baseballkappe und schaute einen sowjetischen Zeichentrickfilm an, der Wolf jagte den Hasen. Auch Artur nahm mein Anliegen sehr ernst, Kaffee und Gebäck wurden gebracht, alle sprachen durcheinander, ich schielte zwischendurch zum Fernseher. Na warte!, drohte der Wolf. Der Bürgermeister verabschiedete sich, er habe die ganze Familie im Haus, und die warte auf seinen Dienst am Grill.

Artur schaltete den Fernseher stumm. »Pass mal auf«, sagte er, »was mir an der Geschichte gefällt, ist, dass du Ausländerin bist. Die Nummer mit den Überlebenden zieht nicht mehr, aber du kommst aus Holland, das ist interessant.«

»Ich komme aus Deutschland.«

»Gut, wie du willst – jedenfalls hatte Artyom den richtigen Riecher. Wir filmen dich und das Foto. Wir produzieren hier die Sendung »Wo bist du, mein Herz?«, wir haben schon Hunderte zueinandergebracht. Die Leute lieben diese Sendung, für die Menschen gibt es nichts Schöneres, als wenn der Kreis sich schließt. Blut ist dick, deshalb läuft die Sendung so gut. Nächste Woche strahlen wir aus, und einen Tag später hast du deine Verwandten gefunden.« Er schaute mich erwartungsvoll an.

Ich stellte mir mein Gesicht im armenischen Fernsehen vor, in grellen Farben und umrahmt von opulenten Blumensträußen, untermalt von Streichmusik und untertitelt mit den Schnörkeln der armenischen Schrift *Helen aus Holland sucht ihre Angehörigen*, darüber das pulsierende Logo von »Wo bist du, mein Herz?«.

»Ich danke Ihnen für Ihre Mühe«, sagte ich und schrieb Artur meine Telefonnummer auf, »aber ich möchte nicht ins Fernsehen.«

»Warum?«, fragte er, als hätte ich einen Lottogewinn ausgeschlagen.

»Ja, warum.«

Grigor kaufte zwei Dosen Cola und reichte mir eine. »Zurück nach Jerewan?«, fragte er. »Oder gibt es noch etwas zu erledigen?«

»Nach Jerewan, bitte.«

»Sind Sie enttäuscht?«

»Nein. Ein bisschen erleichtert sogar. Ich weiß nicht, ob ich wirklich noch mehr Familie will oder brauche.«

»Vielleicht gäbe es etwas zu erben? Ein fettes Schaf zum Beispiel oder eine Handvoll Juwelen.«

»Vielleicht.«

Grigors Taxi war eingerichtet wie ein Wohnzimmer. Am Rückspiegel baumelte ein Rosenkranz, auf der Armatur klebte eine Postkarte, die einen Mann mit Boxhandschuhen zeigte, Abraham stand darunter. Auf die Rücksitze hatte er bunte Kissen gelegt.

»Haben Sie Ihre Tante in Griechenland jemals wiedergesehen?«, fragte ich.

»Nein, sie ist gestorben. Aber ihre Tochter schreibt mir noch.«

»Auf Griechisch?«

»Ja.«

»Sie verstehen es nicht.«

»Nein.«

»Schreiben Sie ihr zurück?«

»Zu selten. Kaum. Aber doch, ja. Mit der Familie kommt das schlechte Gewissen.«

»Meine Mutter spricht von einer Lücke. Plötzlich denke ich, ich trage auch etwas von dieser Leerstelle in mir.«

»Und jetzt wollten Sie die Lücke mit Verwandtschaft stopfen?«

»Manchmal hat sich meine Großmutter tagelang eingeschlossen.«

»Sie hatte ihre Gründe.«

»Ja. Aber sie hatte auch eine Tochter und einen Mann.«

»Greifen Sie mal in meine Ledertasche auf dem Rücksitz, da liegt eine Box mit belegten Broten. Bedienen Sie sich und geben Sie mir auch eins.« Grigor hupte und schlug schimpfend aufs Lenkrad. »Du Schwachkopf, du elender Hammel, Yebanko, zur Hölle mit dir! Entschuldigen Sie, aber in dieser Stadt sind nur besoffene Affen unterwegs. So, zurück zu Ihrer Großmutter.«

»Sie hat die Welt mit ihrem Schweigen gestraft.«

»Sehr gut, sehr gut. Warum nicht. Sie werden kaum einen Armenier finden, der nicht heimgesucht wird von Albträumen.«

»Werden Sie heimgesucht von Albträumen?«

»Nein, ich nicht. Ich werde nur heimgesucht von Rückenschmerzen.«

Als ich ausstieg, sagte er, »vielleicht ist es gut, dass Sie Ihre Verwandten nicht gefunden haben, denn wenn Ihre armenischen Verwandten erfahren, dass sie eine der Ihren in Deutschland haben, müssen Sie damit rechnen, dass Ihre Verwandten und deren Verwandten in absehbarer Zukunft vor Ihrer Haustür stehen. Hier meine Karte – wenn Sie noch einmal einen Ausflug machen wollen.«

Fieber

Anahid und Hrant liefen am Strand, am Wasser entlang immer geradeaus, bis es nicht mehr ging, und dann gab es den Weg durch ein Dorf, das kannte Anahid, weil dort Nilhan mit seiner Familie wohnte, Nilhan, der das Brot in den Gasthof brachte und der gern Feste feierte, zu denen die Eltern, Anahid und die Geschwister, immer eingeladen waren. Kurz überlegte sie, bei Nilhan anzuklopfen, aber dann erinnerte sie sich an die Worte des Metzgers, an sein rotes Gesicht, und sie klopfte nicht bei Nilhan. Das Dorf war klein, es war wie ausgestorben, niemand war auf der Straße, aber in den wenigen Häusern sahen sie Lichter brennen, und am Ende führte der Weg in die Berge. Vorbei an Haselnusssträuchern, Maulbeerbäumen, wilden Hunden, einer zerstörten Kirche. Wollen wir in der Kirche schlafen, fragte Hrant. Sieh nach oben zu den Sternen und denk nach, sagte Anahid, und er sah nach oben und fragte, welche Farbe haben die Sterne, und Anahid sagte, sie verändern die Farbe, nur schwarz werden die Sterne nie, schwarze Sterne wollen wir nicht sehen. Ich bin müde, wohin gehen wir, Anahid? Sie schwieg und dachte nach, und endlich hatte Anahid eine Antwort für ihn. Sie sagte einfach, es wird gut werden. Irgendwann wird es wieder gut werden, und er fragte, wo ist dieses Irgendwann, und sie sagte, es ist hier, und wir nehmen es mit. Komm, leg dich auf meine Jacke und schlaf. Sie legten sich unter einen Holunderbusch und schliefen ein.

Als sie wieder erwachten, brannte die Sonne. Eilig brachen sie auf. Anahid kannte die Berge und die Steine, weil die Mutter von den Bergen erzählt hatte. Wir wohnen am Meer, hatte die Mutter gesagt, aber die Berge sind nicht weit, und in ihren Erzählungen waren die Berge voller Wunder. Aber hier gab es keine Wunder. Es gab dicke Felsen und garstige Sträucher, und sie mussten klettern, und Anahid dachte sich Geschichten aus, und ihnen begegnete ein Esel, der unbeteiligt die Welt betrachtete, Vögel und Schlangen, die sich sonnten. Hrant liebte es, die Schlangen anzusehen, weil sie so still sind, sagte er. Anahid waren die Schlangen egal, sie fürchtete sich nur vor dem Gift, und sie dachte auch darüber nach, vielleicht in der Zukunft eine Schlange töten zu müssen. Mit einem Stein würde sie der Schlange auf den Kopf schlagen. Sie aßen saure Birnen und Gras und Beeren, und eine Ziege begegnete ihnen, und diese Ziege hatte ein dickes Euter voller Milch, und Hrant trank davon und spuckte alles aus. Da wurde Anahid zum ersten Mal wütend. Zum ersten Mal schrie sie Hrant an. Wie er die gute Milch ausspucken könne? Ob er den Verstand verloren habe? Ob ihm klar sei, was diese Ziege ihnen für ein Geschenk mache, sie an ihrem Euter trinken zu lassen? Ob ihm klar sei, in welcher Lage sie sich befänden? Und Hrant sagte, es sei ihm nicht klar, und er sagte, sie habe durch ihr unangenehmes Geschrei die Ziege verjagt, also sei sie schuld daran, wenn sie keine Milch zu trinken hätten, und nicht er. Sie sei schuld daran. Das sagte er ganz ruhig, und dabei sah er ihr fest in die Augen, und sie sah plötzlich in die Augen eines Mannes, in die Augen ihres Vaters. Anahid beugte sich zu Hrant und gab ihm einen Kuss auf die Stirn, und plötzlich dachte sie, alles ist eine Täuschung, ein Zauber, von Dämonenhand geführt, weil sie, Anahid, eine Schuld auf sich geladen hatte. Sie verstand vieles nicht, und bestimmt hätte sie ihren Bruder nicht anschreien dürfen, denn er war klein, an seinen Schläfen schienen blass kleine Äderchen durch die Haut, seine Hand passte genau in die ihre. Sie war warm und feucht am Handballen. Er drückte ihre Hand fest. Der Druck ließ kaum einen Moment nach. Vor allem nicht, wenn es dämmerte und von überallher unheimliche Geräusche drangen, ein Knistern, Atmen oder Schritte. Wenn Hrant nach dem Abendgebet in ihren Armen eingeschlafen war, starrte sie in die Dunkelheit und lauschte gespannt. Einmal meinte Anahid, irgendwo in der Schwärze der Nacht Schreie zu hören, Schreie, die sie noch nie gehört hatte, die unbekannt klangen, vielleicht nach seltenen Vögeln. Sie wusste nicht mehr, wie viele Nächte sie schon in den Bergen waren. Der Hunger machte ihren Kopf wirr und träge. Manchmal fuhr Hrant erschrocken hoch und rief, wo bin ich, und sie sagte, du bist in den Bergen, bei mir. Warum? Weil es so ist. Die Nächte waren lang. Sie waren länger als die Nächte, die sie kannte. Die Nächte zu Hause waren kurz und behaglich, weil ein gleichmäßiger Atem durch das Haus ging, als atmeten sie alle gemeinsam, die Mutter, der Vater und die Kinder und die Tiere. Dort in den Bergen atmete nur Hrant, und Anahid bewachte seinen Atem, seinen Schlaf.

Wir müssen weiter, sagte Anahid, wenn die Nacht sich davonschlich, einfach weiter, einfach weit weg, so wie der Metzger das gesagt hatte, lauft weg Kinder. Der Metzger hatte ihr ein Messer mitgegeben. Das Messer ist sehr scharf, pass auf, es ist kein Spielzeug, Mädchen. Vielleicht hatte der Metzger gedacht, sie würde es brauchen. Aber wenn er gedacht hatte, dass sie ein so scharfes Messer brauchen würde, warum hatte er sie fortgeschickt? Sie war hungrig und wütend. Da fiel ihr die Ziege ein, und sie ärgerte sich wieder, dass Hrant die Milch ausgespuckt hatte, und sie ließ Hrants Hand los. Sie sagte, du hättest die Milch der Ziege nicht ausspucken dürfen, und er wollte etwas antworten, aber er war zu schwach. Sie sah den Schweiß auf seiner Stirn, und sie sah seine roten Wangen, und sie sah das Fieber.

Sie nahm Hrant auf den Rücken, dabei riss ihr Kleid und entblößte ihre Schulter, und sie ärgerte sich, dass sie in ihrem Lederbeutel statt eines Kleides nur dieses staubige Buch hatte. Braune und rote Felsen stellten sich ihnen in den Weg. Hrants Körper war heiß, sie brauchten Wasser. Dünnes Licht hing in der Luft. Vögel umkreisten sie und schrien, als schimpften auch sie: Ihr dummen Kinder! Wo wollt ihr denn hin? Und wenn der Metzger gelogen hatte? Und wenn sich in Ordu alles wieder beruhigt hatte? Und wenn alles ein böser Traum war? Sie musste eine Wasserstelle finden, weil Hrant auf ihrem Rücken immer schwerer wurde, weil Hrant nicht mehr sprach, und wenn, dann Worte, die sie nicht verstand. Und auf der anderen Seite der Weltkugel war es hell, da wollten sie nun hin.

Irgendwann zwischen Tag und Abend stürzte Anahid. Ihr Atem stockte, ihre Beine knickten ein, und sie fiel, und Hrant fiel auf sie. Sie bettete seinen Kopf in den Schatten eines Findlings, und mit ihrer Spucke benetzte sie seine Lippen. Sie sah einen weißen Hund mit spitzer Schnauze, aber ob es diesen Hund wirklich gab, wusste sie nicht. Sie wusste nichts mehr. Ihr Körper gehörte nicht mehr zu ihr. Sogar das Blut, das aus ihrem Knie rann, spürte sie nicht, sie wartete nur, bis sich eine Kruste bildete, die Natur macht das schon, das hatte die Mutter immer gesagt. Du bleibst hier liegen, sagte sie zu Hrant und deckte ihn mit ihrer Jacke zu. Ich hole Wasser. Ich komme wieder. Hab keine Angst. Hrant antwortete nicht. Sein Atem war heiß und roch sauer. Sie legte ihm das Buch unter den Kopf, so wie die Mutter es bei den Kindern getan hatte, wenn sie krank waren. Dann stand sie auf und ging. Immer wieder blickte sie sich um und sah den kleinen Körper zusammengekrümmt vor dem großen Stein liegen. Das Buch wird ihn beschützen. Dann blickte sie sich nicht mehr um. Sie sehnte sich nach Brot, nach Suppe, nach allem, was die Mutter immer kochte.

Kaffeesatz und Goldstaub

In der folgenden Woche hatte Inessa Kaffeedienst und läutete jeden Tag um Punkt zwölf in der Küche die Glocke zur Pause. Ich hatte mich daran gewöhnt, meine Arbeit zu unterbrechen und mit den anderen von der Werkstatt in die Küche zu schlendern, wo der Tisch mit Kaffee, Kuchen oder Keksen schon gedeckt war. Ich gehörte dazu, saß ganz selbstverständlich dabei, es wurde Armenisch und Russisch gesprochen, und ich nickte zwischendurch zustimmend oder fragend. Manchmal war ich froh, nicht alles zu verstehen. Wenn das Thema auf die Gefechte in Bergkarabach kam oder auf die eine oder andere junge Mitarbeiterin, die immer noch nicht schwanger wurde, obwohl bereits das älteste Buch im Magazin bemüht worden war, zwischen dessen Seiten man bei solchen und ähnlichen Problemen einen Zettel mit dem entsprechenden Wunsch legte, verstummten alle und schauten betreten in ihre Tassen. Die Pause dauerte eine knappe Stunde, und wenn Haikusch im Kaffeesatz las, auch mal länger. Sie rückte ihre Brille zurecht, und alle sprangen auf, versammelten sich um Haikusch, starrten auf die Kaffeekrümel. Haikusch seufzte tief und sagte Dinge wie, »ach, meine Liebe, es wird schwer werden, Stürme und Widerwärtigkeiten, ich sehe einen Brief, ich sehe wehende Mäntel, rastlose Gespräche, da ist auch ein blaunasiger Kerl, willst du es wirklich wissen, tu es dir nicht an, genieße dein Leben, aber warte, still, siehst du, die Krümmung, da links am Tassenrand, sieht es nicht aus wie ein Kranich, schau doch, schau, es ist ein Kranich, alles wird gut, der Kranich ist in deiner Nähe«. Natürlich entdeckten alle sofort den Kranich, atmeten erleichtert auf, und Haikusch rief mit dunkler Stimme. »Wer ist die Nächste?« Oft verlor ich den Faden und bemerkte kaum, wie sich meine Gedanken den fremden und halb verstandenen Worten entwanden. Ich sah bewegte Lippen, Tassen, die abgestellt wurden, Gabeln, die im Kuchen versanken, ich sah Evelinas sorgenvolle Schultern, Inessas verstohlene Blicke auf ihr Telefon, Vardans unverhohlene Langeweile, Achots Daumen, der unaufhörlich den Handrücken kratzte. Manchmal saß Danil mit an der Tafel und zwinkerte mir zu.

Mit Inessa studierte ich Techniken der Pigmentverarbeitung, wir beugten uns über Fachbücher, Proben, Fotos von Pflanzen und Insekten. Wir rührten Öle, Lösungen, Pigmente, tauchten Pinsel in eine Tinktur aus Knoblauchsaft, formten angefeuchtete Brotkrumen zu kleinen Kugeln, nahmen damit Goldstaub auf und tupften ihn vorsichtig auf die zuvor präparierten Flächen. Der Knoblauchsaft wirkte wie Leim, er band das Gold, und zugleich desinfizierte und konservierte er das Bild.

Eine Zeitlang blieb ich am Abend länger und baute Buchstützen für die Präsentation der Handschriften in den Ausstellungsräumen. Die alten Bücher lagen in den Vitrinen ohne Stützen, und das Kapital litt. Ich nahm festen Karton oder dünnes Buchenholz, schnitt, klebte und lackierte. Bald halfen mir Vardan und Inessa, und nach zwei Wochen waren vierzig Stützen hergestellt. Evelina hatte mein Buchstützenprojekt beharrlich ignoriert und nur einmal beiläufig bemerkt, dass alle im Matenadaran genug zu tun hätten, viele seien sogar gezwungen, nach Feierabend noch anderweitig Geld zu verdienen. Als ich sie schließlich zu den Vitrinen bat, schenkte sie mir ein Lächeln, so könne man es machen, es sei sogar lohnend. Sie legte mir die Hand auf die Schulter. »Araik fragt ständig nach Ihnen. Gestern ist ihm eine Tasse zu Bruch gegangen. Er hat mich die ganze Nacht wach gehalten. Er hat gejault wie ein Hund.«

»Welche Tasse?«

»Irgendeine Tasse. Angeblich hat Katharina die Große an ihr genippt.«

»Ich kann versuchen, die Tasse zu reparieren. Ich habe schon viel Porzellan gerettet.«

Ich wollte in die Nacht und ging zur Bar, stand eine Weile davor, ahnte die Bassläufe, konnte keine Melodie ausmachen. Ich rief Vardan an. Er sei bei seiner Freundin Ano, er habe sie mir bei unserem Ausflug vorgestellt, ich könne, wenn ich wolle, dazustoßen, Sayat-Nova-Straße Ecke Nalbandyanstraße, im Souterrain. Ich nahm ein Taxi. Ano öffnete, nahm mir die Jacke ab und führte mich in die Wohnung, ein einziges Zimmer, durch eine offene Tür konnte ich eine winzige Küche mit Dusche sehen. Vardan saß mit drei jungen Männern am Boden inmitten von Zetteln und aufgeschlagenen Büchern. Sie ließen einen Joint kreisen. Einer hatte Vardan die Hand in den Nacken gelegt, die beiden anderen unterhielten sich lebhaft. Vardan zog mich zu sich herunter, als wäre ich nur kurz weg gewesen und stellte mich vor. Sein Freund Hovhes sollte am nächsten Tag eine Prüfung an der Uni ablegen und ließ sich halbherzig abfragen. Ich war bestimmt fünfzehn Jahre älter als sie, aber wie kleinlich, darüber nachzudenken. Ano brachte einen Teller mit einem Apfel, den sie in Stücke schnitt. Anos Blick war weich, ihr Haar feuerrot, sie trug einen grauen Kapuzenpullover. Wir aßen Apfel und tranken Bier und redeten, wie man überall auf der Welt geredet hätte nach Mitternacht auf dem Boden sitzend, Joints rauchend, irgendetwas, über Musik, über Politik. Vardan hatte die Augen geschlossen, und sein Freund streichelte ihm den Kopf, schielte zwischendurch auf seine Unterlagen.

»So, Hovhes, du musst ins Bett. Du hast morgen eine wichtige Prüfung«, sagte Vardan und sprang auf. Hovhes erhob sich träge, und auch die anderen reckten sich und zogen ihre Jacken an.

»Bleibst du noch, Helen?«

»Wenn ich darf.«

Ano verabschiedete alle, dann lehnte sie sich zurück und sah mich an. In ihrem Blick war etwas Angriffslustiges. »Vardan sagt, du restaurierst auch alte Bücher.«

»Das stimmt.«

»Bist du auf der Insel San Lazzaro degli Armeni in Venedig gewesen?«

»Noch nicht, warum fragst du?«

»Armenische Mönche haben sich dort angesiedelt. Ich glaube im achtzehnten Jahrhundert. Es gibt eine riesige Bibliothek mit einer Sammlung armenischer Handschriften. Wäre bestimmt interessant für dich. Nur die Besichtigungszeiten sind wohl etwas sonderbar.«

»Bist du dort gewesen?«

»Nein. Ich war in den letzten Jahren mit anderen Dingen beschäftigt.«

»Vardan sagt, du bist erst seit einem Jahr hier.«

»Ja, ich komme aus Syrien.«

»Was hast du vor dem Krieg gemacht?«

»Willst du jetzt mit mir über Krieg sprechen?«

»Mich interessiert nur, was du vor dem Krieg gemacht hast.«

»Ich habe ein normales Leben geführt.«

»Hast du studiert?«

»Ich wollte Dirigentin werden. In der Schule habe ich einen Chor geleitet. Als ich dann hierhergekommen bin, habe ich zuerst bei einem Bischof gewohnt. Er hat viele armenische Syrer aufgenommen. Er hat mir auch diese Wohnung vermittelt.«

»Fühlst du dich hier wohl?«

»In dieser Wohnung? Meinst du das ernst?«

»In diesem Land.«

»Es ist in Ordnung. Der ostarmenische Dialekt ist gewöhnungsbedürftig.«

»Was hast du in Syrien gesprochen?«

»Arabisch und Westarmenisch. Warum sprichst du eigentlich kein Armenisch?«

»Meine Mutter spricht auch kein Armenisch. Und mein Vater ist Deutscher. Ich kenne ihn nicht.«

»Ist er tot? Oder hat er euch verlassen?«

»Meine Mutter hat ihn verlassen.«

»Warum?«

»Du stellst Fragen.«

»Auch du stellst Fragen.«

»Kannst du dich an deine Kindheit erinnern?«

»Nein, ich kann mich nicht erinnern.«

»Gar nicht?«

»Bei uns wuchsen Satellitenschüsseln auf dem Dach. Ich war viel auf dem Dach. Da standen kaputte Stühle und Tische aus Plastik. Hinten begann die Autobahn Richtung Damaskus. Unten Sand, Autos, gekalkter Beton. Die Jungs spielten zwischen den Häusern Fußball. Immer. Nur bei der Weltmeisterschaft kamen sie hoch und stellten einen Fernseher auf. Dann saßen wir zusammen, und alle haben sich die Spiele angesehen. Ich war elf und hatte einen besten Freund. Mohammed. Wir trafen uns heimlich bei den Bahngleisen. Einmal kam ich zu spät, und Mohammed war blutüberströmt. Er hatte einen Stein auf die Gleise gelegt, und der Stein war ihm ins Gesicht gesprungen, als der Zug kam. Mohammed behielt eine Narbe. Daran kann ich mich erinnern. Jetzt du.«

Ich erzählte von der Klosterschule, die ich fünf Jahre lang besucht hatte, wie panisch gelangweilt ich dort die Minuten gezählt hatte, wie uns die Nonnen ganze Passagen der Bibel auswendig lernen ließen. Mir fiel ein Ölgemälde ein, das sich im Eingangsbereich des Waschraums im Keller des Klosters befand. Es zeigte eine leicht bekleidete Frau, nachlässig an einem Tisch sitzend und mit einer langen Zigarettenspitze zwischen den Lippen. Der Tisch war überladen mit Braten, Innereien, Kuchen, Hähnchen, Trauben, Schnaps. Wenn ich zum Duschen ging, blieb ich manchmal vor diesem Bild stehen und betrachtete es.

Aber ich habe mich nie gefragt, warum dieses Bild eigentlich dort hing.

»Sag etwas aus Johannes«, sagte Ano.

»Und der Teufel, der sie verführte, ward geworfen in den feurigen Pfuhl und Schwefel.«

»Warum hast du das ausgesucht? Warum die Offenbarung?«

»Die Stelle kann ich auch auf Englisch.«

»Warum warst du in der Klosterschule?«

»Meine Mutter hatte wohl das Gefühl, ihr selbst fehlten Sinn und Struktur für meine Erziehung. Das sollten die Nonnen übernehmen.«

»Hat es funktioniert?«

»Vielleicht.«

Ano streifte ihre Uhr ab, als lägen Ziel und Zweck des Abends darin, ihre Uhr auf dem Tisch abzulegen. Dann lächelte sie und sagte, »entweder wir gehen tanzen, oder wir gehen schlafen«.

Arev

Evelinas Büro war überheizt, ich musste meinen Pullover ausziehen.

»Helen, ich habe die kaputte Tasse mitgebracht. Araik hat sich sehr gefreut, dass Sie versuchen wollen, sie zu reparieren. Wie gesagt, schon Katharina die Große trank daraus ihren Tee. Araik ist verrückt. Und ach, ich soll Sie von meinem Sohn grüßen.«

»Wie geht es ihm? Ist er gesund?«

»Wenn er im Einsatz ist, kann ich immer nur hoffen, dass es ihm gutgeht. Am Telefon klang er vernünftig.«

Evelina strich sich mit den Fingerspitzen über die Innenseiten ihres Armes und spitzte die Lippen. »Aber natürlich habe ich Angst. Ich darf ihm das nicht sagen. Er verachtet mich dafür. Über Angst darf man nicht sprechen. Araik spricht davon, selbst kämpfen zu fahren. Ich lache ihn aus. Mir steht es bis zum Hals, Helen. Dieser Wahnsinn.«

»Ich werde mich gleich an die Arbeit machen, Evelina, morgen können Sie die Tasse wieder mitnehmen.«

»Alle reden ständig von Krieg. Ich kann das nicht mehr hören.«

»Wo finde ich Kunstharz?«

»Im Schrank bei den Klebstoffen. Bitte kommen Sie heute nach der Arbeit zu uns. Am Nachmittag kommt Julitschka. Astghik, meine Schwiegertochter, bringt sie mal wieder für einige Tage bei uns unter. Wir machen heute früher Schluss, alle sollen nach dem Kaffee nach Hause gehen. Ich bestimme das so. Wir brauchen alle eine Pause. Wann sollen denn unsere Mädchen hier einen netten Jungen kennenlernen, wenn sie nur arbeiten? Oder Vardan, ich sehe ihn nie mit einem netten Mädchen, dabei ist er ein hübscher Kerl, und er ist klug.«

»Vielleicht will Vardan kein nettes Mädchen.«

»Das ist doch Unsinn.«

Ich setzte mich an meinen Platz und säuberte die Bruchstücke der Tasse, fügte sie probeweise zusammen, glättete die Bruchkanten mit einer Rasierklinge, bestrich sie mit einer dünnen Schicht Kunstharz, ließ es ablüften, setzte die Einzelteile zusammen und umwickelte die Tasse zur Fixierung vorsichtig mit Klebeband. Morgen würde ich überschüssige Klebereste entfernen und an den Bruchstellen gegebenenfalls nachbessern. Ich schaute aus dem Fenster und zählte die übriggebliebenen Blätter an den kahlen Ästen. Levon ließ mich grüßen. Das war gegen jede Verabredung. Es gab keine Verabredung. Wie sollte ich es nennen? Ich nahm mein Evangeliar und arbeitete weiter an den Miniaturen aus dem

Markus-Stapel. Jesus trieb die Dämonen aus, die Farbe seines Mantels war an einigen Stellen stark ausgebleicht. Das Gesicht des epileptischen Knaben war zerkratzt, vielleicht mit einem stumpfen Gegenstand. Auf der Seite, an deren Rand dreimal *Anahid* geschrieben war, ging Jesus übers Wasser. Hatte sich die Schreiberin oder der Schreiber bewusst diese Stelle ausgesucht? Das dritte Anahid wirkte kräftiger, wie eine Nadel auf der Haut war die Spitze des Stifts platziert, ein leichter Widerstand, der Stift gleitet. Anahid, meine Teure. Anahid, meine Geliebte. Ich schrieb die Zeichen für Anahid sorgfältig ab. Անահիտ. Sechs Zeichen für sechs Laute.

»Fehlerfrei«, sagte Evelina, nie hörte ich sie kommen, »Schluss für heute.«

In einer Konditorei kauften wir Torte. Napoleontorte nach sowjetischem Rezept, Blätterteig, Buttercreme. Ich bestand darauf zu zahlen, aber Evelina war beleidigt. »Wenn wir Sie in Deutschland besuchen, können Sie bezahlen, aber solange Sie hier sind, sind Sie unser Gast.« Auf dem Weg kauften wir noch eine Flasche Sekt, Brot, Käse und für Julitschka Schokolade. Ihre Schwiegertochter habe zu tun, beruflich, sagte Evelina, und bestimmt habe sie schon einen neuen Mann kennengelernt, und das wäre ihr nicht zu verübeln. Evelina zeigte auf eine Statue des Komponisten Komitas, »tragische Geschichte«, bemerkte sie.

»Wo genau ist Levon stationiert?«

»Meine Schwiegertochter hatte genug Gründe wegzulaufen. Wer braucht einen Mann, der, wenn nicht im Graben, bis in den Morgen in dunklen Bars steht? Wer braucht einen Mann, der nicht spricht, der niemals fröhlich ist und seine Tochter nur wahrnimmt, wenn er mit ihr musiziert? Ich liebe meinen Sohn, natürlich liebe ich meinen Sohn, aber ein guter Ehemann war er nicht. Niemand wird aus ihm schlau. Er ist ein stummer Stier. Er macht sich unglücklich, und mir bricht es das Herz.«

Evelina stützte sich am Schaufenster einer Reiseagentur ab und fasste sich mit großer Geste ans Herz, dann setzte sie energisch zum Weitergehen an. Einige Schritte weiter blieb sie wieder abrupt stehen. »Wissen Sie, Helen, ich sage das alles so, aber es bricht mir wirklich das Herz. Ich hätte ihn abhalten müssen, zu dieser verdammten Armee zu gehen. Araik sagt, unser Junge liebt dieses Land, und ich sage, davon wird unser Junge aber nicht glücklich. Wenn ich ehrlich bin, ich weiß gar nicht, was ihn wirklich glücklich macht, ob er wirklich heiraten wollte, ob es ihm wirklich um die Liebe zu diesem Land geht oder ob er einfach eine verlorene Seele ist, die ihren Platz nicht findet. Seien Sie froh, Sie haben diese Sorgen mit den Kindern nicht.«

Araik freute sich, mich zu sehen. Er schaltete den Fernseher aus und rollte zur Vitrine, um Cognac und Gläser herauszuholen.

»Nach dem Essen!«, rief Evelina aus der Küche.

»Sie hat ihre Augen überall«, zischte Araik.

»Ich habe Ihre Tasse repariert, morgen ist sie fertig.« Ich zog die Vorhänge auf und fragte mich, wie oft Araik diese Wohnung verließ, der Aufzug war eng. Mit der Schuhspitze stieß ich unter dem Sofa auf etwas Weiches.

»Haben Sie einen Fuchs unter dem Sofa?«

»Es ist eine ganze Familie«, antwortete Araik, »ich komme nicht sehr oft hier raus und halte sie mir zum Zeitvertreib.«

Nach dem Essen zog sich Evelina für eine halbe Stunde ins Schlafzimmer zurück. Araik holte den Cognac, schenkte großzügig ein, lehnte sich behaglich zurück und lächelte mich an.

»Jetzt schläft sie. Wissen Sie, Helen, ich mag keine Leber. Weder Kalbsleber noch andere Leber, selbst die sonntägliche Hühnerleber habe ich immer verabscheut.«

»Warum haben Sie die Leber dann heute mit Begeisterung gegessen?«

»Ich liebe Evelina. Und Evelina liebt Leber.«

Araik nahm sich eine Zigarre. Von der Wand blickte mich Levon als Kind an.

»Warum ist Levon auf dem Foto so ernst?«, fragte ich.

»Ernst? Er lacht doch«, sagte Araik, ohne das Bild anzusehen.

Levon schaute direkt in die Kamera, Araik stand hinter seinem Sohn, hielt sich an dessen Stuhllehne fest und schien die Person, die fotografierte, aufmerksam zu betrachten.

Die Türklingel ging viermal. »Das ist Julitschka«, rief Araik, und Evelina erschien mit zerzauster Frisur, öffnete die Wohnungstür und rief etwas ins Treppenhaus. Zur Antwort erklang Juljas helle Stimme, dann standen Mutter und Tochter im Wohnzimmer, Julja mit einem Köfferchen unter dem Arm und ihre Mutter in engen Jeans und Stiefeln mit Absatz. Ihren Mantel wollte sie nicht ausziehen, sie sei in Eile. Evelina stellte uns vor, und Astghik umarmte mich kurz, ich roch Fliederduft, ihr ganzes Gesicht strahlte mich an. Sie besprach sich mit Evelina auf Armenisch, sie planten die folgenden Tage. Das war also die Frau, zu der Levon eines Tages nicht mehr nach Hause kommen wollte. Unter den schwarzen Locken, die ihr bis zur Schulter reichten, funkelten goldene Kreolen. Nichts an ihr war flüchtig. Sie sprach schnell, und zwischendurch entschuldigte sie sich bei mir auf Englisch, dass sie so hektisch hereingeplatzt sei, das sei sehr unhöflich, und sie hoffe, mich bald wiederzusehen, und sie wünsche mir eine schöne Zeit in Armenien, und in Deutschland sei sie schon gewesen, in Frankfurt. Evelina konnte sie nicht überreden, noch einen Tee mit uns zu trinken, und sie verschwand so schnell, wie sie gekommen war. Astghik sei Abteilungsleiterin bei einer Bank, nun müsse sie für zwei Tage verreisen, erklärte Evelina stolz. Araik kommentierte das mit einem Brummen und flüsterte, »unsere Schwiegertochter ist aus kühlem Fleisch gemacht«.

Ich setzte mich zu Julja auf den Teppich, und sie sah mich aufmerksam an. Ihr Blick wanderte Knopf für Knopf meine Bluse hinauf und verweilte bei meinen Ohren, dabei fasste sie sich selbst an die Ohrläppchen und zeigte mir ihre Ohrringe, kleine Mondsteinblüten. Ich schüttelte den Kopf, »ich trage keine Ohrringe«. Sie zeigte auf meine Hände. Wenigstens einen Ring, entnahm ich ihrem Blick. Wieder schüttelte ich den Kopf. Sie fasste in den Ausschnitt ihres Pullovers und zog eine dünne Goldkette mit einem Kreuz hervor. Wieder ein fragender Blick. »Nein, auch keine Kette.« Sie seufzte tief und legte den Kopf schief. Evelina brachte einen Teller mit Keksen. Julja fragte Evelina etwas, die hob die Augenbrauen, sagte »nein«, den Rest verstand ich nicht. Julja bettelte, schob die Unterlippe vor und klimperte mit den Wimpern. Schließlich willigte Evelina ein, und sie verschwanden im Schlafzimmer. Julja kam mit einer Schmuckschatulle zurück. Sie nahm meine rechte Hand und streifte mir zwei goldene Ringe über den Ringfinger und einen besonders großen glitzernden Ring mit winzigen Rubinen über den Zeigefinger. Meine linke Hand betrachtete sie argwöhnisch, drehte sie hin und her und befühlte die Haut, als müsse sie ein Gutachten erstellen. Araik las Zeitung, als könne er erst jetzt die Ruhe finden, seine Zeitung zu lesen, als habe er nur auf diesen Augenblick gewartet. Manchmal muss einfach jemand auf einem Teppich sitzen, damit innere Ruhe einkehrt. Julja sprang wieder auf und kam mit einem rosa Nagellack zurück. Ich schüttelte den Kopf. Das ließ sie nicht gelten. Sorgfältig lackierte sie Nagel um Nagel. Ich weiß nicht, ob mir jemals ein Kindergesicht so nahe war. Die kleinen Härchen auf den Ohrmuscheln, die Wimpern, die geöffneten Lippen, die glitzernde Haarspange. Ich lernte neue armenische Worte – Fingernagel, Frisur, Prinzessin, Glanz, Lippenstift, Haut. Während der Nagellack trocknete, legte sie mir eine Perlenkette an, drei funkelnde Armreifen und frisierte mich. Sie nahm vorsichtig meine manikürte Hand und führte mich ins Badezimmer vor den Spiegel. So hatte ich noch nie ausgesehen. Ich sah das Bild mit mir darin, und ich sah das, was hinter den Augen war. Julja klatschte in die Hände und freute sich über ihren Erfolg. »Sehr schön«, rief sie, lief aus dem Badezimmer, warf sich aufs Sofa und schaltete den Fernseher ein. Das Spiel war zu Ende. Schmuckstück für Schmuckstück streifte ich ab und legte eins ums andere in die Schatulle zurück. Ich setzte mich zu Araik, er legte die Zeitung beiseite und glättete mit einer schnellen Bewegung sein Haar.

»Haben Sie Angst um Ihren Sohn, Araik?«

»Haben Sie Angst um ihn, Helen? Ich habe keine Angst. Wenn ich könnte, wäre ich jetzt auch dort. Sie werden schon sehen, wir Armenier halten zusammen. Ihr Land ist groß und mächtig, es muss sich nicht verteidigen.« Araik seufzte und legte seiner Enkelin die Hand auf den Kopf. »Was glauben Sie, warum ich meinen Vater nicht nach seiner Geschichte gefragt habe? Ich habe nicht gefragt, weil ich keine Antwort wollte. Ich habe nicht gefragt, weil sein Schweigen jeden Raum füllte, den er betrat. Vor diesem Schweigen schreckte ich zurück, es lehrte mich Respekt – vielleicht Respekt vor seiner Zeit der Stille.«

Als Evelina mit Kissen und Bettdecke ins Wohnzimmer kam, um für Julja die Couch herzurichten, verabschiedete ich mich.

Unter meiner Wohnungstür steckte ein Zettel von Levon, wenn du möchtest, besuche mich, nimm ein Taxi, es ist schwer zu finden. Ich legte mich ins Bett. Levon war im Einsatz, im Einsatz schob man keine Zettel unter Wohnungstüren. Ich stand wieder auf und zog mich an. Schwer zu finden.

»Ist doch gut, dass du kommst.«

»Ich habe dich geweckt.«

»Komm.«

»Deine Mutter sagt, du bist im Einsatz.«

»Für meine Mutter bin ich das.«

»Für deine Tochter bist du das auch.«

»Bist du vom KGB?«

Ich zeigte ihm meine lackierten Fingernägel. »Das Werk deiner Tochter.«

Er hob meine Hände zum Mund und küsste sie.

Ein Fahrrad mit nur einem Reifen stand im Flur. Darunter hockte eine schneeweiße Katze, die mich argwöhnisch anstarrte.

»Du hast eine Katze.«

»Die Katze gehörte Juljas Mutter. Sie hat keine Zeit mehr, sich um das Tier zu kümmern. Jetzt muss ich sie durchfüttern.«

»Sie hat ein blaues und ein braunes Auge. Ich habe noch nie eine solche Katze gesehen.«

»Das ist eine Vankatze. Sie heißt Van. Die Vankatzen stammen aus der Vanregion. Am Vansee. Sie können schwimmen. Sie sind launisch und schwer melancholisch. Gib mir deinen Mantel.«

»Wie ist es am Vansee?«, fragte ich.

»Ich bin noch nicht dort gewesen. Weltreiche haben um diese Gegend gestritten. Die Türken behaupten, im Vansee lebe eine schwarze Riesenschlange, ein Ungeheuer. Der Ararat steht dort.«

»Warum belügst du deine Tochter?«

»Doch vom KGB, ich hätte es mir denken können. Ich brauche zwischendurch leere Zeit. Das ist alles.«

Ich erhaschte einen Blick in die Küche, Plastikplanen hingen über den Schränken, und Farbeimer waren zu erkennen. »Ich renoviere«, sagte Levon und schob mich in ein Zimmer mit einem schmalen Bett. Auf dem Schreibtisch unter dem Fenster türmten sich Zeitungen und Papiere und ein kleiner Geigenkasten, auf dem Boden lag ein Kontrabass. Levon drückte mich aufs Bett. Ich hatte ihn wieder. Er war blass, seine Lippen ein Federstrich. Sein Kopf kroch zu meinem Bauch, er lauschte.

»Ich höre geheime Zeichen.«

»Kannst du sie verstehen?«

»Banales Zeug. Nicht bewegen.«

Reglos lag ich in seiner Umarmung, spürte seinen Atem, seine Knochen, als gehörten sie zu mir. Ungeordnet und wirr erzählten wir aus unseren Leben, Fetzen flogen von Kopf zu Bauch, Hand zu Schulter, am Bein entlang zum offenen Fenster hinaus über Dächer, über Hügel, über Wolken, über Steine. Ich vergrub meine Hand in seinem Haar. Für seinen Geruch suchte ich einen Namen.

Levon stand auf, deckte mich zu und zündete ein Streichholz an. Dann ein zweites, ein drittes.

»Was tust du da?«

»Ich habe keine Zigaretten mehr.«

»Schon wieder. Ich habe Hunger.«

»Es gibt Zwiebeln und Eier und Wurst.«

Ich streckte mich aus. »Klingt gut.«

»Soll ich für dich kochen?«

»Nein, spiel für mich. Ich koche. Wo soll ich suchen?«

Levon richtete das Instrument auf, sein Körper verschwand halb hinter dem Kontrabass, und er legte die Hände an die Saiten.

»Die Küche ist nicht zu gebrauchen«, sagte er. »Dort auf dem Stuhl hinter der Tür steht eine Kochplatte. Zutaten sind auf dem Balkon.«

Ich kletterte aus dem Bett. An der Türklinke hing eine geblümte Schürze, die ich mir umband. Als ich die Balkontür öffnete, biss die kalte Luft in meine Haut. Ich fand ein Stück in Folie gewickelte Butter, vier Eier. Auf der Wurst stand Polska. Levon beobachtete mich.

»Spiel!«, sagte ich.

»Ich kann so nicht spielen.«

Ich musste lachen, nahm die Schürze ab und warf sie ihm zu, damit er sich bedecken konnte. Er band sie um, setzte den Bogen an und schloss die Augen. Dunkel und weich und rau durchwirkten die Töne die Nacht. Dazu briet ich polnische Wurst. Wie einfach etwas sein konnte. Wie schön etwas sein konnte.

»Du bist anders«, sagte er.

»Ich bin gar nicht. Es ist nur eine Idee, dass ich hier bin. Es war deine Idee. Spiel weiter.«

»Das habe ich mir gut ausgedacht. Auf dem Balkon ist auch Bier.«

Gläser fand ich keine, ich nahm Tassen. »Was feiern wir?«

»Wir feiern die Idee der Vereinigung.«

Wir lagen auf dem Bett, wir lagen auf dem Boden und aßen und lachten und liebten uns. Wenn es draußen Lichter gab, so waren sie inzwischen ausgegangen. Wenn wir sprachen, hatten wir den gleichen Tonfall, wenn wir uns berührten, hatten wir eine Körpertemperatur. Es war, als hätte ich etwas von mir wiedergefunden oder zumindest eine Ahnung davon. Es war, als rieche die eigene Haut anders, als bewegte ich mich in fremder und zugleich vertrauter Reihenfolge.

Ich erwachte vom Klingeln meines Telefons. Ich sprang auf, durchsuchte meine Handtasche. Ich dachte, es wäre Sara, die mich daran erinnern wollte, wie gleichgültig ihr der eigene Geburtstag sei. Es meldete sich Artur, der Direktor von Ararat TV. Er habe meine Verwandten gefunden. Das sei ganz einfach gewesen, seine Frau sei beim Essen plötzlich aufgesprungen und habe gerufen, deine Klavierlehrerin hieß Mazavian, du alter Esel, und da erst habe er sich an seine Klavierlehrerin erinnert und dann an das Foto, und alles habe plötzlich zusammengepasst. Nun wolle er mir ihre Nummer geben. Ich notierte sie an den Rand einer Zeitung, die ich auf dem Schreibtisch fand. Der armenische Präsident war auf dem Titelblatt abgebildet.

Levon war aufgewacht. »Mit wem hast du telefoniert?«

Ich hielt ihm die Zeitung hin. »Was ist da passiert?«

»Das ist eine alte Zeitung. Irgendjemand ist erschossen worden. Ein Polizist.«

»Weshalb?«

»So ist das. Im Kampf gegen eine korrupte Regierung stirbt auch mal jemand.«

»Das sagst du so.«

»Der Präsident dieses Landes ist einer der bestverdienenden der Welt, und alte Leute lässt man auf der Straße verhungern. Die sogenannte Northern Avenue wird ausgeleckt, damit Parteibonzen ihre blondierten Schnitten ausführen können. Mit wem hast du telefoniert?«

»Ararat TV.«

»Verstehe, mit Ararat TV. Warum nicht.« Levon richtete sich auf und war mit einem Mal hellwach. »Weißt du, es wimmelt hier von Kakerlaken, sie kriechen uns in die Augen und in die Ohren und in die Nase, und wir leben einfach weiter, als würden wir es nicht merken. Warum, zum Teufel, telefonierst du mit Ararat TV?«

»Du klingst wie ein Rebell, nicht wie ein Soldat.«

»Armenien braucht endlich eine Utopie.«

»Hatte Armenien mit dem Sozialismus nicht eine Utopie?«

»Komm wieder ins Bett.«

»Gleich. Meine Mutter hat Geburtstag. Ich muss sie anrufen.«

»Lena, du rufst an, um mir zu gratulieren.«

»Alles Gute für dich, Sara.«

»Mein Geburtstag ist mir egal, das weißt du doch. Geburtstage erinnern uns ja doch nur daran, dass man dem Tod nicht widersprechen kann, ist es nicht so?«

»Bestimmt ist das so, aber ich möchte dir trotzdem gratulieren.«

»Danke.«

Aus dem Fenster ihres Ateliers blickt man auf eine riesige mit Efeu bewachsene Mauer, und nur Auserwählten ist der Zutritt gestattet. »Was wirst du an deinem Geburtstag tun?«

»Arbeiten, am Abend kommt Peer.«

»Wer ist Peer?« An ihrem Geburtstag legt sie besonderen Wert auf ihre Erscheinung. Sie hat schöne Beine. Mit einem Blick kann sie lieben und vernichten.

»Du kennst Peer gar nicht?«

»Nein. Lass dich verwöhnen, iss Torte. Wie ist das Wetter bei euch?«

»Du und das Wetter. Ich glaube es ist bewölkt, und

der Wind kommt aus dem Nahen Osten. Und in Jerewan?«

»Hier ist es schön, sehr kalt und Schneeregen. Ich habe ein Geschenk für dich.«

»Bitte nicht.«

»Ich habe Verwandte gefunden.«

»Wo?«

»In Artaschat. So wie es auf der alten Fotografie steht.«

»Auf welcher Fotografie?«

»Auf der Fotografie, die du mir mitgegeben hast.«

»Da steht Artaschat? Wie hast du sie gefunden?«

»Ich bin hingefahren, und ich habe gesucht, und ich habe sie gefunden.«

Sie schwieg. Dann sagte sie, »danke, dass du angerufen hast. Weißt du, Lenka, ich habe in den letzten Tagen viel nachgedacht, und ich habe mich gefragt, ob wir nicht gemeinsam mal wieder verreisen sollten. Eine Kreuzfahrt in die Arktis. Zur Zeit steht es nicht so schlecht, ich verdiene ganz gut. Ich lade dich ein, wer weiß, wie lange ich noch lebe.«

»Was soll das jetzt? Es gibt Mazavians in Artaschat.«

»Ja, ich weiß. Es steht ja auf der Fotografie. Auf der Rückseite.«

»Du hast gesagt, ich soll unsere Familie finden, und das habe ich getan. Ich gebe dir eine Nummer, und dort kannst du anrufen. Irgendein Verwandter wird sich melden. Es ist deine Familie, also musst du dich kümmern.«

»Ich werde nirgendwo anrufen.«

Ich hörte sie kichern, ich hörte eine Polizeisirene im Hintergrund. »Und nun?«

»Es ist kompliziert, Lena.«

»Hab einen schönen Geburtstag, Sara. Arbeite nicht zu viel.«

»Was macht denn deine Arbeit? Du erzählst mir gar nichts.«

Ich legte auf und öffnete das Fenster.

»Wer ist Sara?«, fragte Levon.

»Sara ist meine Mutter.«

»Du sprichst russisch mit ihr.«

»Du sprichst auch russisch mit mir.«

»Du bist wütend.«

»Ich bin mit Bildern von toten armenischen Kindern aufgewachsen. Eine Zeitlang war Sara wie besessen davon. Wir saßen beim Frühstück, und sie las mir aus den Erinnerungen von überlebenden Armeniern vor. Dann war es plötzlich vorbei. Anderes Thema. Neue Ausstellung. Jetzt hat sie mir eine alte Fotografie der Familie ihrer Eltern mitgegeben, hat mir aufgetragen, Verwandte zu finden. Ich kann nichts dafür, dass sie den Namen ihrer ermordeten Großmutter trägt. Aber ich habe Verwandte gefunden, und es interessiert sie nicht.«

»Hast du die Verwandten getroffen?«

»Nein.«

»Wirst du sie treffen?«

»Ich weiß nicht, ob ich das will.«

»Kann ich verstehen. Du siehst aus wie ein Engel. Wie kommt das?«

»Es interessiert dich nicht. Ich langweile dich.«

»Ich will dich ablenken.«

»Meine Mutter hat mir den Tag verdorben.«

»Du bist erwachsen. Da lässt man sich von der Mutter nicht mehr den Tag verderben. Noch eher von Ararat TV. Willst du ein armenisches Märchen hören?«

»Nein.«

»Warum nicht? Ich kann dir erzählen, dich küssen und mit dir schlafen.«

»Gut.«

»Leg dich hin. Es ist die Geschichte einer klugen armenischen Hasenmutter. Lach nicht, sonst kann ich nicht. Dreh dich um. Es herrschte strenger Winter, da begegnete einmal ein hungriger Wolf einem Hasen und rief ihm zu, bleib stehen, altes Hasenweib, ich bin hungrig, ich will dich fressen! Die Häsin entgegnete, ach, Wolf, was willst du mit mir? Ich bin selbst halbverhungert, da hast du nur noch Haut und Knochen zwischen den Zähnen, lass mich lieber leben, und ich verspreche dir, im nächsten Herbst bekommst du all meine Jungen. Gut, einverstanden, meinte der Wolf, setzte aber drohend hinzu, wehe, wenn du mir im nächsten Herbst nicht alle deine Jungen bringst. Ich werde dich genau hier erwarten! Hörst du mir noch zu, Helene? Arev?«

»Was heißt Arev?«

»Der Frühling kam, der Sommer verging, und das Laub färbte sich gelb. Der Wolf traf die arme Hasenmutter und sagte, ich habe große Lust auf Hasenfleisch. Nächsten Sonntag bringst du mir deine Hasenjungen.«

»Hör auf!«

»Sei still, beweg dich nicht.«

»Was heißt Arev?«

»Arev heißt Sonne. Hörst du mir noch zu?«

»Erzähl weiter.«

»Am Sonntag weckte die Häsin kurz nach Sonnenaufgang ihre sechs Jungen und machte sich mit ihnen auf den Weg. An einem Maisfeld steckte sie jedem einen Maiskolben in die Schnauze und sagte, wenn ich euch rufe, kommt ihr. Beim Wolf angelangt, sagte die schlaue Häsin, meine Jungen werden gleich hier sein. Ich bin eigentlich ganz froh, dass du ihnen den Garaus machst, denn es sind wilde und starke Kerle geworden, mit denen ich überhaupt nicht mehr fertigwerde. Sie haben Löwenfett gefressen, es ist ganz schlimm mit ihnen. Sie fressen jedes Tier. Sie rief, und die Hasenkinder kamen langsam näher. Der Wolf stutzte und fragte die Häsin, sag mal, was haben deine Kinder denn in den Schnauzen? Ach, Wolf, sie sind so stark geworden, kürzlich haben sie sechs Wölfe gefangen und verzehrt, und jetzt spielen sie eben mit den Wolfsschwänzen, diese Raubeine! Der Wolf schrie auf und rannte um sein Leben.«

Später, viel später, standen wir auf. Ich öffnete die Vorhänge und aß eine Olive. Den Kern legte ich zu der Zeitung.

»Hast du Kaffee gekocht?«

»Nein. Ich habe eine Olive gegessen.«

»Dein Rücken ist wunderschön. Du hast überall Sommersprossen. Es sieht eigenartig aus. Überhaupt, ich habe mich in dich verliebt, Restauratorin.«

»Das sagst du und suchst deine Socken.«

Genesung

Anahid musste sich den Weg merken, damit sie zu Hrant zurückfand. Eine kurze, eine ganz kurze Pause würde sie machen, nur einschlafen, das durfte sie nicht.

Ein Rascheln weckte sie. Es war die Ziege mit dem dicken Euter. Gott hatte ihnen die Ziege erneut geschickt. Vielleicht war die Ziege Gott. Diesmal zögerte Anahid nicht. Mit dem Messer trennte sie den Saum ihres Kleides ab und band den Stoffstreifen um den Hals der Ziege. Die Ziege wehrte sich nicht. Anahid nahm nur einen kleinen Schluck aus dem Euter, die Milch sollte für Hrant sein. Das Euter schmeckte nach Gras und Kot.

Ohne Hrant war Anahid einsam. Nicht er brauchte sie, sie brauchte ihn. Sie hatte sich die Steine gemerkt, doch plötzlich schien ihr, als habe jemand die Steine heimlich verschoben, verdreht, versteckt. Sie konnte sich auch nicht mehr erinnern, wie weit sie gelaufen war. Sie sah Hrants kleines erhitztes Gesicht vor sich, sie sah ihn schlafend, ihn aufwachend voller Angst. Sie hatte ihn allein gelassen. Was hatte sie sich dabei gedacht? Was war überhaupt ein Gedanke, waren Gedanken nicht ein einziges Gewimmel, einfach Wind? Der Lehrer in der Schule hatte gesagt, Anahid sei ein kluges Mädchen, eines der klügsten in der Schule. Aber wie hatte sie Hrant allein lassen können, wenn man sie klug nannte?

Sie stolperte voran, zerrte die Ziege hinter sich her, schimpfte laut mit den Bäumen und Sträuchern, und als ihr Kopf allmählich leichter wurde, dachte sie an den Jungen, der sie auf dem Schulhof angesehen und ihr zugelächelt hatte, jedenfalls hatte er den Mund verzogen, und es hatte ausgesehen wie ein Lächeln. Sie war schon fast vierzehn, sie war kein Kind mehr, sie dachte schon an eine Verlobung. Eigentlich dachte sie nur an ihre Verlobung, weil andere darüber sprachen, weil die Mutter manchmal sagte, die guten jungen Männer seien so schnell weg wie frisches Fettgebäck. Dieser Junge aber, der ihr zugelächelt hatte, war schon vierzehn, und auf seiner Oberlippe war ein dunkler Schatten. Sie kannte ihn schon immer, aber der dunkle Schatten war neu. Manchmal küsste sie ihren Handrücken und stellte sich vor, wie sie seinen Mund mit dem dunklen Schatten über den Lippen küssen würde. Sie ließ die Zungenspitze über ihren Handrücken kreisen, und es war sogar schön, es kitzelte nicht nur auf der Hand. Wo dieser Junge jetzt wohl war? Der Junge hatte auch einen Namen. Er hieß Arpak. Das bedeutet Zauberspruch. Aber Anahid dachte lieber *der Junge*, denn sie war sich nicht sicher, ob es ihm recht war, dass sie seinen Namen wusste und seinen Namen dachte, als wären sie miteinander vertraut. Arpak.

Es herrschte flatternde Stille, als Anahid stehen blieb. Vor ihr lag ein toter Mensch. Es war ein alter Mann. Am Hals hatte er eine bleiche Wunde. Er lag da, als hätte es ihn nie lebendig gegeben. Sie nahm seinen halbvollen Wasserbeutel, bedeckte sein Gesicht mit kleinen Steinen und bekreuzigte sich. Eine Eidechse saß auf seinem Schuh. Anahid verscheuchte die Eidechse und band dem Toten den Schuh. Dann stand sie auf und lief ein paar Schritte, sie fürchtete, die Steinchen auf dem Gesicht des Alten könnten sich bewegen. Trotzdem blieb sie stehen und drehte sich um. Sie gab ihm einen Namen, und sie gab ihm einen Ort.

Die Ziege war faul, sie ließ sich ziehen. Immer wieder betete Anahid zu Gott, er möge ihr den Weg zeigen. Gott hatte ihr die Ziege geschickt, und nun bereute sie, dass sie beim Abendgebet oft an andere Dinge gedacht hatte, an Dinge, die ihr damals näher waren als Gott. Dennoch half er ihr. Er versperrte Irrwege mit großen Steinen, beugte Bäume zu Wegweisern und schickte einen Wind in die richtige Richtung.

Hrants Fieber war noch gestiegen. Sein Kopf war rot, und er stöhnte. Vorsichtig träufelte sie Ziegenmilch in seinen Mund und strich ihm über die verklebten Haare, benetzte seine Schläfen mit dem Wasser aus der Flasche des alten Mannes. Es wurde wieder dunkel, aber sie waren nicht allein. Die Ziege legte sich zu ihnen und wärmte sie und nährte sie. Die Ziege blies Anahid ihren warmen Ziegenatem ins Gesicht, und es war behaglich, und nun war sie nicht mehr allein verantwortlich für ihren kleinen Bruder, nun würden Gott und die Ziege mit ihr über ihn wachen.

Im Morgengrauen des nächsten Tages erwachte Hrant zuerst. Sein Kopf war viel kühler, und er trank gierig von der Milch, aß sogar einige Beeren, die Anahid gefunden hatte. Die Ziege zerrte an dem Band, dessen Ende Anahid sich um das Handgelenk gebunden hatte. Die Ziege sah erhaben aus, wie sie langbeinig neben ihnen stand und kaute. Ihr Bärtchen bewegte sich im Rhythmus des Kauens. Hrants Augen waren wieder klar, das Fieber hatte seinen Körper verlassen. Wann gehen wir nach Hause? Wir wollen nicht nach Hause, Hrant, wir wollen in die Welt, die Welt ist groß, und wir kennen nur unser Städtchen. Hat Mutter das gesagt, oder hat Vater das gesagt? Und was ist mit Sona und Keghuhi und Sarkis und dem Esel? Es ist egal, wer das gesagt hat. Es ist einfach unsere Aufgabe. Ich passe auf dich auf, und du passt auf mich auf. Hrant begann zu wimmern, bleibst du für immer bei mir, Anahid? Auf diese Frage antwortete Anahid nicht, weil es verboten war zu lügen, also versuchte sie, ihn abzulenken. Sieh hier, der Stein sieht aus wie ein riesiger Elefant, und auf dem Elefanten sitzt ein Affe, wie ein König auf dem Thron. Sind Affen böse Tiere? Nein, schau dort, die Wolke, das ist unsere Ziege. Siehst du ihr Bärtchen, siehst du ihre Hörner? Ja, ich sehe die Ziege. Und wann gehen wir nach Hause? Schau diese Wolke! Moses mit einem Stock! Dieses Tier kenne ich nicht. Moses ist kein Tier, das ist ein guter Mensch. Diesen Menschen kenne ich nicht. Das ist ein Gelehrter. Das ist mir egal. Ach so, du wirst wieder munter und trotzig, das ist gut, dann brechen wir auf. Gestern waren wir alle noch zusammen. Das war nicht gestern, Hrant. Warum sind wir jetzt nicht mehr zusammen? Hör auf, mich zu fragen, schrie Anahid, woher soll ich das eigentlich alles wissen? Du bist schuld, schrie Hrant zurück, und Anahid gab ihm eine Ohrfeige, aber es war, als hätte sie sich selbst geohrfeigt. Dann lagen sie am Boden und weinten und hielten inne, und Anahid sagte, verzeih mir, ich bin die Erwachsene, wir brechen auf, ich passe auf dich auf, nur frag mich nicht.

Am Teich von Siloah

Im Nassraum traf ich Haikusch und Manuschak. Ihr Gespräch verstummte, als ich den Raum betrat. Manuschak verwendete chemische Zusätze für die Waschung der Buchseiten. Ich hielt die Luft an und lächelte höflich. Dann sagte ich, »ich will mich nicht einmischen, aber lauwarmes Wasser ist ausreichend für die Papierwaschung«. Manuschak arbeitete schweigend weiter, und ich ging an meinen Platz, mischte frisches Eiweiß mit schwarzem Pigment aus veraschten Ameiseneiern und besserte mit einem Marderhaarpinsel den Brei aus Speichel und Lehm aus, den Jesus dem Blindgeborenen auf die Augen legte. Ich hätte den Mund halten müssen. Aber die chemischen Zusätze schaden dem Papier. Die Farben werden angegriffen. Jesus spuckte auf den Boden, weichte mit seinem Speichel Lehm auf, rieb dem Mann den Brei auf die Augen und schickte ihn dann zum Teich von Siloah, damit er sich reinige. Farbe verbindet sich besser als erwartet mit dem Objekt, notierte ich, Miniatur sonst vollständig. Fehlstellen bleiben erhalten? Abklären. Getrocknet war die Mischung zu dunkel. Ich fluchte leise. Ein wenig

Gelb, ein wenig Rot, mit dem Skalpell die Reste weggekratzt. Auch diese Korrektur missglückte, ich gab auf. Ich machte weiter. Endlich die richtige Farbe, aber zu viel davon, und die blinden Augen wuchsen mit der Nase, der Stirn zusammen. Alles war mir misslungen, und man würde es merken. Was hat die Restauratorin aus Deutschland denn da kreiert? Wie konnte das passieren? Ich schwitzte, es war kalt im Raum.

Manuschak war neben mich getreten. Sie nahm mich beim Arm und sagte, »komm, ich zeige dir etwas«.

In der Kaffeeküche hingen Fotos von den jährlichen Ausflügen der Belegschaft in die Ararat-Ebene. Manuschak wies auf die Fotos. »Dort, in der Ararat-Ebene, erscheint an zehn Tagen im Frühjahr genau zwischen sechs und acht Uhr morgens die Koschenille-Laus an der Erdoberfläche. Aus diesen Läusen wird die Farbe Rot gewonnen. Unsere Ausflüge sind auch Momente der Intimität. Unausgeschlafen in den frühen Morgenstunden auf dem noch feuchten Boden kriechend, erfährt man alles über die Kollegen. Man kommt sich näher, weiß danach aber auch, von wem man sich besser fernhalten soll.«

Wollte Manuschak mir mit dieser Geschichte sagen, dass ich mich fernhalten sollte? Ich kehrte zu meinem Arbeitsplatz zurück. Evelina stand vor den losen Seiten und sagte lange nichts. Dann sagte sie, »es war schön, Sie neulich bei uns gehabt zu haben. Julitschka war sehr glücklich.« Evelina streichelte beiläufig meine Schulter. »Ich habe mit meinem Sohn telefoniert. Er ist gesund. Ich sage mir, er ist ein erwachsener Mann, er weiß schon, was er tut. Was meinen Sie?« Ich war bei Ihrem Sohn, Evelina Stepanowna. Er ist ungezähmt und eigensinnig, und wenn ich Ihnen sagen würde, ich hätte einen Teil von mir in ihm verloren, wäre es nur wenig übertrieben. Er scheint niemals zu ruhen, es ist, als wäre er immer auf der Hut. Ich habe beschlossen, mich ihm hinzugeben. Was würden Sie mir raten? Gehe ich zu weit? Evelina ließ ihre Hand auf meiner Schulter liegen und nahm mit der anderen das Blatt mit der Miniatur. »Sie gehen sorgfältig mit dieser Bibel um, Helen.«

Ich wollte widersprechen, als ich sah, dass sich die Farbe vollständig mit den Augen des Blinden verbunden hatte, als hätte es so sein müssen, als wäre es genauso gedacht gewesen, als hätte zu keiner Zeit irgendeine Hand, weder meine noch eine andere, diese Miniatur angerührt.

»Danil, ich habe dich gestern nicht erreicht.«

»Ja. Ich war im Kino.«

»Was hast du gesehen?«

»Ich erinnere mich nicht.«

»So schlimm?«

»Es ist laut, wo bist du?«

»Auf dem Weg nach Hause. Es ist windig. Wie ist es zu Hause?«

»Das ist eine seltsame Frage. Die Fassade unseres Hauses wird renoviert.«

»Warum?«

»Das Gerüst steht schon. Wollen wir später sprechen? Ich verstehe dich kaum.«

»Leg noch nicht auf.«

»Alles in Ordnung?«

»Wirst du Weihnachten kommen?«

»Ich versuche es. Alle sind krank. Vorhin in der S-Bahn saß mir gegenüber ein Vater mit seinem Sohn. Der Junge war vielleicht neun Jahre alt. Während der ganzen Fahrt las der Vater, und der Junge starrte aus dem Fenster. Plötzlich drehte sich der Junge um und sagte laut und bestimmt, ich habe ein Anrecht auf einen neuen Trainingsanzug.«

»Und der Vater?«

»Der reagierte nicht, er las seelenruhig weiter. Ich musste lachen. Der Junge hatte es so ernst gesagt, als habe er sich wirklich lange auf diesen einen Satz vorbereitet. Ich schaue später nach Flügen. – *Elle.*«

»Wie bitte?«

»So hieß der Film, den ich gesehen habe. *Elle.*«

Auf dem Rest des Weges sprach ich mit mir selbst – ich werde die Verwandte anrufen, dann ist das ein für alle Mal geklärt. Wenigstens das. Ist dann geklärt.

Wollte ich, dass Danil kam? Wollte er kommen? Manchmal gehöre ich zu denen, die das Denken mit dem Sprechen verwechseln oder laut summen.

Ich rief die Telefonnummer in Artaschat an, die Artur mir gegeben hatte. Am anderen Ende der Leitung herrschte Ratlosigkeit. Die Frau, der die Nummer zuvor gehört habe, sei fortgezogen, nach Jerewan. Ob man mir die neue Telefonnummer geben könne. Wieder mehrere Minuten Stille, Rascheln, Rauschen, bis die Stimme eine lange Reihe Zahlen in den Hörer rief, unter dieser Nummer könne ich es versuchen.

Zwei Tage später traf ich die Verwandte im Café am Opernplatz. Bedächtig betrat sie den Raum, blieb bei der Tür stehen, sah sich um. Unter den Arm hatte sie eine braune Aktentasche geklemmt. Ich winkte ihr zu. Einen Moment zögerte sie, kam dann an meinen Tisch, gab mir vorsichtig die Hand und setzte sich mit geradem Rücken auf die Stuhlkante. Unter ihrem dunkelblauen Wollpullover schaute der Kragen einer hellblauen Bluse hervor. Sie bestellte Nescafé, ich nahm einen Mokka.

»Ich habe mich über Ihren Anruf gewundert«, sagte sie und nickte, als lausche sie ihren Worten nach. Mit hochgezogenen Augenbrauen betrachtete sie die Fotografie. Ja, das sei wohl die Familie ihres verstorbenen Mannes. Sie tippte auf ein Gesicht am linken Bildrand, »diese Frau kommt mir bekannt vor. Das könnte die Mutter meines Mannes sein.«

»Wie war ihr Name?«

»Amastuhi. Der daneben ist mein Schwiegervater, Anton Mazavian.«

»Können Sie etwas über die anderen Personen auf der Fotografie sagen?«

Sie schüttelte leicht den Kopf. »Der Kleine hier wurde später mein Mann, Vahe. Der Sohn von Anton und Amastuhi.« Sie hielt inne und schaute mir ins Gesicht. »Was haben Sie eigentlich mit dem Foto zu tun?«

»Das versuche ich herauszufinden. Meine Großeltern haben in Moskau gelebt.«

»Ach so.« Sie dachte lange nach. »Doch, ich erinnere mich. Der Onkel meines Mannes lebte in Moskau. Mein Schwiegervater hat ihn zeitlebens bewundert, weil er es zu einer Position in der Hauptstadt der Sowjetunion gebracht hatte. Außerdem neidete er ihm seine Frau, eine Schönheit.« Sie rührte in ihrem Kaffee. »Lilit war ihr Name.«

»Das ist meine Großmutter.«

Sie schaute mich prüfend an. »Soso. Sie kam aus Kars, glaube ich.«

»Kars?«

»Ja, soviel ich weiß aus Kars, ja.«

»Meine Mutter hat diesen Ort nie erwähnt.«

»Warum sollte sie.«

»Glauben Sie, es gibt noch Verwandte in Kars?«

»Woher soll ich das wissen?«

»Und die anderen Personen?«

»Sie sehen sich alle so ähnlich, nicht wahr? Ich weiß, dass viele ausgewandert sind, nach Frankreich, nach Amerika, in den Libanon, nach Russland. Es gibt ein armenisches Paradox. Jeder Armenier in der Welt könnte nach Armenien zurückkehren, aber sie denken nicht daran, es zu tun. Sie schicken Geld und sehen aus der Ferne zu, wie das Land vor die Hunde geht.« Sie drehte die Fotografie um und studierte die Namen, betrachtete dann wieder das Bild. »Die Familie meiner Mutter stammte ursprünglich aus Westarmenien, aus dem Vilâyet von Erzurum, einer osmanischen Provinz zwischen Kleinasien und Transkaukasien. Aber das hat ja nichts mit der Familie der Mazavians zu tun. Der hier zum Beispiel ist ein Bruder meiner Schwiegermutter. Aber er ist lange schon gestorben. 1980.«

»Wann ist Ihr Mann verstorben?«

»Viel zu früh. Was wollen Sie eigentlich herausfinden?«

»Ob jemand aus der Familie noch lebt.«

»Wozu?« In ihren Augen lag Verwunderung. »Es war zu allen Zeiten gefährlich, auf der Welt zu sein. Glücklich ist, wer es einmal geschafft hat.« Sie lächelte müde, stand auf und reichte mir die Hand. Ihren Kaffee hatte sie nicht angerührt. In der Linken hielt sie immer noch das Foto. »Es tut mir leid, ich konnte Ihnen wenig weiterhelfen.« Sie zog ihren Mantel an, kam jedoch mit der Fotografie in der Hand nicht durch den Ärmel und schob sie kurzerhand in ihre Tasche. »Am Ende bin ja nicht ich mit Ihnen verwandt, sondern mein verstorbener Mann.«

»Brauchen Sie die Fotografie?«, fragte ich.

Sie schaute mich verständnislos an. Dann sagte sie, »das Foto? Verzeihen Sie, ich habe es eingesteckt.« Sie gab es mir zurück. »Vielleicht werde ich Sie kontaktieren. Meine Nichte möchte gern in Deutschland studieren. Vielleicht könnten Sie sie unterstützen, schließlich müssen wir zusammenhalten.«

Zu Hause schaute ich nach und fand Kars auf der anderen Seite des Ararat. Es war nicht einmal zwei Wochen her, da hatte ich mit Grigor auf meiner vergeblichen Verwandtensuche über die andere Seite des Ararat gewitzelt. Araratismus, daran litten die Armenier, hatte Ano gesagt. Wohin man auch ging, der Berg war schon da.

Im Schrein

Evelina trug ein Kostüm aus grauer Wolle und im Haar eine glitzernde Libelle. »Heute ist es so weit, Sie dürfen das Magazin besichtigen, unser Allerheiligstes.« Sie hatte sich für den Anlass fein gemacht. Wir saßen schweigend in ihrem Büro und warteten auf den Anruf. Evelina schien nicht recht zu wissen, wohin mit ihren Händen, und betastete alle Augenblicke ihren Dutt, die Libelle zuckte. Endlich klingelte das Telefon. Sie hob ab, nickte zweimal, legte auf und erhob sich. »Es geht los«, sagte sie mehr zu sich selbst, zog ihren Rock straff und trat hinaus auf den Flur.

»Man hat den Matenadaran atombombensicher in den Fels gehauen, und heute kämpfen wir mit Wassereinbrüchen«, flüsterte Vardan mir im Vorbeigehen zu, »aber keine Sorge, das Magazin ist trocken.«

Unsere Schritte hallten durch die kahlen Gänge und das Treppenhaus. Evelina blieb vor einer Tür stehen, die sich nicht von den anderen unterschied, und klopfte. Die Tür öffnete sich, und wir betraten ein geräumiges Büro. In der Mitte stand ein riesiger, vollkommen leerer Schreibtisch. Dahinter, zurückgelehnt in einen schwarzen Chefsessel, ein feister

Mann mit rosigen Wangen, daneben wie ein Teil des Mobiliars eine junge Frau im kurzen Rock. Der Mann hinter dem Schreibtisch musterte mich von oben bis unten und zupfte an seinem Bärtchen, während Evelina mich vorstellte. Nach einer Pause, die viel länger als höflich war, blaffte er ein paar kurze Worte in Richtung seiner langbeinigen Assistentin, die sich sofort in Bewegung setzte und wie aufgezogen einer Tür zu unserer Linken zustrebte, die mir bis dahin gar nicht aufgefallen war. Sie öffnete die Tür, und wir waren im Allerheiligsten.

»Er ist kein angenehmer Mensch«, schimpfte Evelina sofort ohne Rücksicht auf die Anwesenheit der Assistentin, »er hat keine Leidenschaft für Bücher, dämmert vor sich hin und macht uns das Leben schwer. Zehn Minuten hat er uns gegeben und wieder auf die Temperatur hingewiesen, versuchen Sie also, nicht zu schwitzen, Helen.«

Ich hörte kaum, was sie sagte. Völlig ungeschützt, weder in Schachteln noch in Tuch eingeschlagen, lagen die Bücher in den Regalen, restaurierte neben nichtrestaurierten, abendländische neben orientalischen Handschriften, Karten, Briefe, enzyklopädische Werke, Folianten.

»Vor jedem Besuch im Magazin müssen wir an ihm vorbei«, schimpfte Evelina weiter, »an diesem Höllenhund. Niemand weiß, warum man ihn dort hingesetzt hat, aber da sitzt er nun. Die wichtigen

Positionen sind in diesem Land von Menschen besetzt, denen alles egal ist, Hauptsache das Geld stimmt, und wir anderen machen die Arbeit. Unsere Restauratorinnen verdienen nicht mal ein Zehntel von dem, was der Dicke bekommt. Deswegen laufen uns die talentiertesten Menschen davon. Ist es nicht so?«, fuhr sie unvermittelt die junge Assistentin an, die erschrocken den Mund verzog. »Ich weiß, was Sie denken, Helen«, wandte sich Evelina wieder an mich, »das denken alle, die aus dem Westen zu uns kommen – wie kann man diese alten Bücher einfach ungeschützt in die Regale legen? Ich sage es Ihnen. Wären die Bücher alle umhüllt oder lägen sie in Schachteln, könnten sie nicht miteinander sprechen, nicht atmen. Eine Schachtel ist wie ein Grab, das Buch vereinsamt und stirbt, verstehen Sie?«

Ich verstand. Ich schritt entlang der Regale, strich – ganz gegen meine Gewohnheit und jede Regel – mit den Fingern zart über das eine oder andere Objekt und gelangte zu einer weiteren Tür.

»Hinter dieser Tür befindet sich unsere älteste Handschrift«, erklärte Evelina, »sie stammt aus dem siebten Jahrhundert, und selbst unser Präsident kommt vor wichtigen Entscheidungen hierher, um seine Hand daraufzulegen und die Kraft des Buches zu spüren.«

Hinter der Tür war ein kleiner Raum, das Buch lag dramatisch beleuchtet auf einem Podest.

»Sie können sich nun etwas wünschen«, raunte mir Evelina ins Ohr, »legen Sie die Hand darauf.«

Ich zögerte, dann legte ich Handballen und Fingerspitzen auf den Einband aus Elfenbein, ertastete mit den Kuppen die kunstvolle Arbeit, erspürte die Kühle und die feine Prägung des Materials. Ich wusste nicht, was ich mir wünschen sollte. Die weihevolle Atmosphäre des Ortes hatte mich berührt, und plötzlich schien mir dieser eine Wunsch so unendlich bedeutsam, dass mir nichts einfiel, als dass ich mir wünschte, alles möge so bleiben, wie es war.

»Gehen wir Tee trinken«, sagte Evelina, »unsere Zeit hier ist um.«

Als wir die Teeküche betraten, atmete Evelina auf. »Verzeihen Sie, Helen, aber immer wenn ich ins Magazin gehe und an diesem Menschen vorbeimuss, regt es mich auf, und das Elend des ganzen Landes kommt über mich. Araiks Neffe ist Neurochirurg, er war der führende Spezialist für Nervenoperationen in Armenien. Er hat in den USA und in Moskau studiert und hatte dann eine Stelle am hiesigen Krankenhaus. Aber man hat ihn behandelt wie einen Krankenpfleger, nicht wie einen, der als Einziger die kompliziertesten Operationen durchführen kann. An den Nerven! Wie viele Angebote aus dem Ausland hat er ausgeschlagen, weil er sein Land liebt, weil er ein Idealist ist. Aber die Ignoranten in diesem Land wollten das nicht sehen, haben ihm immer weiter Steine in den Weg gelegt, und nun ist er fort, lebt in Amerika. In Ohio. Dort verdient er gut, lebt mit seiner Familie in einem großen Haus und genießt endlich das Prestige, das ihm zusteht. Ich habe Fotos gesehen, er hat einen eigenen Pool im Garten. Da wachsen Palmen. Die Idioten hier verstehen das nicht. Erst wenn alle klugen Köpfe weg sind, werden sie vielleicht aufwachen, dann aber wird es zu spät sein, denn wir haben nichts außer unsere klugen Köpfe. Mein Sohn sagt, er muss für ein starkes und unabhängiges Armenien kämpfen, aber er kämpft gegen Windmühlen, denn wer wirklich in Bergkarabach kämpft, das sind die Russen, die Türken und die Amerikaner, wir sind nur die Marionetten. Levon hat die Musikakademie beendet, man hatte ihn nach Moskau eingeladen, aber nein, er ist lieber eine Marionette. Die Oligarchen sollte man an die Front stellen.« Evelina fasste sich erschrocken an den Mund. »Ich wünsche niemandem den Tod. Außer den Oligarchen. Und dieses Wetter ist auch nichts für uns, wir Armenier mögen es nicht, wenn es kalt ist. Lassen Sie uns einen Schnaps trinken. Er beruhigt unsere Nerven.«

Wir setzten uns, tranken Wodka und aßen die Reste der Torte, die von Manuschaks Geburtstag übrig geblieben waren, Biskuit und Buttercreme und sehr bunt.

»Was glauben Sie, Helen, könnte ich in Deutschland leben?«

»Warum nicht.«

»Ja, warum nicht. Und könnten Sie in Armenien leben?«

»Warum nicht.«

»Ja, warum nicht. Aber so einfach ist das doch nicht.«

»Wenn wir ein anderes Leben leben müssten, dann würden wir es tun.«

»Ich hätte gern mehrere Leben und Sie?«

»So ist es auch gut.«

»Sie wollen sich nicht entscheiden.«

»Muss ich mich entscheiden?«

»Entscheiden Sie sich für ein weiteres Stück Torte. Bald können Sie mit der Bindetechnik beginnen.«

Lange Nacht

Für den Abend hatte Vardan zu einem Fest in Anos Wohnung eingeladen. Er machte ein Geheimnis um den Anlass, er sagte nur, »bitte komm«.

Ich schnitt Äpfel und bereitete den Teig für einen Strudel vor. Der Lippenstift, den ich nach der Arbeit gekauft hatte, stand mir. Ein Kirschton. Ich wischte ihn wieder ab. Sorgfältig verpackte ich den Strudel und rief ein Taxi.

Anos Zimmer war von einer großen festlich gedeckten Tafel fast vollständig ausgefüllt. Die ausgehängte Küchentür lag auf zwei Bierkisten, auf Kissen rundherum saßen schon einige Gäste. Schüsseln und Flaschen wurden herumgereicht. Ich stellte den Strudel auf den Tisch. Vardan kam mir entgegen, er trug eine rote Krawatte zum weißen Anzug, umarmte mich, strahlte mich an. Er sah aus wie ein Gangster, sehr attraktiv. Hovhes stellte mich den anderen vor. Ich setzte mich neben Tsovinar auf ein Kissen. Sie drehte sich zu mir.

»Helen, heißt du?«

»Ja. Vardan und ich kennen uns aus der Werkstatt.«

»Du bist die Restauratorin aus Deutschland?«

»Ja.«

»Willkommen.«

Ano trug einen Jeansrock und eine weiße Hemdbluse, deren lange Manschetten lose über ihre Handgelenke fielen. »Ich komme gleich«, rief sie in unsere Richtung. Vardan schenkte Wein ein, und Hovhes füllte die Teller mit Köstlichkeiten. Als alle saßen, nahm Vardan sein Glas, hielt es feierlich in die Höhe und begann still zu weinen. Ich sah Tsovinar fragend an, und sie winkte ab, als wisse sie bereits, worum es ging.

»Genug jetzt«, rief Hovhes, »hör auf zu heulen, sag endlich, was los ist, wir haben Hunger!«

Vardan trocknete seine Tränen und sagte etwas auf Armenisch.

»Was sagt er?«, flüsterte ich Tsovinar zu.

»Vardan, sprich englisch!«

Vardan räusperte sich, nickte mir entschuldigend zu und begann mit belegter Stimme zu sprechen. »Zunächst möchte ich auf Ano trinken, die uns hier alle immer wieder empfängt.«

Alle hoben die Gläser. »Auf Ano!«

Sie saß mir gegenüber und nippte an ihrem Weinglas.

»Ich will es kurz machen«, fuhr Vardan fort, »damit wir feiern können. Ich habe ein Visum für Schweden beantragt, es wurde genehmigt, ich bin selbst überrascht. Ich werde Armenien verlassen und zunächst zu meinem Cousin nach Stockholm ziehen. Dann sehe ich weiter. Nun ist das so, ich verlasse ein Land, das ich über alles liebe, das aber meine Liebe nicht erwidert, es ist eine unerfüllte Liebe.« Zu Hovhes gewandt fügte er hinzu: »Und du wirst nachkommen.« Hovhes nickte, starrte auf seinen Teller und glaubte nicht daran. Vardan leerte sein Glas in einem Zug und setzte sich. »Esst! Trinkt! Lasst die Tänzerinnen herein!«

Tsovinar schenkte mir nach, und ich fragte: »Wusstest du das?«

»Ich habe es geahnt. Schon in der Schule träumte Vardan von Europa. Ihm war es hier schon immer zu eng. Bestimmt hat er recht. Was hast du da mitgebracht?«

»Einen Strudel.«

»Was ist das?«

»Eine Art Kuchen.«

Man ließ Vardan hochleben, und Hovhes drehte die Musik lauter, französischen Hip-Hop. Ano spielte dazu kaum hörbar auf einer Gitarre, Tsovinar und Haik küssten sich, die anderen tanzten.

»Fühlst du dich wohl?« Vardan hatte sich neben mich gesetzt. Mit dem Handrücken wischte er einige Krümel vom Tisch.

»Weiß Evelina schon, dass du gehst?«

»Ich sage es ihr morgen. Noch nicht einmal meine Eltern wissen es. Sie werden mich hassen.«

»Niemand wird dich hassen.«

»Du hast keine Ahnung, wie das hier ist. Was Familie hier bedeutet. Ich werde ihnen sagen, dass ich eine Arbeit in Stockholm gefunden habe. Alles andere würde ihnen das Herz brechen.«

»Was wirst du tun in Stockholm?«

»Schwedisch lernen. Ein Tattoo-Studio eröffnen oder alte Bücher restaurieren, Kinder betreuen, dich besuchen. Schweden liegt doch bei dir gleich um die Ecke, oder? Dann musst du mich durchfüttern.«

»Und wenn ich hierbleibe?«

»In Armenien? Bei den Tanten im Matenadaran? Das meinst du doch nicht ernst.«

»Und wenn doch?«

»Dann schicke ich dir Geld aus Schweden. Und jetzt will ich feiern.«

Ich ging in die Küche und begann, das Geschirr zu spülen. Ano kam dazu, »was tust du denn, Helen, du sollst dich amüsieren«. Sie nahm mir den Teller aus der Hand und trocknete ihn ab. Wir arbeiteten Seite an Seite, hängten die Küchentür wieder ein, machten Platz für den Tango, trugen leere Flaschen auf den Hof und packten die Reste des Büfetts in den Kühlschrank. Vardan und Hovhes sangen im Duett.

»Was für ein schönes Fest«, sagte Ano, »ich brauche eine Pause, wollen wir einen Spaziergang machen?«

Die Laternen leuchteten nur symbolisch, Ano hakte sich bei mir unter und freute sich diebisch, heimlich die eigene Party verlassen zu haben. »Ich verstehe Vardan schon, ich meine, dass er geht. Bist du gerne in Armenien?«, fragte sie.

»Ich bin eingeladen, ich fühle mich sehr willkommen.«

»Ist dir nichts aufgefallen?«

»Was meinst du?«

»Armenier, wohin du auch schaust. Alle sehen gleich aus.«

»Für mich ist alles neu, für mich ist alles exotisch.«

Ano lachte. »Findest du mich auch exotisch?«

»Mir ist kein anderes Wort eingefallen. Manchmal kommt es mir wie ein Wunder vor, dass ich hier bin, dass ich in Jerewan ganz selbstverständlich durch die Nacht laufe. Ich hatte keine Vorstellung von Armenien.«

»Ich hatte auch keine Vorstellung von Armenien. In Syrien hat man uns gesagt, die Armenier in Armenien seien keine richtigen Armenier, weil sie nicht vor Verfolgung und Ermordung fliehen mussten. Sie täten, als teilten sie ein gemeinsames Schicksal, aber eigentlich hätten sie keine Ahnung, und trotzdem verachteten sie die Diaspora-Armenier. Und jetzt bin ich hier, man nimmt mich auf, und ja, man verachtet mich ein wenig. Wo immer du Armenier triffst, hier oder irgendwo in der Diaspora – alle werfen sich gegenseitig vor, keine richtigen Armenier zu sein. Das ist alles idiotisch. Ich bin traurig, dass Vardan geht. Er ist einer der wenigen echten Freunde hier. Ich verstehe ihn, und gleichzeitig denke ich, er läuft weg. Er sollte bleiben.« Ano schlug ihren Mantelkragen hoch, von der Seite sah ich ihre entschlossene Miene.

»Bist du eine richtige Armenierin?«, fragte ich.

»Ich sage ja, es ist idiotisch. Bist du eine richtige Deutsche?«

»Ich habe keine Ahnung, was ich bin.«

»Auch nicht gut.«

»Hast du Lust, noch was trinken zu gehen?«

»Warum nicht.«

»Musik?«

»Gut.«

»Dann müssen wir hier links gehen, da gibt es eine Jazzbar. Ein Freund spielt manchmal dort.«

»Ein Freund?«

»Er hat mich vom Flughafen abgeholt. Er ist der Sohn meiner Chefin, der Leiterin der Restaurierungswerkstatt. Wir haben uns ein paarmal getroffen. Er ist Offizier der Streitkräfte Armeniens.«

»Ich verstehe.«

»Er hat eine Tochter.«

»Wie heißt die Tochter?«

»Julja.« Ano nahm meine Hand. Ihre Hand war kalt. »Frierst du?«, fragte ich.

»Nein. Wo ist nun deine Bar?«

»Wir sind gleich da. Noch ein paar Minuten. Ich weiß nicht, ob er spielt.«

»Der Offizier der Streitkräfte?«

»Levon, ja.«

»Meinst du, Vardan und die anderen sind alle noch in meiner Wohnung?«

»Bestimmt.«

»Was tun sie?«

»Tanzen, küssen, singen, schlafen.«

»Das gefällt mir.«

»Warum sollte Vardan nicht fortgehen?«

»Weil er sich damit die Möglichkeit nimmt, etwas zu verändern.«

»Er fühlt sich nicht sicher.«

»Das hat nichts mit Gefühlen zu tun. Das ist eine Frage der Einstellung.«

Ich hatte nicht erwartet, Levon zu treffen. Er stand mit seinem Bass auf der kleinen Bühne, spielte zwei, drei hohe falsche Töne und lachte mich an.

»Welcher ist es?«

»Am Bass.«

»Habe ich mir gedacht.«

Wir bestellten Bier und suchten einen Platz. Neben uns stand eine Lampe mit einem grünen Schirm. Sie warf einen Schimmer auf Anos Gesicht, aber Ano war auch mit einem grünlichen Schimmer auf dem Gesicht das schönste Mädchen, das ich jemals gesehen hatte.

»Was ist los, Helen?«

»Ich bin aufgeregt.«

»Bist du in ihn verliebt?«

»Verliebt? Er lebt hier. Seine Tochter ist neun. Er ist bei der Armee. Mein Leben ist ganz anders.«

»Wie ist dein Leben?«

»Mein Leben?«

»Wiederhol nicht immer, was ich sage. Dein Leben in Deutschland. Wie ist es?«

»Es ist gut. Mein Leben ist gut. Wie ist dein Leben?«

»Ich mag die Musik.«

Levon kam an unseren Tisch.

»Musst du nicht spielen?«, fragte ich.

»Schön, dich zu sehen«, sagte er.

»Mit Bass klingt es besser«, sagte Ano.

Levon lächelte.

»Das ist Ano, sie kommt aus Syrien«, sagte ich.

»Aus Syrien?«, fragte Levon.

»Knapp vierhundert Kilometer südwestlich von hier – noch nie gehört?«, fragte Ano. Ich musste lachen. Alles drehte sich. Levon trank sein Bier aus und ging zurück zur Bühne.

»Was sollte das?«, fragte Ano verärgert.

»Was?«

»Das ist Ano aus Syrien. Nur Ano hätte gereicht.«

»Entschuldige. Für mich ist das etwas Besonderes.«

»Das meine ich. Was genau ist das Besondere? Dass ich gesehen habe, wie Menschen sterben?«

»Ich werde auch als die Restauratorin aus Deutschland vorgestellt.«

»Er sieht gut aus. Für einen Offizier der Streitkräfte.«

Ano stand auf, legte die halbgerauchte Zigarette in den Aschenbecher und ging in Richtung Toilette. Ich versuchte, die Entfernung zwischen ihr und mir zu ermessen. Ich stellte mir die Entfernung zwischen Danil und mir vor, zwischen Levon und mir, zwischen einem Bild in der Nationalgalerie und mir, ein Bild im zweiten Stock, im ersten Raum, rechte Wand Mitte. Ich trete näher, um Titel und Namen des Malers zu erkennen. Schwer zu entziffern, bestimmt Saryan. Grüntöne, une jeune fille. Beim Hinausgehen trage ich mich mit falschem Namen und falscher Adresse ins Gästebuch ein.

Der Rauch von Anos Zigarette stieg gradlinig nach oben, ich pustete ihn krumm. Als Ano zurückkam, sagte ich, »es wird wieder schneien«.

»Wahrscheinlich.«

»Es gibt Menschen, denen die Kälte nichts ausmacht.«

»Mir schon. Es ist spät. Ich muss früh aufstehen. Bleibst du noch?«

»Ich bleibe noch.«

Noch nie hatte ich einen Menschen geschlagen. In dieser Nacht schlug ich Levon mitten ins Gesicht. Wir hatten miteinander geschlafen, er saß auf dem Bett, streichelte meinen Rücken, und plötzlich sagte er, »dieses syrische Mädchen, wer ist das überhaupt? In der Stadt wimmelt es von Syrern.« Er sagte das ganz beiläufig, als lese er die Worte in einer Zeitung. Dann sagte er, »ich bin froh, dass du mitgekommen bist. Ich habe dich vermisst.« Ich setzte mich auf, und ich boxte ihn gegen die Schulter.

»Was machst du«, lachte er. Ich boxte erneut, diesmal gegen die Brust, diesmal fester. Er stieß mich zurück. »Bist du verrückt geworden?«

»Was hast du eben gesagt?«, beharrte ich.

»Was hast du für ein Problem?«

»Stört sie dich?«

»Mich stört niemand. Nur kommen diese Armenier aus Syrien zu uns, kriegen hier Papiere, Arbeit und eine Wohnung, und dann ziehen sie weiter nach Europa. Wir sind denen nicht gut genug. Das stört mich.«

Ich boxte ihn wieder.

»Du musst mir schon ins Gesicht schlagen«, sagte er.

Ich schlug ihm ins Gesicht.

»Nicht mit der flachen Hand, mach eine Faust, wenn du mir weh tun willst, denn das willst du doch, oder? Worum geht es dir denn? Immer noch um das syrische Mädchen? Oder ist Madame Mazavian etwas verwirrt? Alles zu viel für die Restauratorin aus Deutschland? Sind zwei Männer und das schlechte Wetter zu viel für unsere Musterschülerin der sowjet-armenischen Werkstattleitung?«

Ich schlug zu. Ich schrie. Er hielt mir den Mund zu. »Sei still, Julja schläft nebenan.«

»Deine Tochter ist hier? Warum hast du mir nichts gesagt?« Ich sprang aus dem Bett, suchte meine Unterwäsche, er bekam meinen Arm zu fassen, zog mich zurück, klammerte, wir rissen aneinander, bis mich die Kraft verließ.

»Du hättest mir sagen müssen, dass Julja hier ist.«

»Ich konnte ja nicht wissen, dass du zu Gewaltausbrüchen neigst.«

»Ich weiß nicht, was passiert ist.«

»Kommt vor.«

»Eigentlich nicht. Du hast mich erschreckt.«

»Auch das kommt vor.«

»Bist du ein Rassist?«

»Manchmal.«

»Meinst du das ernst?«

»Ja. Und nun? Schläfst du nicht mit Rassisten?«

»Für gewöhnlich nicht.«

»Und jetzt machst du eine Ausnahme?«

»Ich sollte gehen.«

»Und dann?«

»Du machst mir Angst.«

»Du hast gesagt, du hast nie Angst.«
»Ich habe gelogen. Ich habe immer Angst.«
»Davon habe ich bis jetzt nichts bemerkt.«
»Ich kann es verstecken.«
»Das kannst du gut.«
»Was wünschst du dir, Levon?«
»Geld und Einsamkeit.«
»Ach so.«
»Geh nicht weg.«
»Ich gehe nicht weg.«
»Du hast ein Leben in Deutschland.«
»Ja. Ich erinnere mich.«
»Bestimmt ist der Mann an deiner Wand kein Rassist.«
»Sprich nicht über ihn.«
Levon stand auf und suchte Zigaretten. »Dein Leben ist eine einzige Suche nach Zigaretten«, sagte ich. Nackt tigerte er durchs Zimmer und durchwühlte seine Taschen. Er fluchte leise auf Armenisch. Ich sah ihn an und dachte, er ist mir fremder als fremd und vielleicht liebe ich ihn.
»Warum bist du zur Armee gegangen?«
»Das fragst du schon wieder?«
»Ich habe noch keine Antwort erhalten.«
»Du wirst auch keine Antwort erhalten. Weil es keinen Grund gibt.«
»Patriotismus?«

»So einfach ist das nicht. Vielleicht ist es so etwas wie Selbstvergewisserung. Reicht dir das als Grund?«

»Komm zu mir.« Sein Gesicht war nah. Er hielt meine Hand.

»Und du? Warum alte staubige Bücher?«

»Was gibt es Schöneres und Wichtigeres als Bücher?«

»Ein blankgeputztes Gewehr.«

Am Morgen hörte ich Juljas fröhliches Geplapper und Levons Stimme, die das Kind zur Eile mahnte. Ich zog die Decke über den Kopf, überall hatte ich Schmerzen, als hätte ich mich selbst geschlagen. Die Wohnungstür fiel ins Schloss.

Sanft wurde ich wach gerüttelt. »Steh auf, die Schule ist heute geschlossen, Julja ist wieder hier.«

Aus dem Nebenzimmer tönte ein russisches Kinderlied. Grashüpfer, Geige und Wolken.

»Die Heizung ist ausgefallen.« Levon warf mir meine Kleidung zu.

»Es gibt ein Problem mit der Heizung?« Ich verstand nicht, ich schlief noch.

»In der Schule ist die Heizung ausgefallen.«

»Warum?«

»So etwas passiert.«

Damit war er aus dem Zimmer. Julja war hier. Ich zog mich an und warf eine Wolldecke über das zerwühlte Bett, öffnete die Tür einen Spalt weit. In

Juljas Zimmer bejubelte der Kinderchor die Geige des Grashüpfers, ich schlüpfte ins Bad. Mit Levons Zahnbürste putzte ich mir die Zähne, roch an einer Creme, die schwerlich seine war, benutzte eine gelbe Kinderbürste. Fertig. Mit etwas Glück würde ich die drei Schritte zur Wohnungstür ungesehen durchmessen. In der Tür hielt mich Levon auf.

»Bleib hier«, flüsterte er, »ich habe Julja erzählt, dass du gleich kommst und etwas für Evelina abholst.«

»Was?«, flüsterte ich zurück.

»Ein Buch.«

»Welches Buch?«

»Irgendein Buch.«

»Wann hast du die Küche renoviert? Als ich das letzte Mal hier war, konnte man die Küche nicht betreten.«

»Nun kann man sie betreten.«

Er drückte die Tür geräuschvoll zu und rief: »Julja, wir haben Besuch, Helen ist hier!« Über seine Schulter sah ich Julja. Ich zeigte ihr meine Fingernägel, auf denen die Reste ihres Nagellacks schimmerten. Sie freute sich. Wir setzten uns. Levon kochte Tee und briet Pfannkuchen. Ich erzählte, dass ich als Kind eine Schildkröte hatte, Levon übersetzte. Ihr Panzer hatte ein ähnliches Muster wie der Teppich in unserem Wohnzimmer, und auf diesem Teppich wurde die Schildkröte unsichtbar wie ein Chamäleon.

Ein kleines Lächeln huschte über Juljas Gesicht. »Julja hofft, dass niemand auf die Schildkröte getreten ist, wenn man sie nicht sehen konnte«, übersetzte Levon.

»Ich habe immer aufgepasst«, sagte ich, »und manchmal führte ich die Schildkröte aus. Die Leine war ein Wollfaden.«

Ich trank Tee und aß Pfannkuchen. Die Vankatze saß unter dem Tisch und schnurrte. Julja zwitscherte irgendetwas. So ist also ein Familienfrühstück, dachte ich. Wir räumten den Tisch ab, und Levon drückte mir eine russische Ausgabe von *Moby Dick* in die Hand.

»Ah, das Buch, danke«, sagte ich.

Julja brachte mich zur Tür. Ich hörte Levon in der Küche hantieren, Julja winkte und klappte die Tür zu. Langsam ging ich die Treppe hinunter, die Hand am Geländer. Ein Mann kam mir entgegen, er trug einen Blumenstrauß im Arm, die Blumen fraßen sein Gesicht.

Auf dem Platz vor der Oper stand ein Straßenkünstler und ließ Dinge verschwinden. Einige Kinder standen um ihn herum und beobachteten ernst jede seiner Bewegungen. Die Schildkröte hatte es nie gegeben.

König und Esel

Anahid dachte sich Spiele aus. Aus Gras und Zweigen flocht sie Zöpfe, mit denen sie der Ziege etwas vorspielten. Hrant wollte der Räuber sein und schießen, und wenn er genug geschossen hatte, sagte der Räuber, jetzt gibt es Braten und Schnaps, hinweg ihr Mädchen! Der Räuber hieß Suren, und Anahid war die Prinzessin, die Hexe, der Wolf und der Zauberbaum, in dessen Krone ein Schatz versteckt war. Der Räuber Suren musste den Schatz finden, das war das Spiel. Das alte Buch mit den geheimnisvollen Bildern darin war ein Zauberbuch, und als Anahid nicht hinsah, riss Hrant den kleinen König mit der goldenen Krone und dem grünen Gewand vorsichtig heraus. Weiter hinten fand er einen grauen Esel, der freundlich den Kopf neigte. Der kleine grüne König ritt auf dem freundlichen Esel über Rinde und Gras, traf allerlei Käfer, überwand die tiefe Schlucht zwischen Hrants Knien, die eine Hand im Eselfell vergraben, mit der anderen hielt er seine goldene Krone ganz fest.

Plötzlich meckerte die Ziege laut und lief davon. Anahid und Hrant liefen hinterher und entdeckten eine ganze Ziegenherde. Eine alte Frau saß auf einem Stein und bewachte die Tiere. Sie winkte die Kinder zu sich. Sollen wir, flüsterte Hrant. Er war jetzt nicht mehr der Räuber Suren. Kommt her, rief die Frau, erhob sich und kam auf sie zu. Wo kommt ihr her? Aus Ordu. Und eure Eltern? Seid ihr Armenierkinder? Ihr nickt. Ihr seid stolz. Ich kann nichts für euch tun. Ihr habt mir meine Ziege gebracht, hier, nehmt mein Bündel, drin sind Brot und Feigen. In welche Richtung sollen wir gehen?, fragte Anahid. Ihr glaubt doch an Gott, Armenierkinder, und wisst nicht, wo es langgeht? Sie lachte, aber es klang traurig. Sie setzte sich wieder auf den Stein und zeigte nach links. Geht in diese Richtung. Alles andere ist der Tod. Geht schon, und wenn der Kleine mit der Zahnlücke dir zu viel wird, Mädchen, sie zeigte auf Hrant, der den Kopf senkte, lauf ohne ihn weiter. Anahid nahm Hrant fest an die Hand, griff das Bündel, und sie rannten davon.

War das eine Hexe, fragte Hrant. Nein, das war eine Hirtin. Werde ich dir zu viel, Anahid? Nein, das wirst du nicht, hör auf, mir Fragen zu stellen. Setz dich hierher, Hrant, mach das Bündel noch nicht auf, wir müssen beten, los, nimm das Buch und sprich ein Gebet. Lasst uns das Mahl, das uns vom Herrn gegeben wird, in Frieden kosten. Gelobt sei der Herr in seinen Gaben, Amen. Jetzt kannst du das Bündel öffnen, Hrant, warum zögerst du? Da öffnete Hrant seine kleine Faust, darin lagen feucht und zerdrückt ein König und ein freundlicher Esel. Sie sind müde und schlafen, sagte Hrant.

Anahid legte den König und den Esel zwischen die Seiten des Buches. Das Brot und die getrockneten Feigen machten auch Hrant müde, er legte seinen Kopf in Anahids Schoß und sah nach oben in die Zweige, in den Himmel. Schon oft hatte er gefragt, was hinter dem Himmel sei, auch jetzt gab es keine Antwort. Er hielt seine Augen ruhig, und sein Mund stand ein wenig offen. Das Fieber hatte seine Lippen rau gemacht. Sein Mund erinnerte sie an die Mutter, die geschwungene Nase an die Nase des Vaters, der Rest war er selbst. Und sie selbst? Was an ihr war sie selbst? Und wie waren Sona und Keghuhi und Sarkis? Und wo waren sie jetzt? In Mersiwan? Auf einem Schiff? Sona konnte nicht schwimmen. Kaum jemand konnte schwimmen. Nur Anahid hatte sich das Schwimmen selbst beigebracht, am Abend, wenn der Strand leer war, legte sie Schicht für Schicht ihre Kleider ab, bis sie nur noch ihr Unterkleid trug, und ging ins Wasser und übte und übte, bis sie auf dem Wasser liegen konnte. Auch mit Sona übte sie, immer an einer Stelle, wo das Wasser ganz seicht war, man konnte die Sandkörnchen am Grund erkennen und die kleinen Fische darüber. Sona war ein faules, aber mutiges Mädchen, und Anahid wollte, dass sie noch mutiger würde. Anahid hielt sie am Bauch, und

Sona lag strampelnd auf ihren Händen und kam mit den kleinen Armen und Beinen durcheinander. Manchmal bohrte Anahid ihr den Finger leicht in den Bauchnabel, und Sona wand sich vor Lachen.

Warum lachst du, Anahid? Ich muss an Sona denken. Sona macht immer alles kaputt. Was du so redest, Hrant, komm, wir müssen weiter. Und wenn wir hierbleiben, Anahid? Dann sterben wir. Wird Mutter uns finden? Komm, ich trage dich.

Die Hirtin hatte sie nach links geschickt. Aber wo war jenes ›Links‹ jetzt? Links wie rechts gab es Bäume und Sträucher und Steine, groß und klein, hier und da Blumen und Gras. Im Stillen fragte Anahid den Raubvogel, der über ihnen flog. Er gab keine Antwort, also folgte sie ihm. Ihr Leben war bisher so einfach gewesen. Auch wenn sie manchmal traurig war, war sie glücklich. Ihr Zuhause, ihre Geschwister, das Meer, ihre Pflichten, die Zeit im Bett vor dem Einschlafen, wenn sie für sich sein konnte und träumen konnte von der Zukunft. Hier in den Bergen mit ihrem kleinen Bruder auf dem Rücken, dessen Fuß ihr ständig gegen die Wade schlug, so dass sie an dieser Stelle schon einen dunklen Fleck hatte, fielen ihr Glauben und Fühlen und Denken schwer. Auf ihrem Rücken stöhnte Hrant. Hör auf, mich zu treten! Komm, wir singen, du singst so schön, Hrant! Und sie sangen laut und schrill, und sie sangen Kirchenlieder und Kinderlieder, und nachdem sie alle Lieder gesungen hatten, dachten sie sich neue aus. Ein Fuchs, du bist ein Fuchs. Im Schwarm der Bienen, die fressen Rosinen. Hrant stieg von ihrem Rücken und war wieder der Räuber und Anahid die Prinzessin. Der Raubvogel hatte dem ›Links‹ eine neue Richtung gegeben, und in diese Richtung blies ein Wind, Staubwolken schlugen sich gegenseitig in die Flucht. Ein wenig Zorn, ein wenig Rache brachte er mit, die Männer kämpfen im Krieg, raunte der Wind, die Männer lassen Hunde miteinander kämpfen, bis einer blutig am Boden verreckt, die Schnauze zerfetzt. Der Wind blies ihnen in den Rücken und schob sie voran, fegte Erinnerungen fort, sang von den Steinen und den Bäumen, denn die Steine und die Bäume lebten ja auch stumm weiter, und wenn sich irgendwann ein Stein erinnern müsste, würde dem Stein schon etwas einfallen.

Du bewegst dich wie ein Ochse, nicht wie eine Prinzessin, rief Hrant plötzlich und rüttelte Anahid aus ihren Gedanken, und wenn du so glotzt, habe ich Angst vor dir. Der Räuber Suren hat Angst? Der Räuber Suren ist auf Raubzug, er kommt später zurück und bringt seine Schätze, manchmal bist du dumm im Kopf, Anahid. Und du, Hrant? Nein, nur du, Anahid, und hast du was Süßes? Hier Torte. Ich sehe keine Torte. Dann esse ich sie allein, wie sie schmeckt, nach Nüssen und Honig, willst du nicht doch ein Stück kosten? Hör auf mit dem Spiel! Wir essen ein Stück von dem Buch, dann werden wir schlau.

Dürfen wir das, Anahid? Ein Stückchen dürfen wir. Schmeckt nach Erde, es kitzelt im Bauch. Du spürst schon die Klugheit. Ist das hier Maria? Siehst du, wie klug du schon bist. Lies mir vor, Anahid. Nein, aber ich kann dir erzählen: Die Menschen sahen Jesus auf dem Meer wandeln, und sie dachten, er wäre ein Gespenst, und alle schrien, und alle erschraken, aber Jesus sagte, habt keine Angst, ich bin es nur, nur ich. Und dann? Alle versuchten, es ihm gleich zu tun, und versanken in den Wellen. Wale kamen angeschwommen, Delphine, Meerjungfrauen. Sie sanken auf den Meeresgrund und verwandelten sich in Algen. Wer genau, Anahid, verwandelte sich in Algen? Alle. Sie liegen immer noch auf dem Grund. Hast du sie noch nie singen gehört, all diese traurigen Algen? Nein, aber ich esse eine Wolke. Fliegst du dann weg? Ich nehme dich mit. Ich will kein Buch mehr essen, Anahid. Schon gut, komm, wir gehen weiter.

Anahid hatte dicke weiße Blasen an den Füßen, die sie abends mit den Fingernägeln aufstach, weil sie es mochte, wenn die klare Flüssigkeit herauslief. Morgens humpelte sie, weil die Blasen rot und wund waren. Wurde sie bestraft, weil sie von dem Buch gegessen hatte? Wer sollte sie strafen, alle waren weg, sie waren allein, sie selbst und ihr Bruder. Auch er hatte Blasen an den Füßen und jammerte nicht. Er war tapfer und stolz. Nur manchmal fragte er, wann gehen wir nach Hause? Nimm den Stein und spuck darauf, wirf ihn in die Luft und sag mir, ob er mit der nassen oder trockenen Seite aufkommen wird, Hrant. Nass. Falsch, trocken, noch mal, spuck. Nass. Falsch, trocken, noch mal. Nass. Falsch, trocken, noch mal. Nass. Falsch, trocken, du bist hartnäckig, Hrant, also noch mal. Nass. Richtig, gewonnen. Jetzt du. Später, ein Stück müssen wir noch gehen. Wird Mutter uns finden? Sie wird uns grüßen, durch die Sonne.

Manchmal kam Anahid aus der Schule nach Hause, und die Mutter grüßte sie nicht, sie blickte nicht einmal auf, sie gab ihr wortlos eine Arbeit, Sesam mahlen oder Haselnüsse schälen. Erst am Abend, wenn alle zusammen auf dem Teppich saßen und nach dem Essen Tee tranken, fragte sie ihre Kinder, wie es in der Schule gewesen sei, was sie gelernt hätten. Schon als Anahid noch klein war, und es keine Sona und keinen Hrant und keine Keghuhi gegeben hatte, war die Mutter sparsam mit Zärtlichkeiten, weil das Leben nicht verwöhnt. Anahid verstand das nicht, weil das Leben, das waren sie doch selbst. Manchmal ging Anahid zum Vater, der sprach auch nicht viel, aber er hörte zu, schenkte ihr ein Lächeln und strich ihr über den Kopf. Wenn der Vater das Buch aus dem Schrank holte, durfte jedes Kind es berühren, und sie beteten. Wir glauben an den Heiligen Geist, den unerschaffenen und vollkommenen, der gesprochen hat durch das Gesetz, die Propheten und die Evangelisten; der herabstieg in den Jordan, der durch die

Apostel verkündet wurde und in den Heiligen wohnte. Anahid betete ihre eigenen Gebete. Ich glaube an die Liebe, an die heilige, ich glaube an das Blut und das Meer und das Feuer. Ich glaube an das Schöne und an die Seele und den Leib.

Unleserlich, vermutlich Kyrillisch

Ich war mit Knarik Gevorgian im Archiv verabredet. Ich saß vor ihrem Schreibtisch, sie ließ mich warten, hantierte mit Zetteln, schrieb mit Bleistift in ein Notizheft, radierte, die Nase dicht über dem Papier, das Geschriebene wieder aus. Endlich blickte sie über ihre Brille.

»Heute ist es ganz schlecht, Kind, ich habe furchtbare Kopfschmerzen.«

»Ich habe Aspirin in der Werkstatt.«

»Danke, nein, ich werde Zitronen kaufen müssen. Mir helfen nur Zitronen.«

»Ich hatte gehofft, Sie könnten mir helfen, etwas über die Herkunft der Handschrift zu erfahren, an der ich arbeite.«

»An welcher Handschrift arbeiten Sie?«

»Sie haben sie gesehen. Vor einigen Wochen waren Sie in der Werkstatt und haben aus dem Kolophon übersetzt.«

»Ach, diese kleine Familienbibel. Sie müssen entschuldigen, Sie sehen ja, was hier los ist.«

Ihre Hände ruderten in wilden Ellipsen über den

Papieren, wischten dann Radiergummikrümel von ihrem Notizheft.

»Könnten Sie trotzdem schnell für mich nachsehen, ob es im Archiv noch Material zu dem Buch gibt?«

»Ohne Inventarnummer kann ich gar nichts tun«, sagte sie, ohne aufzublicken. Ich legte ihr den Zettel, auf dem ich die Nummer notiert hatte, auf den Schreibtisch. »Waren Sie schon in den Bergen?«, fragte sie, ohne den Zettel zu beachten. »Im Frühling blühen dort die wunderbarsten Blumen und Pflanzen. Zu allen Zeiten haben die Menschen aus den Produkten der Natur Kunst geschaffen. Die Menschen dürfen keine Bäume fällen, das bereitet mir Schmerzen. Wenn ich in der Natur bin, ergebe ich mich der Schöpfung. Ich gieße Kerzen. Halbtransparent sichtbar durch das Wachs schimmern die schönsten unserer Bergblumen und Kräuter, und es wird noch schöner und geheimnisvoller, wenn die Kerze herunterbrennt und die Flamme die eingegossenen Objekte von innen beleuchtet. Es ist ein äußerst schwieriges Handwerk, man muss es so machen, dass die Pflanzen nicht verbrennen. Das stinkt nämlich sehr und vertreibt den Zauber.«

Endlich nahm sie den Zettel mit der Inventarnummer. »In unserem Museumsladen können Sie meine Kerzen übrigens kaufen.« Knarik blickte mich prüfend an. »Sie sollen das Buch doch restaurieren und nicht erforschen.«

»Haben Sie auch manchmal das Gefühl, Frau Gevorgian, die Arbeit an einem Buch ist mehr als Papier, Schimmel, Tinte, Leder? Wenn ich am Abend nach Hause gehe, vermisse ich dieses Buch, als wäre es etwas Lebendiges.«

»Natürlich kenne ich das«, sagte Knarik, stand auf und ging zu einem Panzerschrank. »Aber ich halte mich davon fern. Herumirrende Gespenster. Würde ich zu jedem Buch eine Beziehung aufbauen, käme ich zu gar nichts mehr.«

Sie verschwand fast hinter der halbgeöffneten Stahltür des Schrankes, murmelte etwas auf Armenisch, fluchte, bückte sich, kam wieder hoch und hielt den Zettel mit der Inventarnummer ins Licht der Deckenlampe. Dann ein kleiner Ausruf, sie hatte etwas gefunden. Mit einem vergilbten Bogen Pergament in der Hand trat sie hervor.

»Was habe ich über Natur und Kunst gesagt? Hören Sie, was hier steht:

Nimm dreißig Gramm geriebene Muskatnuss. Nimm folgende Häute: von Wild- und Hausziegenlämmern, Fohlen und Hasen. Nimm Kalk, zerstoße ihn zu Pulver, gib Wasser bei, mach eine Kalklösung. Lege die Häute in die Kalkmilchlösung und warte und sieh zu, bis sie fertig sind. Wenn dies geschehen ist, entferne die Haare, säubere gründlich und lege sie mehrmals in eine frisch bereitete, dünne Kalklösung und lass die Häute damit anschwellen. Beim Wasserausdrücken werden die Häute wieder dünn. Nimm sie und binde sie mit Fäden an eine drehbare Trommel und schabe von der Fleischseite her alle Fett- und Fleischspuren weg, es entsteht eine gute, glatte Haut. Die fertige Haut lege in der Sonne aus, damit sie trocknet. Wenn sie trocken ist, spanne sie wieder auf die drehbare Trommel und kratze die Haarreste ab. Nimm Leinsamen, schütte ihn ins Wasser und lasse ihn drei Tage stehen, bis sich eine zähflüssige, honigartige Masse bildet. Filtre sie, mische dazu Eiweiß, streiche diese Masse mit einem Messer auf die Fleischseite der Haut. Nachher nimm die Häute, ziehe jede einzelne auf eine drehbare Trommel und streiche mit einem Lappen die Kalkmischung auf die Fleischseite, glätte sie mit einem Kratzer von oben nach unten, wieder von oben nach unten, wieder von oben nach unten und nimm, was zu viel ist, weg. Die Natur ist zuverlässig.«

»Haben Sie das in der Handschrift gefunden, an der ich arbeite?«, fragte ich.

»Nein, nein, aber es ist doch verrückt, was man alles in diesen Büchern findet.« Sie verschwand wieder. Schließlich kehrte sie mit einem Plastikbeutel an den Tisch zurück.

»Sehen Sie, das haben wir in Ihrem Evangeliar gefunden. Haare, Insekten, Tierkot, eine Theaterkarte für das Moskauer Staatsballett, eine Zugfahrkarte Wladiwostok–Moskau, zwei Miniaturen, offenbar ausgerissen, sehen Sie die Ränder, ein Foto, eine

Fahrkarte offenbar für eine Schifffahrt nach Anapa, irgendeine weitere Fahrkarte aus der Türkei. Istanbul muss sehr schön sein, dort lebten viele Armenier. Die schönsten Häuser wurden von der Familie Balyan gebaut. Sagt Ihnen das etwas? Es gibt ein wunderbares Buch über die Familie Balyan, wenn Sie möchten, bringe ich es Ihnen morgen mit, nein, morgen geht das nicht, ich werde noch backen müssen. Ich koche gern, aber ich backe nicht gern. Ich kann Ihnen gar nicht sagen, warum, und habe viel darüber nachgedacht. Vielleicht stört es mich, dass ich mein Werk dem Ofen überlassen muss.«

»Darf ich mir das ausleihen und in Ruhe ansehen?«

Sie schaute mich fassungslos an. »Was ausleihen?«

»Diese Dinge, die zu meinem Evangeliar gehören.«

Sie schüttelte den Kopf. »Das geht nicht. Das machen wir nicht. Und für die Restaurierung benötigen Sie das doch gar nicht.«

»Ich könnte –. Zum Beispiel die ausgerissenen Miniaturen, natürlich kann man sie nicht wieder einkleben, aber vielleicht –. Ich könnte die Fehlstellen präziser unterlegen.«

»Ach so? Haben Sie das mit Evelina Stepanowna besprochen?«

»Ja«, sagte ich und schüttelte den Kopf.

»Wissen Sie, manchmal wünsche ich mir, den alten Krempel einfach loszuwerden, den ganzen Seelenmüll vergangener Jahrhunderte und die antike

Käferkacke. Aber bei Ihnen liege ich da wohl falsch, und Sie werden mir alles unversehrt zurückgeben, nicht wahr?«

In meiner Wohnung schloss ich die Vorhänge, wischte sorgfältig den Tisch und legte die Kostbarkeiten vor mich hin. Die kleinen Tüten mit den Haaren und dem Tierkot legte ich neben die türkische Fahrkarte nach links, vielleicht eine Fahrkarte für die Bagdadbahn, Konya–Adana. Die Fahrkarte Wladiwostok–Moskau, das Foto und die Theaterkarte nach rechts, in die Mitte des Tisches legte ich die ausgerissenen Miniaturen, sie waren stark angegriffen, die Farbflächen gebrochen – ein Esel oder Pferd, eine männliche Gestalt mit Krone und rotem Mantel. Das Schwarzweißfoto zeigte ein zweistöckiges Haus, umgeben von einer Steinmauer. Wo hatte es gestanden? In Wladiwostok, Ordu, Anapa, Sochumi? Aus einem Umschlag ließ ich die beiden Käfer auf den Tisch fallen. Es waren keine der üblichen Papierschädlinge wie Brotkäfer oder Ctenolepisma longicaudata. Ich kannte sie nicht und konnte daher keine Bestimmung ihrer Herkunft vornehmen, selbst die ursprüngliche Größe war nicht mehr zu erkennen, bei der Lagerung waren sie plattgedrückt worden. Außerdem gab es zwei Notizzettel, die Knarik Gevorgian nicht erwähnt hatte. Gelbliches, holzig-raues Papier von geringem Gewicht, höchstens achtzig Gramm pro

Quadratmeter. Der erste Zettel maß knapp elf auf achteinhalb Zentimeter und hatte eine unsaubere Risskante, könnte einem Schulheft oder einem minderwertigen Notizbuch entnommen sein. Beschrieben war der Zettel mit Tinte, eine Reihe von Ziffern, die aufgrund der löschpapierartigen Struktur des Blattes faserig zerlaufen war. Die Ziffernreihe konnte eine Telefonnummer sein. Die Schrift auf dem zweiten Zettel war auf den ersten Blick unleserlich, vermutlich kyrillisch, die engen Schwünge wurden zum Ende der wenigen Zeilen größer, eine hastig hingeworfene Notiz, ein flüchtiger Gedanke oder einfach der Versuch, die trocken gewordene Tinte in einem Schreibgerät zum Laufen zu bringen. Diesen Zettel würde ich später genauer untersuchen, einstweilen gruppierte ich ihn zu Kot und Insekten, die Telefonnummer legte ich zu den ausgerissenen Miniaturen in die Mitte des Tisches und trat einen Schritt zurück. Ich hatte feuchte Hände, das Licht war schlecht. Es ergab sich noch kein Bild. Ich fing von vorne an und arrangierte alles noch einmal neu.

Die Theaterkarte war für eine Vorstellung im Moskauer Bolschoitheater. An einem Samstag im Jahr 1955 wurde um acht Uhr das Ballett *Romeo und Julia* von Sergej Prokofjew gegeben. Was hatte die Person bewogen, diese Karte aufzubewahren? Eine Einladung? Theaterkarten waren vermutlich zu jener Zeit schwer zu bekommen, vielleicht hatte jemand

Verbindungen zum Volkskommissariat für Bildungswesen, vielleicht arbeitete jemand für die sowjetische Raumfahrt. Ich stellte mir eine Frau vor, vielleicht hatte sie wochenlang auf diesen Theaterabend hingefiebert. Endlich in der Vorstellung wand sie sich in ihrem rotbezogenen Sessel, starrte auf die hell erleuchteten makellosen Körper auf der Bühne und rieb sich die Fingerknöchel. Prokofjews Musik empfand sie als zu illustrierend und ihre Begleitung als zu zurückhaltend, zu kühl. In der Pause spendierte die Begleitung Krimsekt, sie standen an einem der großen Fenster des Foyers und sahen in die Moskauer Nacht. Seltsam, jetzt ist der Abend fast schon vorbei, mag sie gedacht haben.

Ich schob die Theaterkarte zu Miniaturen und Telefonnummer in die Mitte – die ganze Komposition geriet aus dem Gleichgewicht. Alle Teile gehörten enger zusammen, die Käfer setzte ich auf das Foto, genau auf die Mauer. Hatte ich *Komposition* gedacht? Ich korrigierte das Ungleichgewicht von Fotografie und Notizzetteln, verkantete das rechteckige Tütchen mit den Haaren gegen die Flucht, in der die Miniaturen untereinanderlagen. Ich war immer noch nicht zufrieden und suchte nach der Musik von *Romeo und Julia*, fand eine passable Aufnahme der Orchestersuite Opus 64. Ich stellte den Tanz der Ritter auf Endloswiederholung und öffnete das Fenster. Einige Katzen machten sich am Müll zu schaffen, dürre, hässliche

Katzen, getigerte, verschlagene, gierige, aufmüpfige, dissonante Katzen. Mit dem Anschwellen des Themas in e-Moll schloss ich das Fenster und wandte mich wieder dem Tisch zu, stampfte mit dem Ostinato des Basses, nickte mit den Synkopen, ließ mich von den Fanfaren nach oben treiben, begann zu tanzen, drehte mich wie ein Derwisch. Es war ein berauschender Abend, und der Applaus für Tänzer und Orchester wollte nicht enden. An der Garderobe bemerkte sie, dass ihre Begleitung ein kragenloses Hemd trug, und sie wunderte sich, denn solche Hemden waren unüblich und entsprachen nicht der Mode. Als sie in die Kälte hinaustraten, ganz zart die Flöten, fragte sie, ob er sie wohl ein Stück begleiten könne? Vielleicht machten beide einen Hüpfer. Vielleicht flüsterte er etwas in ihr Ohr, und sie verstand es nicht, hörte nur die Oboen, dann wieder den Bass, das Saxophon, Klarinetten, Holz, Blech, Streicher. Was hast du mir ins Ohr geflüstert, damals am Theatertor, würde sie Jahre später fragen. Ach das, würde er sagen, das war nicht wichtig.

Draußen dehnte sich die Winterdunkelheit in den heraufziehenden Morgen. In der Nacht hatte ich alles gelesen, was ich über das Bolschoitheater finden konnte, hatte mich kurz in eine Tänzerin verliebt, die vor dreißig Jahren in der Moskwa ertrunken war. Ich war die Strecke Wladiwostok–Moskau abgefahren, neuntausendeinhundertsechsundvierzig Kilometer über Ulan-Ude, Krasnojarsk, Omsk, Jekaterinburg. Fahren Sie weiter, so fahren Sie doch weiter, keine Pause, ich habe es eilig! Das blasse Licht im Abteil, das Brummen der Mägen, hochgewachsene Herren mit weißen Westen und zurückgekämmtem Haar, Hitze und Kälte, dampfender Tee, zarte Schuhe, exzellente Knöpfe, halbgesagte Sätze, vorüberfliegende große, mächtige Natur, Raum und Zeit verschwanden in den Wäldern und in den Tiefen des Baikalsees.

Ich kochte Kaffee und setzte mich wieder ans Fenster. Ein Taxi hielt und wartete mit laufendem Motor. Kurze Zeit später rollte eine Dame in gelbe Daunen gehüllt ihren Koffer über die Schneereste auf dem Asphalt. Sie stellte den Koffer vor dem Auto ab und setzte sich nach vorn. Der Fahrer fuhr los. Nach wenigen Metern stoppte er, stieg kopfschüttelnd aus und bugsierte den Koffer in den Kofferraum. Nach und nach wurden die Menschen wach, die Fenster leuchteten hier und da auf, und ich wurde müde. Ich meldete mich krank. Das hatte ich noch nie getan. Plötzlich fiel mir das Lügen leicht.

Der Kot der Mäuse war vielleicht zweihundert, vielleicht hundert Jahre alt. Ausgetrocknete winzige Spindeln. Ich legte neue Pergamintütchen bereit und schnitt mir eine Haarsträhne ab, nahm das schmale Büschel, das man im Buch gefunden hatte, heraus. Mein Haar wirkte daneben fast weiß. Das dunkle Haar roch nach Staub, war fest und genau achtzehn Zentimeter lang, mochte vom Scheitel bis zur Schulter gereicht haben, eine schmale Schulter. Komm, ich bürste dir die Haare, hatte die Mutter gesagt. Sie blieb hinter der Tochter stehen und betrachtete ihren Scheitel, sah das stolze, junge, unbändige Gesicht im Spiegel, sah, wie sie an ihren schönen schwarzen Haaren riss und aus keinem ersichtlichen Grund wütend wurde. Sie sah sich selbst im Spiegel, ihr müdes Gesicht und das Tuch, das ihr vom Kopf geglitten war, sie sah sich selbst in ihrem Mädchen, sammelte sich schnell und geübt und begann ihr Tagwerk. Ich teilte beide Strähnen zur Hälfte, tat von beiden einen Teil in ein neues Pergamintütchen, den Rest der Haare vermischte ich und sicherte sie in einem dritten Tütchen, dazu legte ich eine der Kotspindeln.

Auf dem ausgerissenen Zettel versuchte ich, die verlaufene Ziffernreihe zu entschlüsseln. Kein Datum, eher eine Nummer. Ich wählte Ziffer für Ziffer, und ein langes Freizeichen ertönte. Niemand meldete sich. Ich wählte die Vorwahl für Russland und versuchte es damit erneut. Nach dem dritten Freizeichen meldete sich ein Kind. Ich legte auf und rief wieder an. Es meldete sich wieder das Kind. Es sagte »hallo«, aber es sagte es so, als wäre es intensiv beschäftigt, mit einer Fernsehserie zum Beispiel oder dem Sortieren von

Fußballsammelkarten. »Wer bist du«, fragte ich und das Kind sagte, »Mischa – und wer bist du?«

»Ich bin Helene.«

»Warum rufst du an, willst du meinen Vater sprechen?«

»Wer ist dein Vater?«

»Er ist nicht da, er kommt um halb acht, er arbeitet.«

»Danke.«

»Willst du wieder anrufen?«

»Ja, ich rufe wieder an. Wie ist das Wetter bei euch, Mischa?«

»Es wird wieder schneien und bei dir?«

»Sonne, kalt. Wo bist du, Mischa?«

»In Omsk und du?«

»Armenien.«

»Nie gehört.«

Irgendwo im riesigen Russland legte der Junge den Hörer auf und widmete sich wieder seiner Beschäftigung. Am Abend würde er dem Vater erzählen, dass eine Frau angerufen hätte. Nach dem Namen der Frau gefragt, würde der Junge ihn vergessen haben. Vielleicht würde er sich schnell einen ausdenken, würde den Namen einer Figur aus einer Fernsehserie nennen. Der Vater würde sich wundern, dass eine Frau mit Namen Daisy bei ihnen anriefe. Vielleicht lebte er allein mit seinem Sohn und wunderte sich umso mehr. Er würde auf einen erneuten Anruf von

Daisy warten, nach einigen Tagen jedoch würde er den Vorfall vergessen haben. Ich schaute die Wettervorhersage für Omsk nach. Schnee und Wind. Ich hatte im Leben von Levon und Julja nichts zu suchen.

Der zweite Notizzettel, klein und kariert wie der erste, war weniger schimmelfleckig, allerdings fehlte oben links ein Stück, und die Schrift war kaum zu entziffern. Einige armenische Zeichen, dann ein Satz in russischer Sprache: *Wie hast du dich genannt*. Wer mochte dieses *Du* sein? Hatte die Person die Frage an sich selbst gerichtet? Verbarg sich hinter dem *Du* eine Liebe? Wie hast du dich genannt? Wie nenne ich mich, wie nenne ich etwas beim Namen? Ich las den Satz immer wieder, bis ich las *Wie hast du mich genannt – Wie habe ich mich genannt*.

Abendgebet

Es regnete, und es hörte wieder auf. Das war nicht neu, nur wurden die Kleider von Hrant und Anahid immer wieder nass und begannen zu stinken. Sie kamen an ein Haus, dieses Haus stand einsam am Hang, und vor dem Haus spielte ein kleiner Junge. Vorsichtig näherten sie sich. Der Junge spielte mit einem Holzpferd und brabbelte türkische Worte. Er trug rote Pumphosen, und sein Bauch war dick und seine Wangen rot und glänzend. Du, Junge, rief Hrant auf Türkisch, und Anahid stieß ihn in die Seite. Der Junge stand auf und kam langsam näher. Er sagte nichts, er schaute sie nur an, als suchte er etwas in ihren Gesichtern, als müsste er eine wichtige Entscheidung treffen. Dann begann er, laut zu brüllen, und die Haustür flog auf, eine Frau trat heraus, ihr Gesicht verzerrte sich, und auch sie begann zu brüllen. Sie brüllte: Verschwindet! Ihr bringt Schande! Sie brüllte auch andere Worte, und Anahid konnte ihre Ohren gut verschließen, aber sie konnte Hrants Ohren nicht verschließen, denn er blieb einfach stehen und sah dem brüllenden Jungen und seiner Mutter zu, und eine Schwäche musste ihn überkommen haben, denn er sank in die Knie und hob seine Arme. Der Junge nahm einen Stein und warf ihn. Er wollte Hrants Kopf treffen und traf das Ohr, und Hrants Ohr begann zu bluten. Die Mutter nahm ihren Sohn schützend in die Arme und schrie plötzlich nach Gold, sie sollten das Gold hergeben, rückt heraus, was ihr habt! Oktay, komm raus! Anahid verstand, dass sie fortmussten. Sie nahm Hrant auf den Rücken und rannte, und sie hörte einen Hund hinter sich bellen, und sie hörte Schritte, schnelle Schritte und ein Keuchen. Plötzlich war der Hund direkt neben ihnen und biss Anahid in die Wade, und sie fiel und warf sich über Hrant, damit der Hund nicht auch ihn beißen konnte. Ein Mann, der jung aussah, rief den Hund zu sich, und der Hund hörte auf zu bellen. Der Mann sagte leise, der Junge soll weg. Er zeigte auf ein Gebüsch. Anahid rührte sich nicht, hielt Hrant umschlungen, gab ihn nicht frei, auch nicht, als der Mann davon sprach, er könne, wenn er wolle, ihre Bäuche aufschlitzen, sofort, das koste ihn nichts, dafür würde ihn keiner bestrafen, da wären alle nur froh, zwei Parasiten weniger, sie solle es sich überlegen. Dann hockte sich der Mann zu ihnen und sah sie an. Er hatte Zeit. Der Mann, der Oktay hieß, hatte auch eine Frau und einen Sohn. Der Mann kaute Tabak und erzählte von anderen Armenierkindern und was mit denen geschehen sei. Er erzählte, wie er mit eigener Hand, mit dem eigenen Messer, auch mit seinem stumpfen Messer, mit dem eigenen Beil – ein Menschenkörper sei ganz weich, habe weniger Knochen, als man denke. Und Kinderköpfe, aneinandergeschlagen, hielten kaum etwas aus. Nicht alle Menschen seien gleich. Das sei die eigentliche Tragödie. Er redete und redete, und er war ganz nah, und Anahid spürte einen Schmerz, den sie nicht kannte, er redete sich in Rage, bis Anahid sich erbrach, Galle und Blut. Ihr stinkt, sagte der Mann, stand auf, klopfte seine Hose ab, ihr stinkt mir zu sehr. Dem Hund gefiel es, er schnüffelte an Anahids Erbrochenem. Lass das, wir gehen nach Hause, sagte der Mann und zog den Hund fort. Als Anahid keine Schritte mehr hörte, flüsterte sie, hab keine Angst, Hrant. Jetzt war es Hrant, der Anahid bei der Hand nahm. Sein Ohr stand seltsam ab. Sie sagten nichts. Manchmal jammerte Hrant ein wenig, weil sein Ohr heiß wurde und pochte.

Es wurde Abend und kühl, und sie fanden eine Wasserstelle. Anahid befahl Hrant, sich umzudrehen, sie musste sich waschen. Das kalte Wasser brannte auf der Haut, die Bäume rauschten, und Vögel riefen die Nacht herbei.

Kann ich mich umdrehen?, rief Hrant. Nein, warte, sagte Anahid. Sie nahm einen Stein und rieb damit ihre Haut ab, rieb, bis es keinen Schmerz mehr gab, bis sie sich abwarf, zumindest für den Augenblick. Hrant nahm ihr den Stein aus der Hand. Du solltest dich nicht umdrehen, schimpfte Anahid, riss einen Streifen Stoff von ihrem Kleid, benetzte den Stoff und wusch Hrant das Gesicht, kühlte sein abstehendes Ohr. Ein wenig sah er aus wie ein Kalb.

Wann ist Weihnachten, fragte Hrant plötzlich. Das ist erst im Januar, Hrant. Fürchtet euch nicht, siehe, ich verkünde euch große Freude, die allem Volk widerfahren wird, denn euch ist heute der Heiland geboren, welcher ist Christus, der Herr. Gab es Jesus schon vor seiner Geburt? Ich glaube schon, mit seiner Geburt hat er menschliche Gestalt angenommen. Gab es mich auch vor meiner Geburt? Ich weiß es nicht, Hrant, aber es ist gut, dass du da bist.

Sie sprachen das Abendgebet, legten sich eng aneinander und versuchten zu schlafen. Beide hatten Hunger, aber sie sagten nichts. Hrant lutschte an seinem Finger, wie er es als kleiner Junge getan hatte. Anahid streichelte ihn und pustete sein krankes Ohr an, wie es der Vater getan hätte, damit es heile.

Unkalkulierbare Farbmischung

Fliehende, ausgefranste Wolken jagten sich am feierlichen Himmel. Es war schön, sie zu beobachten. Ich blieb noch etwas liegen, dann machte ich mir Frühstück, bügelte zwei Blusen und meine Jeans, überflog die Nachrichten, kochte einen zweiten Kaffee, wiederholte armenische Vokabeln. Ich räumte den Tisch ab, verpackte alle Schätze sorgfältig, benutzte neues Seidenpapier als Trennlagen. Als der Tisch freigeräumt war, fühlte ich mich leichter und ging in die Werkstatt.

»Sind Sie sicher, dass Sie sich schon an die armenische Bindetechnik heranwagen wollen?«, fragte Evelina.

»Deswegen bin ich hier.«

»Ich kann Inessa heute und morgen dafür freistellen. Gehen Sie zu ihr, Sie haben meinen Segen.«

Inessa genoss die neue Rolle. »Gut, Helen, gehen wir es an. Wir machen gemeinsam ein Probeexemplar. Ich habe Ihnen zum Vergleich eine abendländische Handschrift mitgebracht. Sie sehen die erhabenen Bünde? Die einzelnen Lagen werden auf die Kordeln geheftet, und diese liegen auf dem Buchrücken auf. Bei armenischen Handschriften werden die Kordeln in Vertiefungen im Buchblock versenkt, die Bünde verschwinden, wir sehen einen glatten Rücken. Auch die äthiopischen und koptischen Handschriften haben einen glatten Rücken. Fragen Sie mich aber nicht nach Zusammenhängen. Außerdem ist bei der abendländischen Handschrift der Holzdeckel dicker und größer als der Buchblock, sehen Sie hier, bei Ihrer Bibel ist das Holz gerade einmal drei Millimeter stark. Das Buch ist leicht. Ein weiterer Unterschied liegt in der Ausrichtung der Maserung beim Holz für den Deckel. Bei abendländischen Handschriften laufen die Fasern parallel zum Rücken, bei den armenischen im rechten Winkel dazu. Das ist stabiler, das Buch ist robuster, leichter, kleiner.«

Inessas belehrender Ton ging mir auf die Nerven, aber ich beherrschte mich und ließ ihr die Freude. Endlich sagte sie, »fangen wir also an: Unser Buch hat zweihundertachtzig Seiten. Das bedeutet, wir machen fünfunddreißig Leerlagen mit acht Blättern, legen die Lagen zwischen zwei Holzdeckel, beschweren die Deckel mit Gewichten, spannen in unserem Fall mittelstarke Leinenkordel in die Heftlade, übertragen die fünf Kerben im Buchblock Ihrer Bibel auf unser Probeexemplar, legen den Winkel an und schneiden mit einem Skalpell vorsichtig die Kerben in der Form des lateinischen Buchstaben ›V‹ in die Leerlagen. Die Pfeilspitze zeigt zu Ihnen. Wir schneiden längs. Schneiden Sie! Anschließend heften Sie jede Lage von hinten nach vorne, bis Sie die erste Lage erreichen. Sagt Ihnen die Fischgrätheftung etwas? Sie nehmen die Lagen aus der Heftlade, verbinden überstehende Kordelenden mit dem Buchblock, schneiden einen passenden Holzdeckel, den Sie natürlich vorher schon präpariert haben, und verbinden den Buchblock mit den fertig angeknüpften Deckeln. Die einzelnen Lagen können Sie mit Klebstoff versehen. Weizenstärke eignet sich am besten. Sie nehmen ein dünnes Baumwolltuch und spannen noch unter dem Leder das Tuch über den Rücken. Es ist erstaunlich, welche Tuche für die Innenkaschierung verwendet wurden. Einige sehen aus wie Küchentücher, andere sind aus Seide und mit Blumen verziert. Aber dazu kommen wir morgen. Das ist eigentlich alles für heute.«

Ich war froh, als Inessa an ihren Arbeitsplatz zurückkehrte und mich mit Papier, Heftlade, Kordeln und Garnen allein ließ. Was sie erklärt hatte, klang weder unlösbar, noch schien es mir technisch allzu weit von meiner Routine im Binden von anderen Handschriften abzuweichen. Aber ich stellte mich ungeschickt an und wurde immer nervöser. Wenn ich zurückdachte, teilte sich die hinter mir liegende Zeit in Zonen mit Prüfungen, von denen ich nicht genau wusste, ob ich sie eigentlich bestanden hatte.

Evelina kam herein und klatschte in die Hände: »Schluss mit der Bindung für heute! Ein Brief von 1802 muss zusammengeführt werden, er besteht nur noch aus Fetzen und soll in den nächsten Tagen zu einer Ausstellung nach Petersburg geschickt werden.«

Die Fragmente ließen erahnen, dass ein Bischof einem anderen Bischof von den Ereignissen im Kloster schrieb. Die Tinte war bereits auf Farbechtheit überprüft worden, und die Fragmente der einzelnen Bogen aus grobem Lumpenpapier hatte man zunächst in Netze gelegt, sie gewaschen und dann getrocknet. Nun waren alle mit dem Puzzlespiel beschäftigt, und immer, wenn jemand einen möglichen Satz entdeckte, wurde applaudiert. Der Schreiber hatte offenbar auch Freude am Zeichnen gehabt, die Umrisse des Klosters und des Klostergartens hatte er mit wenig Talent, aber sichtbarer Leidenschaft neben den Text geworfen. Ich führte die Zeichnungen zusammen, arbeitete jetzt einträchtig Hand in Hand mit Inessa. Unvermittelt unterbrach sie ihre Arbeit und sah mich an.

»Ist es richtig, dass in Europa die Menschen zum Therapeuten gehen, wenn sie Probleme haben?«

»Ja, das machen viele.«

»Warum bespricht man Probleme nicht mit der Familie?«

»Die meisten Menschen gehen zu Psychotherapeuten, weil sie Probleme mit der Familie haben.«

Inessa schüttelte den Kopf. »Hier geht man nicht zum Psychotherapeuten. Man wird in die Klinik gebracht, wenn man verrückt geworden ist.«

Sie schob nachdenklich Papierfetzen in Pergaminhüllen. »Ich habe vergangenes Jahr geheiratet. Mein Mann arbeitet als Steuerberater. Ich bin zu ihm und seiner Mutter in die Wohnung gezogen. Seine Mutter hat eine Couch in der Küche, die sie zur Nacht auszieht. Die Küche ist von unserem Schlafzimmer nur durch einen Vorhang getrennt. Ich muss gestehen, dass ich diese Situation schwierig finde. Immer fühle ich mich von ihr beobachtet, sogar hier bei der Arbeit habe ich manchmal das Gefühl, die Tür geht auf, und meine Schwiegermutter kommt herein. Würde ich nun zu einem Therapeuten gehen, wäre sie doch trotzdem noch da.«

»Aber Sie könnten von Ihrer Wut auf die Schwiegermutter erzählen.«

»Ich habe es doch jetzt Ihnen erzählt, und ich erzähle es meinem Mann, und ich erzähle es meinen Freundinnen, und ich erzähle es in der Teepause – fast jeden Tag.«

»Sie haben wohl recht. Und ich habe auch noch nie von einem Therapeuten gehört, der jemandem eine eigene Wohnung verschafft hätte.«

Inessa packte ihre Sachen zusammen, sah lange auf ihr Telefon und lächelte. Dann sagte sie, »Helen, darf ich ein Foto von Ihnen machen? Für die Teeküche.«

»Hier? Jetzt?«

»Bleiben Sie da sitzen und schauen Sie nicht so ernst. Denken Sie an Ihren Mann in Deutschland. Sehen Sie, da müssen Sie gleich lächeln.«

»Habe ich von einem Mann in Deutschland erzählt?«

»Nein, aber warum sollten Sie keinen Mann haben. Sie sind klug und begabt. Sie sind elegant. Sind Sie nicht verheiratet?«

»Nein, verheiratet bin ich nicht.«

»Das tut mir leid.«

»Das muss Ihnen nicht leidtun.«

Nach Feierabend holte ich Ano von der Arbeit ab. Sie arbeitete inzwischen in der Küche eines großen Hotels am Platz der Republik.

»Hast du Hunger? Ich lade dich ein. Es gibt etwas zu feiern. Endlich lerne ich die vermaledeite armenische Bindetechnik.«

»Was ist das?«

»Die Armenier hatten eine besondere Art, Handschriften zu binden.« Ich zeigte ihr meine Hände. »Siehst du, ganz zerstochen.«

Wir fuhren zur Yerevan-Mall. Wie eine angefressene Hochzeitstorte ragte das Gebäude aus der ordentlichen Eintönigkeit sowjetischer Wohnblocks heraus, es war groß, rosafarben, verschachtelt und in ein Netz aus bunten Lichterketten eingewickelt.

Bei Carrefour kauften wir Bier, schlenderten über die spiegelnd gewischten Fliesen von Stockwerk zu Stockwerk, ließen uns blenden, beugten uns über Schaukästen mit glänzendem Schmuck, betrachteten die glitzernde Weihnachtsdekoration, die sich wie eine buntleuchtende Riesenschlange von Stockwerk zu Stockwerk wand.

»Was macht der Offizier am Bass?« Ano zog mich in ein Schuhgeschäft, sie wollte Schuhe mit Absatz, keine schwarzen. »Wie findest du dieses Paar?« Sie nahm einen Schuh aus dem Regal, wog ihn in den Händen, begutachtete die Sohle. Es waren türkisgrüne Pumps. Ano zog sie an und tanzte vor dem Spiegel.

»Sind sie bequem?«, fragte ich.

»Nein, aber sie sind schön, oder?«

»Wirst du sie tragen?«

»Das weiß ich nicht.«

»Passt die Farbe zu deiner Kleidung?«

»Was du alles wissen willst«, murrte sie und zog die Schuhe wieder aus. Ich nahm sie ihr aus der Hand, und schneller als sie protestieren konnte, bezahlte ich sie.

»Ich brauche keine Pumps«, sagte Ano, als wir draußen waren.

»Aber sie sind schön.«

»Sie waren viel zu teuer.«

»Ja. Das macht nichts.«

»Ich will das nicht. Ich kann mir meine Schuhe selbst kaufen.«

»Darf ich dir nichts schenken?«

»Habe ich Geburtstag?«

»Ja. Wann denn eigentlich?«

»Im August.« Ano hakte sich bei mir unter. »Was wollen wir essen? Pizza? Burger? Armenisch?«

»Iss Fleisch, sagt Sara immer.«

»Sara?«

»Meine Mutter.« Wir setzten uns zum *Spago Grill – Make your own plate*. Der Koch stand hinter einer Glaswand und schnitt mit einem großen Messer Fleisch auf, durchtrennte Sehnen, schnitt Fett und Knochen heraus, spießte abwechselnd Fleischstücke, Zwiebeln und Gemüse auf und hängte die Spieße über den Grill. Er wischte sich die Hände, nahm einen Schluck Tee und begann mit einem neuen Spieß. Ich erzählte Ano von meinem Plan zu verreisen, von den Orten, die in meinem Buch standen, Ordu, Anapa, Sochumi. Anapa sei zu weit, sagte sie, und in die Türkei würde sie nicht fahren, also bliebe nur Abchasien. Oder wenn es nach ihr ginge, San Francisco, Marseille und Jerusalem.

»Warum würdest du nicht in die Türkei fahren?«

»Interessiert mich einfach nicht. Hast du schon immer geraucht?«, fragte sie, als ich mir eine Zigarette ansteckte.

»Nein, ich habe hier angefangen.«

»Warum?«

»Es schmeckt mir. Ich mag das Nikotin im Kopf.«

»Hast du früher schon geraucht?«

»Nein. Noch nie.«

»Du hast mir vorhin nicht geantwortet. Der Offizier der Streitkräfte Armeniens?«

»Mochtest du ihn?«

»Nein«, sagte sie. Dann fragte sie nach Danil. Darauf war ich nicht vorbereitet. Du wirst zurechtkommen, hatte Danil auf dem Weg zum Flughafen gesagt. Kam ich zurecht? Kam Danil zurecht? Genoss er die Stille, die ihn nun jeden Tag zu Hause erwartete? Ich stellte mir Danil in unserer Küche vor, erzählte Ano von unserem Tisch vom Trödelmarkt und den Stühlen, die wir uns eigentlich nicht leisten konnten. Ich erzählte, dass Danil morgens aufstand und sich Wasser ins Gesicht schlug, solche Sachen. »Er zieht sich ein sauberes Hemd an und geht zur Arbeit.« Ano lachte, und ich verstand zuerst gar nicht, warum. »Wir können gemeinsam schweigen, wenn es sein muss, tagelang. Wir berauschen uns an der Vorstellung, gemeinsam alt zu werden. Und manchmal braucht es nicht viel, dass alles zusammenfällt über uns und in uns, eine grobe Geste, ein falscher Ton, ein kurzes Zögern, und schon zerfällt alles in einen schlichten Augenblick der Leere, und wir gehen uns aus dem Weg, dann begegnen wir uns wieder, und es ist gut. Ich grüble am Abend, er grübelt am Morgen, und ich streiche ihm die Zornesfalte glatt.«

Ano nickte. »Ich verstehe.« Wir blieben noch eine Weile sitzen und lauschten den Werbejingles, die sich in geordneter Reihenfolge abwechselten. Am Nachbartisch saßen zwei ältere Herren. Neben sich hatten sie eine zusammengerollte Matratze abgestellt. Als die Männer aufstanden, um zu gehen, waren sie so in ihr Gespräch vertieft, dass sie für einen Augenblick die Matratze vergaßen. Es war nur ein Moment, zu kurz, um ihn überhaupt zur Kenntnis zu nehmen.

Ich wusste, dass Levon nicht zu Hause war, ich klingelte nicht und setzte mich auf die Treppe vor seiner Wohnungstür. Am Fenster wuchsen zwei große Eiszapfen, und ein wildes Gewirr elektrischer Leitungen rankte sich entlang der Wände.

Levon öffnete die Tür. »Helen? Was tust du hier?«

»Ich dachte, du bist nicht da.«

»Ich bin da.«

»Das sehe ich.«

»Willst du nicht reinkommen?«

»Nein.«

»Es ist kalt im Treppenhaus.«

»Ich will mich von dir verabschieden.«

Er nickte, wartete. Er sah müde aus, die Haare standen ihm wirr um den Kopf, er hatte Augenringe. Ich wollte ihn mit Worten überschütten, ihn ertränken in Erklärungen und sagte nichts.

»Willst du trotzdem reinkommen?«

»Nein.«

»Du hättest nicht kommen müssen. Hätten wir uns nicht mehr gesehen, ich hätte es schon verstanden. Aber du bist gekommen.«

»Ich verliere mich.«

»Du?«

»Ja.«

»Gut.«

»Vielleicht fragst du, warum.«

»Nein.«

»Frag mich irgendwas.«

»Ich weiß genug.«

»Nichts weißt du.«

»Du bist wie ich. Glaube ich.«

»Das sagst du und stehst in der Tür und rauchst und schaust mich an.«

»Möchtest du auch rauchen und in der Tür stehen und dich anschauen, wie du auf der kalten Treppe sitzt und zitterst und dich nicht entscheiden kannst und keinen Gedanken fassen kannst und erstaunt bist über dich selbst und gleichzeitig berauscht bist, dass du dich nicht entscheiden kannst und keinen Gedanken fassen kannst?«

Ich stand auf und lief die Treppen hinunter, hörte noch, wie er die Tür schloss. Ich wollte nach Hause.

Ich wollte mit der Straßenbahn fahren. Ich sehnte mich nach meinen Pinseln im Institut, ich sehnte mich nach chemischen und kalkulierbaren Farbmischungen, nach der abendländischen Bindetechnik, nach dem Park mit dem schmutzigen Weiher.

In der Nacht kam Levon.

»Warum bist du gekommen?«

»Wir können ausgehen. Tanzen.«

»Nein.«

»Tanzt du nicht gern?«

»Nein.«

»Du tanzt gern. Ich weiß das.«

»Warte. Ich ziehe mich an. Warte.«

Ich ging ins Bad. Die Tür war irgendwann braun gestrichen worden, an einigen Stellen blätterte die Farbe ab, und ein dunkles Grün kam zum Vorschein. Ich wartete. Nach einer Weile klopfte Levon an die Tür.

»Helen, was machst du?«

Ich antwortete nicht, verhielt mich ganz still. Ich konnte ihn durch das Holz der Tür sehen, konnte sehen, wie er in meine Richtung starrte, wie sein Blick sich verengte, wie er sich den Hals rieb, dort, wo der Bartwuchs begann. Er wollte seine Frage wiederholen, aber er tat es nicht. Ich hörte, wie er sich von der Tür entfernte, wie er innehielt, wie er zur Tür zurückkehrte, sein Mund ganz nah. »Helen?« Ich atmete kaum. Ich hörte, wie er sich erneut abwandte, wie er sich an meinen Tisch setzte, wie er gedankenverloren Papiere hin und her schob. Was lag auf meinem Tisch? Ein Buch über die oströmische Kirchengeschichte, einige belanglose Notizen, Apfelreste, eine Straßenkarte.

Wieder hörte ich ihn an der anderen Seite der Tür. Er klopfte. »Helen, ich gehe jetzt.«

Ich sehnte mich so sehr nach seiner Berührung, dass ich dumm wurde. Es gibt eine Sehnsucht, die dumm macht. Hätte ich in diesem Moment die Tür geöffnet, wäre ich bei ihm geblieben. Ich wäre bei Levon und Julja geblieben. Ich wäre in Armenien geblieben.

Als ich das Klappen der Wohnungstür hörte, kam ich aus dem Badezimmer und stellte mich hinter den Vorhang. Der Himmel leuchtete schwarz.

»Sehr gut, Ihr Buchblock ist stabilisiert, nichts kann verrutschen.« Inessa hatte am nächsten Morgen wieder ihren geschäftigen Ton. »Und nun kommen wir zur Kapitalstechung. Bis jetzt war es einfach, nun wird es schwierig. Soll ich uns zuerst einen Tee holen?«

»Nein danke.«

»Den Farbschnitt machen Sie mit rotem Bolos, sparen aber einen Teil im Rückenbereich in der Form eines Hufeisens aus. Bei unserem Probeexemplar streichen wir nicht, wir denken uns das. Ist das in Ordnung?«

»Selbstverständlich. Ich kann mir die Farbe gut vorstellen.«

»Gut. Wir denken uns den Schnitt also in Rot und widmen uns dem armenischen Kapitalband, dem Zierband an der oberen und unteren Kante des Buchrückens zur besseren Befestigung der Bogen. Wir nehmen fünf Nadeln und fünf Seidenfäden. Zwei schwarze Seidenfäden, zwei rote und einen weißen Faden.«

»Welche Stärke hat die Nadel?«

»Mittelstark.«

»Haben die Farben eine Bedeutung?«

»Was meinen Sie mit ›Bedeutung‹?«

»Man hätte ja auch grüne und blaue Fäden nehmen können.«

»Man hätte alles machen können. Ich habe die Farben immer als gegeben angenommen und sie niemals in Frage gestellt.«

»Ich stelle die Farben nicht in Frage.«

»Gut. Wir markieren also die einzelnen Lagen und stechen durch die gesamte markierte Lagenmitte von innen nach außen das Kapital. Sind Sie mit der einen Farbe beschäftigt, legen sie die anderen Nadeln ab. Sie können ein Seidenkissen als Hilfe verwenden. Ein Fingerhut würde stören. Sie brauchen das Gespür.«

In den folgenden Tagen band ich zwei weitere Probeexemplare, mit dem dritten war ich zufrieden.

Fünf Nadeln, fünf Seidenfäden, zwei schwarze, zwei rote, ein weißer. Den roten Faden in die Öse, den weißen gleich hinterher, festziehen. Fester.

Stiere und Soldaten

Anahid konnte nicht schlafen mit all den Gedanken, die in ihrem Kopf herumstreiften wie ruhelose Gäste, wie die Hassan-Brüder, die die Eltern vor einiger Zeit beherbergt hatten, die dann aber im Garten schlafen mussten, weil sie die Nacht zum Tag gemacht hatten. Eines Morgens waren die Hassan-Brüder verschwunden, niemand vermisste sie.

Als sie endlich einschlief, träumte sie von dem Jungen, der den Stein auf Hrant geworfen hatte, der Junge war riesengroß, beugte sich zu ihr und sagte, wir haben Rat gehalten, hier könnt ihr nicht bleiben, hier wollen wir euch nicht mehr dulden, aber ihr werdet begnadigt, wir sind gute Menschen und dienen Allah. Anahid überlegte verzweifelt, wofür sie begnadigt werden sollten, welche Schuld sie auf sich geladen hatten. Sie sah dem Riesen ins Gesicht, aber dem fiel nichts ein, als sich aufzurichten, einmal wie ein Pferd auszutreten, Hrants Bauch zu treffen und zu gehen.

Am nächsten Morgen kamen sie an eine Wiese, auf der Stiere weideten, und auf der Wiese lagen Karotten herum. Drei, vier dicke Karotten, nicht allzu weit vom Zaun entfernt. Vielleicht hatten die Stiere die Karotten übersehen, oder sie waren so satt und faul, dass ihnen der Weg zum Ende der Weide zu weit war, nur einer stand ganz in der Nähe, der sah unfreundlich aus, und Anahid wusste, dass Stiere launisch waren. Vorsichtig stieg sie über den Zaun. Der Stier zeigte kein Interesse an ihr, aber ein anderer kam plötzlich schnaubend vom hinteren Ende der Weide auf sie zu, blieb kurz vor ihr stehen und glotzte sie an. Anahid ging in die Hocke und griff nach den Karotten, doch immer, wenn sie versuchte aufzustehen, bewegte sich auch der Stier, und erst als Hrant laut aufschrie, drehte sich der Stier schwerfällig in seine Richtung. Anahid nutzte den Moment, rannte, warf die Karotten über den Zaun und kletterte, so schnell sie konnte, hinterher. Der Stier sah ihr erstaunt nach. Ich habe dich gerettet, rief Hrant.

Sie gingen weiter, und immer wieder musste Anahid die Szene mit den Stieren nachspielen. Wie haben sie geguckt, Anahid? Sie zog die Augenbrauen zusammen, kräuselte die Nase und schnaufte laut. Ich dachte, eine falsche Bewegung, und sie zertrampeln mich, aber dann kam dein rettender Schrei, spitz wie ein Speer, du hast die Stiere auseinandergesprengt, und sie haben dumm geglotzt wie Mustafa Efendi, weißt du noch? O ja, Mustafa Efendi.

Auf dem Weg lag eine Hand. Sie blieben stehen und betrachteten die Hand. Anahid nahm sie vorsichtig, die Haut war ganz trocken, und legte sie unter einen Maulbeerbaum, bedeckte sie mit Steinen, Farnwedeln und Laub. Sie hörten Hundegebell und rannten. Sie rannten wieder in die Richtung, wo sie den Wald vermuteten, aber dort gab es keinen Wald. Es gab nur den steinigen Weg und eine Sonne, die brannte. Dann kamen Soldaten auf Pferden. Es waren keine Türken und auch keine Kurden. Sie trugen prachtvolle Uniformen und sahen wohlgenährt und freundlich aus. Diese Männer könnten sie von hier fortbringen, dachte Anahid. Ob es möglich sei, dass die Herren sie und ihren kleinen Bruder ein Stück mitnähmen, eigentlich sei es egal, wohin. Niemand antwortete, niemand drohte ihnen. Als die Gruppe beinahe an ihnen vorübergeritten war, versuchte es Anahid noch einmal, sie seien keine Last, ihr Bruder sei noch sehr klein, aber schon sehr stark. Sie trabte einige Meter an der Seite eines großen Pferdes, ganz nah beim glänzenden Schaftleder des Soldatenstiefels, bekam nur einen Seitenblick und blieb stehen. Sie sah an sich herunter, sah ihr zerfetztes schmutziges Kleid, sah Hrant mit seinem geschwollenen Ohr, den kaputten Pumphosen und den unruhigen Augen. Die Männer ritten langsam weiter, der letzte in der Reihe blickte sich noch einmal um und zwinkerte Anahid zu. Sie versuchte, das Zwinkern zu erwidern, aber sie hatte nie gelernt zu zwinkern. Bestimmt hatten die Männer mit den weißen Uniformen sie nicht verstanden. Sie sprach einige Worte Französisch. Vielleicht hätte sie französisch mit ihnen sprechen sollen. Vielleicht sollte sie zwinkern lernen.

Wüstentöchter

»Danil?«

»Ich werde nicht kommen können, Helen.«

»Ja.«

»Alle sind krank. Ich kann hier nicht weg. Wenn es so weitergeht, müssen wir die ganze Abteilung schließen.«

»Ja.«

»Ich überlege, mir ein Motorrad zu kaufen. Was denkst du?«

»Warum nicht.«

Über das genaue Geburtsdatum Jesu Christi gibt es keine eindeutigen Angaben. Für den vierundzwanzigsten Dezember hatte ich ein ganzes Huhn gekauft, eine Flasche russischen Sekt und bunte Glaskugeln, die ich an den Kronleuchter hängte. Später am Abend würde ich Ano und Hovhes treffen. Ich trank ein Glas Sekt, wünschte mir frohe Weihnacht und füllte das Huhn mit Nüssen, Knoblauch und Kräutern. Als es endlich im Ofen war, hatte ich solchen Hunger, dass ich eine Dose mit gefüllten Weinblättern öffnete und aß, bis ich satt war.

Ich rief Danil nicht an, er war bei seinen Eltern, hatte sich trotz Grippewelle den Abend freigenommen. Ich konnte mir genau ausmalen, wie er mit seinem Vater über Politik stritt, wie ihm die Kinder seiner Schwester auf die Nerven gingen, wie er am Abend seine Mutter zu Bett schicken würde, um als Letzter die Küche aufzuräumen. Jeden einzelnen Teller, jedes Glas würde er sorgfältig spülen, abtrocknen und in den Küchenschrank stellen, dabei würde er bemerken, dass seine Mutter mit dem Alter nachlässiger wurde, also würde er mit einem feuchten Lappen den Schrank abwischen, das würde natürlich nicht reichen, also würde er den Schrank ausräumen, um ihn erneut zu wischen, und wenn er dann den Schrank mit dem Geschirr wieder eingeräumt hätte, würde er sich ärgern, dass er überhaupt damit angefangen hatte. Vor dem Schlafengehen würde er beim Schuppen hinter dem Haus die letzte Zigarette des Tages rauchen. Er würde in den Garten der Nachbarn schauen und die Asche auf sein altes Kinderfahrrad schnippen.

Solange das Huhn im Ofen war, trank ich den Sekt aus, dann stellte ich den Braten zum Einfrieren auf den Balkon.

Ano trug die neuen Schuhe. Hovhes wünschte mir ein frohes deutsches Fest. Ich hatte für beide ein Geschenk, Hovhes bekam einen leinengebundenen Kalender, für Ano hatte ich eine Haarspange aus Silber gekauft. Wir tranken und tanzten in einem Club irgendwo am Stadtrand, tauschten reihum Cocktails und Tanzpartner, bis Hovhes mit ein paar Freunden verschwand. Später bestellte ich für Ano und mich eine Flasche Champagner, deren Neige ich nicht erinnere. Die Lichter waren grell, rotierten an der Decke, an den Wänden, und irgendjemand irrte herum, vielleicht sogar ich selbst.

Im Taxi lehnte ich an Anos Schulter, schreckte hoch, »ich muss Danil anrufen!«

»Weißt du, wie spät es ist?«

»Bei ihm ist es drei Stunden früher, er ist bestimmt noch wach.«

Ich ließ es klingeln, aber er ging nicht ran.

»Warum geht er nicht ans Telefon?«, schrie ich Ano an. »Warum ist er nicht gekommen? Es ist Weihnachten.«

»Hätte er kommen sollen?«

»Weiß ich nicht. Er muss arbeiten. Er muss Menschen durchleuchten. Ich bin betrunken, und ich habe ihm ein Schachspiel gekauft, aber ich werde es ihm nicht geben, ich werde es zerstören, ich werde mit dem Hammer draufschlagen, und dann werde ich es einfrieren, er bekommt keine Geschenke mehr von mir. Ich fahre jetzt zu Levon.«

»Ich bringe dich nach Hause«, sagte Ano.

Ich öffnete die Augen und sah Anos Rücken. Sie drehte sich um. »Guten Morgen«, sagte sie und streckte sich, wälzte sich von der Matratze, wickelte sich dabei in die Decke, unter der wir beide geschlafen hatten, und stand auf. Ich bekam einen Zipfel zu fassen und hielt ihn fest. Lachend ließ Ano die Decke fallen und ging in die Küche. Ich deckte mich wieder zu und beobachtete eine Spinne, die gemächlich die Wand ertastete.

»Kaffee oder Tee?«, rief Ano.

»Was du hast.«

»Ich habe nur Tee.«

»Dann nehme ich Kaffee.«

Ich sah mich um. Meine Kleider lagen auf einem Haufen am Boden, im fleckigen Spiegel der Schranktür meine weiße verdrehte Gestalt. In der Nacht war es kalt gewesen, dann wieder zu heiß. Ich hatte kurze wilde Träume gehabt, an die ich mich nicht erinnerte. Ano stellte ein Tablett mit Tee neben die Matratze, legte sich wieder zu mir, drehte sich auf die Seite, plapperte munter von Unterdrückten und Entrechteten, von einer neuen Revolution, davon, dass sie sich auflehnen wolle, und davon, dass sie Menschen, die sich politisch nicht einbrächten, einfach verabscheute. »In Aleppo lebten Kurden, Armenier, Europäer, Libanesen, alle Wüstentöchter vereint, und auf einmal hieß es, du bist Armenierin, wir werden dich töten. Und warum plötzlich dieser Hass? Weil sich jemand am Hass satt und reich gefressen hat. Überall werden Menschen aus ihrer Heimat vertrieben. Hast du nicht erzählt, deine Vorfahren kämen aus Kars? Auch sie sind Opfer dieses Hasses. Und du liegst da und tust, als ginge dich das alles nichts an. Erzähl mir von den Büchern, an denen du arbeitest.«

»In den vergangenen Tagen habe ich die armenische Bindetechnik an drei Probeexemplaren geübt. Jetzt geht es wieder an das Original. Der Pilzbefall macht mir noch Sorgen. Die Entfernung der in das Material eingedrungenen Myzelien, der fadenförmigen Zellen des Pilzes, war nicht möglich. Bei geringer relativer Luftfeuchtigkeit erwarte ich zwar keine weitere Schädigung des Objekts – man wird das Buch hoffentlich ordentlich lagern, denn unter ungünstigen klimatischen Bedingungen kann eine Reaktivierung des Myzeliums –.«

»Ich habe das Gefühl, du lebst auf einem anderen Planeten«, unterbrach mich Ano.

»Nein, ich befinde mich schon auf der Erde.«

»Hast du eigentlich Freunde?«

»Ich habe dich und Hovhes und Vardan.«

»Ich meine bei dir zu Hause.«

»Natürlich habe ich Freunde.«

»Betrachtest du die auch so distanziert wie mich?«

»Ich bin nicht distanziert.«

»Du siehst Ano aus Aleppo, du siehst eine Küchenhilfe mit Ambitionen, du siehst einen Kriegsflüchtling, der man mit neuen Schuhen etwas Gutes tun kann.«

»Das ist nicht wahr. Das ist in deinem Kopf. Ich habe keine Vorstellung vom Krieg.«

»Du willst auch keine Vorstellung vom Krieg haben. Es interessiert dich nicht.«

»Ich restauriere Geschichte. Ich bewahre Geschichte. Das ist mein Beitrag. Das Wühlen im Persönlichen ist mir zuwider.«

»Ach wirklich? Mir ist es auch zuwider, du willst gar nicht wissen, wie zuwider mir meine Geschichte ist, wie sehr ich meine eigene Geschichte los sein möchte und wie sehr ich dich um deine alten Bücher beneide. Mir ist es auch zuwider, Helen. Aber du lügst.«

»Ich lüge?«

»Deine eigene Geschichte ist dir nicht gleichgültig. Ich glaube dir das nicht.«

»Mich interessiert die Geschichte des Buches, an dem ich arbeite. Und es ist doch gleich, ob es die eigene Großmutter war, die gelitten hat, oder eine Unbekannte. Das Leid ist das gleiche.«

»Und warum hast du deine Verwandten gesucht?«

»Das habe ich für meine Mutter getan. Ich war neugierig. Wenn ich ehrlich bin, weiß ich es nicht.«

Ano sprang auf und ging wieder in die Küche. »Ich habe überhaupt nichts zum Frühstücken«, fauchte sie. »Es gibt hier nichts außer zwei Bananen.«

»Wenn ich hier fertig bin, werde ich an die Schwarzmeerküste fahren.«

»Weshalb?«

»Einfach um zu sehen, wie es dort aussieht. Der Ort Ordu steht im Kolophon des Heilevangeliars. Vielleicht finde ich irgendetwas, das die Odyssee dieses Buches bis hierher begreifbarer macht. Vielleicht reise ich auch eines Tages nach Kars.«

»Und warum Kars? Es geht nämlich doch um deine persönliche Geschichte!« Triumphierend ließ sich Ano wieder auf die Matratze fallen. »Du widersprichst dir.«

»Ja.«

Ich widersprach mir. Auch Danil sagte oft zu mir, du widersprichst dir, du hast gleichzeitig mehrere Gedanken, die nicht zusammenpassen.

Ich streichelte Anos Rücken. Ich sang ganz leise, und sie musste lachen.

»Warum um Himmels willen, singst du jetzt?«

»Um dich zu beruhigen.«

»Ich bin ruhig. Du willst dich selbst beruhigen.«

»Ja.«

»Du singst furchtbar.«

»Ich weiß.«

»Es ist nicht wahr, was ich gesagt habe, dass du zu allem distanziert wirkst. Bitte hör auf zu singen.«

Wir fuhren in meine Wohnung und schoben das Huhn wieder in den Ofen. Am Abend gingen wir ins Theater. Ich verstand kein Wort. Menschen liefen kurzärmelig über die Bühne, diskutierten an langen Tafeln unter Plastikbäumen, dann kamen Außerirdische und spielten Duduk. Ich lehnte mich an Ano und schlief bis zum Applaus.

Weiss

Die Nachricht von Levons Tod erreichte mich zwischen Trockenkammer und Küche.

Evelinas Büro war leer. Auf dem Flur kam mir Knarik Gevorgian entgegen, sie wunderte sich, wohin alle verschwunden waren, und wollte mit mir einen Kaffee trinken. Ich lehnte dankend ab. »Sie sind ein deutsches Ungetüm, Helen, Sie wollen immer nur arbeiten.«

Ich ging die Treppe zur Werkstatt hinunter und ärgerte mich über den Schmutz, den meine Schuhe hinterließen. Schon von weitem sah ich Inessa auf mich zukommen. »Evelinas Sohn ist vor drei Tagen im Einsatz ums Leben gekommen. Ein Unfall. Ein Lastwagen ist an einer Böschung vom Weg abgekommen. Beim Versuch, das Fahrzeug zu bergen, ist es ins Rutschen geraten und hat ihn erdrückt.«

Ich ging vor die Tür in die nasse Kälte und blickte über die Stadt. Rechts über mir ragte das Standbild der Mutter Armeniens in den Himmel, überblickte die Stadt wie einst Stalin, den sie von seinem Sockel verdrängt hatte. Ich dachte an den Tag meiner Ankunft, an Levons Auto, das im Dunst verschwunden war, irgendein Toyota, grün. Das Standbild von Mesrop Maschtoz hatte sich nicht bewegt, auch nicht die sechsunddreißig Buchstaben des armenischen Alphabets, die er bewachte. Langsam ging ich in die Stadt hinunter und betrat das Café neben der Oper. Feierlich und untätig standen die Kellner herum, angetan mit Hemd und Krawatte starrten sie in die Luft oder auf die Eisbahn draußen hinter den großen Fensterscheiben. Ein Halbwüchsiger hielt die Hand eines kleinen Mädchens. Eine gelbe Pudelmütze auf dem Kopf und die Knie zusammengepresst ließ sie sich über das Eis ziehen, der Junge schielte zu den großen Mädchen, die am Rand der Eisbahn standen und kicherten. Diese Eisbahn sei im Winter eine Attraktion in Jerewan, hatte mir Evelina erzählt. Auch Julja liebe diese Eisbahn. Hatte ich als Kind das Schlittschuhlaufen geliebt? Ich versuchte, mich zu erinnern, und stellte fest, dass ich noch nie Schlittschuh gelaufen war. Ich setzte mich an meinen Stammplatz und bestellte Mokka. Ein junger Kellner mit Raubvogelnase saß dicht neben dem Heizofen und betrachtete seine blankgeputzten Schuhe. Er war der einzige der zahlreichen Kellner, der mit einer kleinen Verzögerung aufsprang, wenn es galt, aufzuspringen und zu einem Gast zu eilen. Über seinem Platz hing ein riesiges Schwarzweißfoto vom Ararat. Schichtete man die Silben von Ararat aufeinander, entstand ein Berg. Das Wort Ararat kann man nicht flüstern. Das

Wort Levon kann man flüstern. In Armenien glauben wir nicht an Zufälle. Gänse, ein Aprikosenbaum, ein Kuss. Ein ganz gewöhnlicher Anfang. Arev hatte er mich genannt. Der Kellner brachte Torte, Staub fiel auf die Bäume, bedeckte Ast um Ast. Vögel würden ihre Nester bauen, Vögel würden graue Eier legen.

Ich brachte das Material, das Knarik Gevorgian mir anvertraut hatte, ins Archiv zurück, ging in ein Reisebüro und buchte einen Flug von Tiflis über Istanbul nach Ordu. Ich rief Grigor an.

»Wo geht es hin?«

»Nach Tiflis.«

»Und von da weiter zur anderen Seite des Ararat?«

»Ja.«

In meiner Wohnung beobachtete ich die Zeit, schaute auf die Uhr, auf mein Telefon, die Zeit benahm sich seltsam. Sie kroch, sie sprang, blieb für Stunden und Minuten stehen, dann wies der große Zeiger auf eine ganz andere, mir unbekannte Zahl.

»Danil? Habe ich dich geweckt?«

»Alles in Ordnung?«

»Ich träume schlecht. Wusstest du, dass man in Pompeji keine Reste von Katzen gefunden hat? Beim Vesuvausbruch haben alle Katzen ihre Wohnstätten verlassen. Hunde, Ziegen, Pferde, Mäuse wurden verschüttet, nur die Katzen haben sich in Luft aufgelöst.«

»Das wusste ich nicht.«

»Wusstest du, dass Kraniche ihr Nest nicht verlassen, wenn der Baum brennt? Sie bleiben sitzen und verbrennen.«

»Warum kannst du nicht schlafen, Helen?«

»Ich werde einige Tage verreisen. An die Schwarzmeerküste.«

»Und dann wirst du mir erzählen?«

»Dann werde ich dir erzählen. Danil, du hattest, als wir uns kennenlernten, einen Kieselstein in deiner Manteltasche, erinnerst du dich? Falls du ihn vermisst, er liegt in meinem Nachtschränkchen in der Schublade.«

»Ich vermisse keine Kieselsteine.«

Nach unserer ersten Nacht war Danil hinausgegangen, um Milch zu kaufen, denn Kaffee ohne Milch wäre dem Anlass nicht angemessen, sagte er. Als er fort war, fand ich in seiner Manteltasche diesen Kieselstein. Ich legte ihn in mein Nachtschränkchen, und dort lag er noch immer.

Der dünne Morgen zerfiel im ersten Licht. Mein Fenster stand offen, ich hatte es in der Nacht nicht geschlossen. Ich sah meinen Atem. Das Licht war hart und weiß. Das Licht schnitt alles entzwei. Ich sammelte mich ein, die Bluse, den Pullover über die Bluse, den Mantel, den Schal, die Mütze – unter den Schichten etwas von mir.

Ordu

»Sie sind in Istanbul, Helen?«

»Nur auf der Durchreise. Ich will in den Osten, zunächst nach Ordu. Von dort gibt es eine Busverbindung nach Kars. Mein Flugzeug geht um vier.«

»Was wollen Sie in Anatolien? Sind Sie auf der Suche nach den weißen Flecken auf Ihrer eigenen Landkarte?«

»Nein. Doch. Ich weiß es nicht. Es ist jemand gestorben. Ein Freund ist tot. Können wir uns treffen? Ich bin am Taksim-Platz, im Marmara-Hotel –.«

Tarık schwieg. Im Hintergrund hörte ich leisen Operngesang. »Wer war dieser Freund?«

»Levon war sein Name.«

»Mors est quies viatoris – finis est omnis laboris. Mein aufrichtiges Beileid, Helen, aber so kurzfristig bin ich nicht abkömmlich. Ich könnte Sie jedoch – Ihr Einverständnis vorausgesetzt – in Ordu treffen und Sie begleiten. Eigentlich hatte ich vor, in dieser Woche das antike Assos zu besuchen, aber Sie wiederzusehen erscheint mir noch viel wichtiger. Ordu ist von geringem Interesse für mich, aber die historischen Stätten in Kars und Ani sind immer eine Reise wert.«

Ich legte auf und schaute aus dem Fenster. Der Taksim-Platz war wund, aufgerissen, schneefleckig. Ein Freund ist tot. Dieser Satz war gewiss, klang gewiss, so gewiss wie Beton, wie der nächste Atemzug, die Beschaffenheit von Haut, das Schließen und Öffnen einer Tür, die Form eines Löffels. Wenn Tarık mich nicht eine halbe Stunde später angerufen hätte, um mir seine Ankunftszeit in Ordu mitzuteilen, hätte ich meinen Anschlussflug verpasst.

»Herzlich willkommen in Ordu.«

Ich schaute über die Schulter des Portiers auf die Reproduktion des Gemäldes *Der Schildkrötenerzieher* von Osman Hamdi Bey. Fünf Schildkröten krochen zu Füßen eines Derwischs im roten Gewand. Ich hatte das Original im Istanbuler Pera-Museum gesehen. Damals war Istanbul für mich flackernde Hitze über der Stadt, Verabredungen an der Metrostation, durchtanzte Nächte, krumme Dächer, Gewirr und so viel Luft.

»Ihren Pass, bitte.«

Leicht gebeugt betrachtete der Derwisch die Tiere, hinter seinem Rücken hielt er eine Flöte, über seiner linken Schulter hingen eine Trommel und ein Schlägel. Wie trainierte der Derwisch die Schildkröten? Zähmte er sie durch Musik, oder schlug er sie mit der Flöte?

»Mazavian heißen Sie?«

Neben dem Schildkrötenerzieher hing eine Fotografie von Atatürk. In der Hand hielt er einen Haselzweig. Er sah aus wie ein Filmstar mit einem Haselzweig in der Hand.

»Mazavian, ja.«

Ich ging früh zu Bett. Auf dem Nachttisch lag ein Prospekt, die Bilder darin zeigten einen Lindenbaum in einem idyllischen Garten und das Meer. *Our hotel is built in authentic ottoman style, we serve ottoman breakfast.* Das Hotel lag direkt an der Promenade, Autos rauschten durch die abendliche Dunkelheit nach Samsun, Trabzon, Rize. Ich hatte nicht einmal Evelina und Araik mein Beileid ausgesprochen.

Beim Frühstück blieb ich lange sitzen, der Vorhang bewegte sich leise im Luftzug. Ich schaute auf die Straße, dahinter das Schwarze Meer. Im offenen Durchgang zur Rezeption sah ich die gelben Pantoffeln des Derwischs. Ich dachte an das gemeinsame Frühstück mit Levon und Julja, an die erfundene Geschichte meiner Schildkröte, die sich am Wollfaden führen ließ. Ich hatte Julja gefallen wollen.

Die Kellnerin gähnte. Offenbar setzte ihr das frühe Aufstehen zu. Sie räumte das Frühstück ab und machte Musik an, türkische Schlager, sang leise mit und stellte sich zum Rauchen in die Tür. Ich gesellte mich zu ihr, und wir plauderten über die Vor- und Nachteile von Mentholzigaretten. Sie war auf eine angenehme Weise unfreundlich.

Der Muezzin rief blechern zum Gebet, es gab eine Einkaufsstraße, Menschen gingen ihrer Wege, arbeiteten, kauften ein, saßen herum. Ich betrat einen Supermarkt. Obst und Gemüse in Kisten leuchtete in allen Farben. Die Frauen tanzten ihren Reigen von der Petersilie zu den Kohlköpfen, drehten und wendeten Tomaten, rochen daran, zischten abfällige Laute, wenn die Tomate nicht so war, wie sie sein sollte, freuten sich an der guten Tomate, an der richtigen Gurke. Der Tanz endete bei den Oliven, dort wurde probiert, wurden Kerne gespuckt. An der Kasse war Ruhe, Aufatmen, alles war eingekauft, und das Kochen konnte beginnen. Ich kaufte eine Flasche Wasser und Pistazien. Den Duft des Ladens noch in der Nase, ging ich durch die Straßen. In einer Boutique fand ich ein Seidentuch, es war taubenblau. Später würde ich das Tuch in einem Bus liegen lassen. Manchmal verliere ich etwas und erinnere mich später, dass ich zusah, wie ich es verlor.

Es begann zu regnen. Aus einzelnen Regentropfen wurde ein Guss, ich floh in ein Teehaus. Männer drehten ihre Gebetskettchen, spielten Backgammon. Ich setzte mich an einen freien Tisch, betrachtete die Bahnen der Tropfen auf der Fensterscheibe und heulte. Trübe Flüssigkeit, angestaut in Tagen, Jahren, Jahrhunderten, ich bebte, und es schüttelte mich, und mir entfuhren Laute, die mich selbst zum Lachen brachten. Was sollte man mit dieser Ausländerin anstellen? Sie zurück in den Regen schicken, ihr einen Tee bringen, eine weiche Katze, ein Handtuch? Ich hob den Blick und sah eine Hand und ein Teeglas, eine verbeulte Hose, viel Bauch.

Der Himmel riss auf, und ich wanderte ein Stück die Promenade entlang. Wohnblocks und Hotelanlagen mit Blick aufs Meer standen dahinter, Kinder spielten Fußball im kalten Sand des Strandes. Frauen saßen auf einer Bank und kauten Sonnenblumenkerne, zu ihren Füßen hatten sie einen schwarzweißen Teppich aus den Schalen gewebt. Ein Containerschiff fuhr vorbei, vielleicht von Anapa und dann weiter durch den Bosporus. Ich dachte an meine kleine Bibel. Zu irgendeiner Zeit musste sie hier gewesen sein. Zu irgendeiner Zeit hatte jemand diesen Ort ins Kolophon eingetragen. War Levons Unfall ein Ereignis, das nichts anderes bedeutete als das Ereignis? Oder stand er noch immer hinter meiner Badezimmertür, die ich nur öffnen musste? Du tanzt nicht gern? Ich weiß, dass du gern tanzt. Ich wickelte mich in meinen Mantel. Die Luft war kalt und roch nach Algen. Große Straßenhunde in allen Schattierungen streunten umher, suchten die Nähe der Menschen, legten sich – Fell an Bein – in den Cafés zwischen die Stühle und dösten. Einer begleitete mich, hochbeinig, zottig und mit roten Lefzen. Er sah mich an, neigte den Kopf zur Seite, lächelte. Wir kennen uns schon lange, sagte sein Blick. Ich teilte mein Simit mit ihm. Es schmeckte ihm nicht. Du bekommst nichts mehr von mir.

Der Bus, mit dem Tarık kommen sollte, war pünktlich. Wir erkannten uns sofort, er strahlte mich an, reichte mir die Hände. Um die Schläfen war er grau geworden. Er trug einen dunklen Wollmantel und polierte Budapester. Sein Gepäck bestand aus einer kleinen Reisetasche und einem mit Noten bedruckten Stoffbeutel. Wir standen einander gegenüber, und als unsere Schuhspitzen sich fast berührten, umarmten wir uns. Tarık löste sich, musterte mich von Kopf bis Fuß. »Ein wenig blass sind Sie um die Nase.« Er wies in Richtung Innenstadt. »Ich werde Sie in das alte armenische Viertel führen, denn ich fürchte, da wollen Sie hin. Aber zunächst besuchen wir die Konditorei von Ibrahim Efendi«, er bekam einen schwärmerischen Glanz in den Augen, »ich habe mich erkundigt, das müssen wir probieren.« Ich war glücklich, dass Tarık gekommen war, dass er keine Fragen stellte, dass er mir den Weg wies, und sei es in eine Konditorei. Es war, als hätten wir uns erst gestern am Fährhafen von Eminönü verabschiedet.

Wir erstiegen den Hügel, ein wenig außer Atem hielt Tarık inne und wandte sich der Küste zu. »*Póntos Áxeinos – Póntos Euxeinos – Póntos Mélas*, die

Geschichte des Namens dieses Gewässers ist etwas verwirrend, das ungastliche – gastliche – Schwarze Meer. Aber welch schöne Ansicht, Möwen und Kormorane fliegen ihren eiligen Geschäften nach, das Wintermeer erzittert vor Vergleichen.«

Vorbei an Burger King und Kuaför Sibel gelangten wir zur besagten Konditorei und setzten uns in Decken gewickelt auf die Terrasse unter eine alte Platane. Man brachte eine Platte mit Süßigkeiten, Tarık biss in ein Petit Four, kaute andächtig und sagte, »diese Platane erinnert mich an Händels Arie *Ombra mai fù* aus seiner Oper *Serse*: Ombra mai fu di vegetabile, Cara ed amabile, Soave più! –«

Ich blickte in das Gewirr der noch kahlen Äste.

»Die Platane lässt uns natürlich auch an Xerxes' Platane denken«, fuhr Tarık fort. »Herodot schreibt: *ταύτην ἰὼν ὁ Ξέρξης τὴν ὁδὸν εὗρε πλατάνιστον, τὴν κάλλεος εἵνεκα δωρησάμενος κόσμῳ χρυσέῳ καὶ μελεδωνῷ ἀθανάτῳ ἀνδρὶ ἐπιτρέψας δευτέρῃ ἡμέρῃ ἀπίκετο ἐς τῶν Λυδῶν τὸ ἄστυ.* – sinngemäß: Als Xerxes auf dem Wege nach Sardes an dieser Platane vorübergegangen war, hatte er sie bewundert, hatte sie die Königin unter den Bäumen genannt und sie wie einen königlichen Bruder umarmt.« Er zeigte auf einen grün überwucherten Gebäuderest und ein wenig Schutt auf dem angrenzenden Grundstück. »Das muss eine griechische Kirche sein«, sagte er – was es jetzt sei, wisse er nicht, ein leerer Raum, Mauern um nichts. Er nahm ein weiteres Törtchen, kaute und zeigte auf das letzte, »essen Sie das noch?« Ich schüttelte den Kopf.

»Also, wonach suchen Sie, Helen?«

»Zurzeit arbeite ich im Handschriftenarchiv in Jerewan. Ich restauriere eine Bibel, ein Heilevangeliar. In der Nachschrift dieser Bibel ist der Ort Ordu verzeichnet. Ich wollte mir diesen Ort ansehen. Ich wollte Jerewan für eine Zeit entfliehen. Ich wollte nach Anatolien. Sie wissen ja, dass die Familie meiner Großmutter aus Kleinasien kommt, aus der Gegend von Kars, wie es scheint.«

Tarık holte ein besticktes Stofftaschentuch aus seiner Manteltasche, um sich den Mund zu wischen. »Ich erinnere mich. Nur spielte es damals keine Rolle. Ist das richtig?«

»Damals spielten andere Dinge eine Rolle.«

»Ich habe mich noch gar nicht nach der Gesundheit Ihrer werten Mutter erkundigt. Sara, nicht wahr, die Herrin des Himmels, Abrahams Gattin.«

»Sie wird uns alle überleben.«

»Es wäre ihr zu wünschen. Gut, finden wir die letzten Armenier von Ordu. Wir sind die Argonauten, die, an den Gestaden des Schwarzen Meeres gelandet, sich auf die Suche nach dem Goldenen Vlies machen.« Tarık winkte den Konditor heran. »Sagen Sie, Meister, gibt es in dieser Stadt noch Armenier?«

»Wie bitte?«

»Ja, Sie haben richtig gehört, Armenier«, nickte Tarık.

Früher habe es hier viele Armenier gegeben, um zwanzigtausend seien es gewesen, aber sie seien alle fortgegangen, es habe Umsiedlungen gegeben, so sei der Krieg eben, jetzt wisse er nur von den Zwillingsschwestern Seda und Melek – zwei Schwälbchen nannte er sie –, er lasse ihnen Maisbrot bringen, dafür bekomme er von ihnen Feigen und Rotkohl. Weit sei es nicht, noch ein Stück weiter hinauf ins alte armenische Viertel müssten wir gehen, um sie zu besuchen. Er legte die Schürze ab, rief einer Frau hinter der Theke ein paar Anweisungen zu und begleitete uns. Tarık erkundigte sich nach der griechischen Kirche, und Ibrahim zuckte die Achseln, auch er habe einen griechischen Urgroßvater gehabt, zu seiner Zeit hätten sich Griechen und Armenier hier nicht gemocht. Wollten die armenischen Jungs im Meer baden, hätten sie an der griechischen Schule vorbeigemusst, denn nur eine einzige steile Treppe führte vom Ermeni Mahallesi, dem armenischen Viertel, zum Strand.

Seda und Melek lebten in einem alten Steinhaus. Im Garten stand ein Stall, und die offene Tür ließ im Inneren das Treibgut der Jahre erkennen. Ibrahim Efendi stellte uns vor, und wir wurden an den Küchentisch gebeten. Die beiden Schwestern kochten Tee und servierten Ibrahims mitgebrachtes Gebäck. Ohne Umschweife fragte Tarık nach einer Familienbibel.

»Hatte unser Vater eine Bibel?«, fragte Melek.

»Ja, unser Vater war Armenier«, sagte Seda.

»Unser Vater war Türke«, sagte Melek.

»Unser Vater war Armenier.«

Vielleicht verwechselte Seda etwas, meinte Meister Ibrahim, das könne passieren, wenn man sechsundachtzig Jahre hier gelebt habe. Dann verabschiedete er sich, das Geschäft rufe ihn zurück.

»Er war Türke«, sagte Melek.

»Wie war sein Name? Wie hast du ihn genannt?«, fragte Seda.

»Baba habe ich ihn genannt, wie du.«

Seda erzählte, die Nachbarn kämen manchmal auf einen Tee vorbei und brächten Nusskuchen in schweren Honig getränkt. Wieder zu Hause sagten die Nachbarn, wir waren bei den Ungläubigen, sie sagten nicht, wir waren bei Seda und Melek. So sei es früher gewesen, genauso sei es jetzt. Gâvur Mahallesi, Viertel der Ungläubigen, sagten sie, nicht Ermeni Mahallesi.

»Aber am Ende sind wir Kinder der Republik, am Ende sind wir Kinder Atatürks«, rief Melek.

Sprachen die Schwestern, sahen sie sich nicht an, sie richteten ihren Blick fest auf den Boden und machten beide die gleiche Bewegung, bügelten mit der Hand ihren rechten Oberschenkel zum Knie hinab, taten das immer wieder.

»Und die Großeltern?«, fragte ich.

»Was ist mit den Großeltern?«

»Vielleicht hatten die eine Familienbibel?«

»Die hat man in ein Boot gesetzt. Die Alten und die Kinder. Das Schwarze Meer hat seinen Namen vom dunklen Blut«, sagte Seda. Aber davon wollte Melek nichts hören.

»Die Kinder konnten nicht schwimmen«, insistierte Seda, »sie konnten nicht schwimmen, weil die Erwachsenen es ihnen nicht beigebracht hatten. Das hatte man nie für nötig gehalten, lag doch das Ermeni Mahallesi hoch oben am Berg.«

Das Haus habe drei Zimmer, und jedes habe seit Generationen ein eigenes Klima, erzählte Seda. »Im Winter ruhte die Arbeit. Das Feuer brannte in einer runden Vertiefung in der Mitte des Raumes. Abends versammelten wir uns um den Tonir, der Rauch stieg zur Decke, entwich durch ein kleines Loch und schwärzte die Wände, im Sommer mussten wir tünchen, immer mit der gleichen hellblauen Farbe. Wenn sich das Feuer im Tonir in Glut verwandelt hatte, wurde ein niedriger Tisch darübergestellt. Die ganze Familie setzte sich rund um den Tisch, und ein dicker Teppich wurde über unsere Beine geworfen. Die Hitze staute sich darunter, unsere Gesichter glühten, wir waren glücklich.«

Wie Seda all das noch erinnere, fragte Melek.

»Natürlich erinnere ich mich«, sagte Seda. »Auf dem Marktplatz bückten sich die Frauen tief über den Brunnenrand, so tief, dass die Männer, jung und alt, um den Brunnen herumschlichen wie hungrige Wölfe.«

Melek kreischte, »das hättest du wohl gern, du alte, zerknitterte, stinkende Frau, kriegst kaum den Buckel gestreckt und denkst an Sektkorken und Leuchtraketen«. Einmal sei sie kurz vor der Liebe gewesen, sagte Melek. Aber dann waren da der Vater, die Schwester, die Angst. An einen einzigen Blick konnte sie sich erinnern: wie der Mann das Teeglas hielt, wie er sich langsam mit der anderen Hand über die Locken strich. Sein Hals, seine Hände, seine Schuhe, der Sand unter seinen Schuhen, alles war schön.

»Das ist lange her, die Geschichte ist alt, Melek, so alt wie du. Eine Schwester hatte unser Vater. Er hat sie gesucht.«

»Wo soll er sie gesucht haben? Kannst du mir das sagen?«

»Überall hat er sie gesucht, Melek. Das hast du vergessen.«

»Und hat er sie gefunden?«

»Nein, er hat sie nicht gefunden. Du weißt das. Warum fragst du das?«

So viele Jahre schliefen sie in den Betten der Eltern, sagte Seda, und die eine könne den Atem der anderen hören. Nachts liege sie oft wach und denke an die Geschichte des Vaters: »Eines Tages war er allein aus den Bergen gekommen, ein Junge noch, schmutzig und stumm. Er hatte lange keine Kinder gesehen, sie saßen am Wegesrand auf dem Boden und spielten miteinander, riefen *tschelik, tschelik, tschibuk,* andere jagten einem Hund nach, und der Junge fürchtete sich vor den Kindern. Ein Mann kam und nahm den Jungen mit sich. Du stinkst wie eine Ziege, sagte der Mann. Was hast du da in deinem Beutel? Ein schäbiges altes Buch? Gib es mir, ich verwahre es für dich. Der Junge schüttelte den Kopf, hielt den Beutel fest umklammert, und der Mann merkte, dass der Junge stur war und nicht sprach und nicht sprechen würde, also sprach er mit sich selbst, blieb dann und wann stehen und benutzte seine Finger für eine Rechnung, die ihm sehr kompliziert erschien. Dann sagte er, ich werde dich Safet nennen. Willst du gar nicht wissen, wohin wir gehen? Safet schüttelte den Kopf. Sie hielten Rast, und der Mann gab Safet Brot und Zwiebeln. Safet aß, und der Tag ging zu Ende. Zweimal wurde es Nacht und wieder Tag, dann standen sie vor einer Kirche. Wir sind da, sagte der Mann. Eine Nonne, ganz in weißes Tuch gekleidet, kam ihnen entgegen. Ich bringe euch ein Kind, sagte der Mann. Die Nonne führte Safet ins Haus und zog ihn aus, sie wollte ihn waschen, und als er nackt vor ihr stand, schlug sie die Hand vor den Mund. Da erschrak auch Safet und weinte. Ganz vorsichtig tupfte sie mit einem warmen Lappen seinen Körper ab, schnitt ihm die Haare und gab ihm ein langes sauberes Hemd, ein Zbun. Nun sah er aus wie all die anderen Kinder, große und kleine, die dort wohnten. Es waren so viele Kinder, dass nur wenige am Tisch Platz fanden, die anderen saßen beim Essen auf dem Boden. Sonntags durchsuchte eine der Nonnen die Köpfe der Kinder nach Läusen, die sie mit den Fingernägeln zerdrückte. Dann wurden die Kinder im Hof des Waisenhauses aufgereiht, geordnet nach Größe und Geschlecht. Herrschaften kamen, um sich ein Kind auszusuchen, Männer kamen, um sich ein Mädchen auszusuchen. Die Kinder standen da und blickten zu Boden und zitterten, manche in sehnlicher Hoffnung, es in einer Familie besser zu haben, andere aus Angst, denn natürlich wurden schlimme Geschichten geflüstert. Wie lange Safet in diesem Waisenhaus blieb, wusste er nicht. Vielleicht war es eine Woche, vielleicht waren es Monate, er blieb, bis Männer in Uniformen kamen und hundert Kinder mit sich nahmen.

Wieder wurde es zweimal Nacht und wieder Tag, dann waren sie am Meer, und die Männer brachten die Kinder auf ein großes rotes Schiff. Safet stand mit den anderen Kindern an der Reling, und plötzlich erkannte er den Hafen und die Promenade, riss sich los, verlor den Beutel mit dem Buch, wollte zurück, es holen, duckte sich vor greifenden Händen, war beinahe wieder gefangen und rannte ohne seinen Schatz das Fallreep herunter, sprang auf die Kaimauer, lief durch den Hafen, in eine Gasse, durch eine andere Gasse und versteckte sich hinter einer Mauer. Da hockte er und hatte mit dem Buch alles verloren, was er hatte. Er wartete bis zum Morgen und verwandelte sich in einen Stein in der Mauer, war dann ein Schatten, eine streunende Katze oder ein Stuhl in einem Café. Als Katze hatte er die flinkesten Beine, wenn es darum ging fortzulaufen, er war ein Stein, wenn er unsichtbar sein musste. Am sichersten fühlte er sich in einer Gasse, die leicht zu übersehen war. In dieser Gasse stand das Haus von Stylianós Boreadis. Meister Stylianós war ein Mann von über siebzig Jahren, der tagein, tagaus Leder mit Metallstempeln bearbeitete. Auch wenn er sich nichts anmerken ließ, hatte er Safet längst entdeckt. Jeden Tag stellte er dem Jungen einen Topf mit Joghurt und manchmal eine Süßigkeit in die Gasse. Woche um Woche verging, und eines Tages packte Stylianós Safet am Kragen und schleppte ihn ins Haus. So, jetzt sagst du mir, wer du bist. Safet schwieg und sah zu Boden. Du nimmst Essen von mir an, aber du willst nicht mit mir sprechen? Der Mann sprach streng, aber seine Augen waren weich. Wenn du weiter wie eine kleine Ratte durch die

Straßen streifst, wird man dich auch wie eine Ratte erschlagen. Ich kann dir anbieten, hierzubleiben und für mich zu arbeiten. Den Leuten werde ich sagen, dass du ein Großneffe bist. Ich rede nicht viel mit den Leuten, sie bringen mir Arbeit, und ich arbeite. Wenn du einverstanden bist, werde ich dich Fóndas nennen. Fóndas blieb bei Meister Stylianós, der ihn behandelte wie einen Sohn und mit ihm sprach, wie man mit einem Freund spricht. Er brachte ihm das Lesen und das Schreiben bei, und abends las der Meister aus der Bibel vor. So vergingen die Jahre, und Fóndas führte mit seinem Meister ein karges Leben, denn Kunden kamen nur noch selten.«

»Ich habe nie viel von den Pontosgriechen gehalten«, rief Melek dazwischen.

»Es kam das Jahr, in dem Mustafa Kemal die Republik ausrief«, fuhr Seda fort, »und eines Tages setzte sich Stylianós Boreadis im Schneidersitz auf den Boden, stopfte seine Pfeife und sagte, Fóndas, mein Sohn, lange werde ich nicht mehr auf dich aufpassen können. Ich bin alt, und doch werde ich mich noch einmal auf eine große Reise begeben müssen. Ich gehe in die Fremde, nach Griechenland. Gott hat vorgesehen, dass ich dort begraben werde und nicht in meiner Muttererde. Und ich kann dich nicht mitnehmen.

Der Meister ging, und Fóndas blieb zurück, er schloss Tür und Fensterläden, und die Leute dachten,

Haus und Werkstatt wären verlassen. Drinnen jedoch setzte sich Fóndas an die Werkbank und tat, was der Meister ihn gelehrt hatte. Er ordnete das Werkzeug, er fegte den Boden. Er schlief auf seinem Lager, und wenn er Hunger hatte, schlich er aus dem Haus und stahl das Nötigste.

Es wurde Winter. Eines kalten Morgens im Januar hörte er ein Scharren an der Tür. Dann das Krachen von splitterndem Holz. Fóndas griff nach dem Schürhaken, der vorsorglich neben seinem Lager lag, schlich die Treppe hinunter und spähte in die Werkstatt. Ein Mann stand mitten im Raum, er hielt eine Lampe und blickte sich erstaunt um. Ist hier jemand?, rief er mit einem seltsamen Akzent. Fondás kroch aus seinem Versteck und schwieg.

Der neue Meister hieß İzzet und hatte seine Heimat Kreta verlassen müssen, und bei seiner Ankunft hatte man ihm gesagt, es gebe diese verlassene Lederwerkstatt, da könne er unterkommen. İzzet Usta nannte den Jungen Ozan. Sie übten gemeinsam das Lesen und das Schreiben, Ozan lernte stumm, und nach dem Nachtgebet las der Meister aus dem Koran.

Ozan wuchs heran, und nicht selten betrat er am Abend seine Kammer in Begleitung eines Mädchens oder einer Frau. Von manchen wusste er nicht einmal den Namen, aber alle waren vernarrt in den schönen Jüngling, dem sie den ersten Flaum seines Bartes kraulten und der nicht sprach, keine Gemeinheit, kein böses Wort, kein Wort des Abschieds, keins des Willkommens. Ozan liebte es, die Frauenkörper zu betrachten, ihre Arme und Beine zu wenden und zu drehen, und immer gab es etwas zu entdecken, die winzige Warze in einer Achselhöhle, die Form eines Daumennagels, eine verirrte Wimper. Während er die Frauen liebte, erzählten sie ihm ihr Leben. Sie erzählten von ihrer Ehe, von ihren Kindern, vom Krieg, sie weinten, sie schimpften.

Eines frühen Morgens nahm auch dieser Lebensabschnitt ein jähes Ende. Ozan sprang aus dem Bett, reckte die Arme mit gespreizten Fingern zur niedrigen Zimmerdecke und fiel zu Boden. Lange blieb er bäuchlings liegen und rührte sich nicht. Das Mädchen erschrak fürchterlich und flüsterte, Ozan, bist du tot?

Zwei kleine Worte hatten zu diesem merkwürdigen Ausbruch geführt, das Mädchen hatte sie geflüstert: Mein Guter. Sie hatte die Worte auf Armenisch gesagt. Dieses Mädchen war unsere Mutter.«

Melek war aufgestanden und schlurfte in eine Zimmerecke. »Lange her, Seda«, schimpfte sie leise vor sich hin, »das ist alles lange her und vorbei und sollte längst vergessen sein.« Sie kehrte mit einer Schale Haselnusskerne zurück und stellte sie vor mich hin. »Iss.«

Kars

Am anderen Morgen bestiegen Tarık und ich den Bus nach Kars. Während der Fahrt sprachen wir kaum miteinander. Tarık las Ovid, unterstrich mit gespitztem Bleistift die wenigen Passagen, die nicht bereits unterstrichen waren, und machte sorgfältige Notizen in ein Heft. Einmal blickte er auf und sagte: »Ich frage Sie nicht, ob Sie in Ordu gefunden haben, was Sie suchen.« Es sollten die einzigen Worte bleiben, die auf der Fahrt gesprochen wurden. Ich sah aus dem Fenster, oder ich schlief. Zehn Stunden später hielt der Bus in der Dunkelheit. Die Reisenden griffen eilig nach ihren Mänteln und drängten nach draußen.

Die Küche des Hotels hatte schon geschlossen, man brachte uns Brot, Käse und eine Flasche Rakı. »Orhan Pamuk ist in diesem Haus abgestiegen, als er an seinem Roman *Schnee* arbeitete«, behauptete der Kellner. »Dort neben dem Ofen hat er immer gesessen und hat mit wichtiger Miene auf die Straße geschaut. Dieses Jahr sind wir bisher vom Schnee verschont geblieben und werden es bleiben – in schā' Allāh.«

Tarık scheuchte den Kellner fort. »Ein ehemaliger Kollege kommt aus dieser Gegend, genauer: aus einem Dorf direkt an der Grenze. Ich habe bereits mit ihm gesprochen. Sein Schwager wird uns morgen nach dem Frühstück abholen und uns führen. Und ich habe keine Ahnung, was uns dort erwartet.«

In meinem Zimmer war alles beige. Die Wände, der Teppichboden, die Möbel, die Handtücher. Ich rief Sara an, wollte wissen, wie sie es aufnahm, wenn ich ihr sagte, dass ich in der Geburtsstadt ihrer Mutter war. Das sei ein Missverständnis, nicht Lilit sei in Kars geboren, sondern Lilits Eltern, Sara und Harutiun. Lilit komme wohl von der Schwarzmeerküste. Aber so genau wisse es niemand.

»Du klebst Fotos von toten armenischen Kindern und meine zerfetzten Spielsachen in deine Kunst und willst dich nicht einmal erinnern, woher die Familie deiner Mutter eigentlich kam?«, schrie ich wütend ins Telefon.

Ob ich denn gar nicht arbeiten müsse, gab sie kühl zur Antwort, und warum ich mich denn wieder in der Türkei herumtreibe, im Kurdengebiet? Das historische Ani sei im Übrigen heute nur noch eine Touristenattraktion unter vielen anderen, ein mit Bedeutung überfrachteter Ort, der uns alle nicht brauche, ein Ort, der sich in seiner steinernen Erinnerung selbst genüge.

Ich legte auf und ging duschen. Damals hatte ich lange meine zerstörten Spielsachen in Saras Kunstwerk betrachtet. Dann war ich wieder nach oben in mein Zimmer gegangen, hatte den Käfig mit meinen Wellensittichen genommen, ihn auf den Balkon getragen und das Türchen geöffnet. Die Wellensittiche waren auf die gegenüberliegende Tanne geflogen, gelb und blau hatten sich dort zwei Punkte bewegt. Wenn meine Puppen zerstückelt auf einem Holzbrett klebten, dann konnten auch meine Vögel zugrunde gehen. So etwas muss ich gedacht haben. Grausamer kindlicher Trotz.

Am nächsten Morgen weckte mich die Stille. Ich hatte wieder kaum geschlafen, Levon hatte neben mir gelegen, mich geliebt, mit mir gestritten und gelacht. Die Erinnerungen suchten mich heim, nisteten in jeder Faser meines Körpers und brannten.

Ich stand auf und ging nach unten zum Frühstück. Tarık nippte an seinem Tee. Er war bester Laune und roch nach Jasminseife.

»Guten Morgen, Helen, heute bekommen Sie eine Vorstellung von der Landschaft, aus der Ihre Familie stammt. Und ich werde an Ihrer Seite sein. Habe ich Ihnen eigentlich erzählt, dass meine Großmutter eine Tscherkessin war? Wir befinden uns also auch ganz in der Nähe der Wiegen meiner Vorfahren. Am Ende sind Sie eine von uns, und gemeinsam vertreiben wir die Löwen.« Tarık lachte, freute sich über seinen Witz und bestellte Omelett. Nach einer Weile betrat ein großgewachsener, hagerer Mann den Raum. »Das ist er«, flüsterte Tarık mir zu. Wir waren die einzigen Gäste, und der Mann trat an unseren Tisch.

»Mein Name ist Ilay. Ich soll Sie in die Berge und zur Grenze fahren.«

Tarık erklärte in seinem blumigen Türkisch mein Anliegen – biographische Spuren in der unmittelbaren Grenzregion, Spuren, die zu meiner eigenen Geschichte führen könnten. Aus Tarıks Mund klang es gut, aber längst nicht plausibel.

»Hundert Euro«, sagte Ilay, »fahren wir.«

Draußen stand ein rostiger Minibus. »Ich werde nicht in dieses Auto steigen«, sagte Tarık auf Deutsch. »Auf dem Rücksitz liegt eine Waffe.« Er zeigte auf die Rückbank, dort lag ein großes Gewehr neben einer Rolle Küchenpapier.

»Tarık, du willst mich doch jetzt nicht alleine fahren lassen?«

»Nein, das will ich nicht, denn Sie sollten auch nicht fahren. Wir befinden uns in einem gefährlichen Gebiet, und offenbar haben wir es mit einem Gesetzlosen zu tun.«

»Du sagtest doch, er ist der Schwager deines Kollegen. Vielleicht ist er Jäger?«

»Er ist der entfernte Verwandte eines ehemaligen Kollegen, den ich darüber hinaus nicht sehr gut kenne. Ich werde nicht in dieses Auto steigen.«

Ilay hatte während des Gesprächs neben der Fahrertür gestanden und teilnahmslos die Straße hinabgeblickt. Jetzt wandte er sich an mich. »Geht es los?«, fragte er.

»Ja«, sagte ich und stieg ein. »Bis heute Abend, Tarık«, rief ich durch das offene Fenster, »pass auf dich auf!«

Schnell hatten wir die Stadt hinter uns gelassen, der Wagen schaukelte über eine grobe Piste.

»Wussten Sie, dass die Großmutter von Bob Dylan aus Kars stammte?«

»Nein. Das wusste ich nicht.«

»Es ist aber so.«

»Welches Baujahr?«, fragte ich, um etwas zu sagen.

»Was?«

»Der Wagen.«

»Vierundachtzig. Bis auf die Scheibenwischer funktioniert noch alles.« Wie zum Beweis bremste er scharf und zerrte am Lenkrad, weil ein paar wilde Pferde den Weg versperrten.

»Was ist mit Ihrem Freund? Warum ist er nicht mitgekommen?«

»Er ist Pazifist«, sagte ich und deutete mit dem Daumen auf das Gewehr auf der Rückbank.

»Pazifist«, wiederholte Ilay mit anerkennender Miene. Dann fragte er, was ich von der PKK halte.

»Darüber weiß ich zu wenig«, sagte ich.

»Gute Antwort, aber die falsche.« Er lachte, nein,

er mache Spaß. Er zog eine Bierdose unter dem Sitz hervor und hielt sie mir hin. Ich schüttelte den Kopf, er zuckte die Achseln, öffnete einhändig die Dose und nahm einen großen Schluck.

»Ich bin Kommunist. Und Sie?«

»Ja. Vielleicht bin ich das auch.«

»Sehen Sie dort, der Ararat.«

»Der Ararat von der anderen Seite«, sagte ich.

»Andere Seite?«

»Ich komme gerade aus Armenien.«

»Armenierin, ja?«

Ich nickte.

»Schlimme Sache.«

Er ließ offen, was er damit meinte. »In meinem Dorf lebten früher nur Armenier«, sagte er nach einer Pause.

»Und jetzt?«

»Jetzt leben wir dort.«

Ich wollte den Ararat fotografieren, aber die Batterie meiner Kamera war leer.

»Sehen Sie dort?«, sagte er wenig später und zeigte auf einen marmornen Obelisken, der etwas abseits der Straße stand. »Das ist ein Denkmal für die Opfer der Armenier.«

»Sie meinen, es ist ein Denkmal für die armenischen Opfer.«

Ilay zuckte die Achseln, offenbar hatte er kein

Interesse, sich mit solchen Feinheiten abzugeben. Er hielt vor dem Denkmal und ließ mich aussteigen. Die Tafel am Sockel war zweisprachig verfasst:

BU ANIT ERMENİLER TARAFINDAN
BU KÖYDE 1918 YILINDA KATLEDİLEN
TÜRKLERİN ANISINA İNŞA EDİLMİŞTİR.

THIS MONUMENT WAS BUILT FOR THE
REMEMBRANCE OF THE TURKS
SLAUGHTERED IN 1918 BY THE
ARMENIANS IN THIS VILLAGE.

Ilay war hinter mich getreten. »Sehen Sie, ich habe nicht gelogen. Und wenn Sie in den nächsten Tagen nichts vorhaben, fahre ich Sie nach Iğdır, dort steht das höchste Denkmal der Türkei. Zwei riesige Schwerter ragen in die Luft. Und nun raten Sie, wem es gewidmet ist – richtig, den von Armeniern getöteten türkischen Märtyrern. Das Denkmal in Kars zur Versöhnung zwischen Türken und Armeniern hat man nach ein paar Jahren wieder abgerissen.«

»Ich hätte jetzt doch gerne ein Bier«, sagte ich.

Ilay nickte und stieg wieder ein.

Wir hielten an einer Tankstelle mitten im Nirgendwo, und Ilay kaufte sechs Dosen Bier.

»Ich bin kein Reiseführer.« Er leerte die erste Dose,

zerdrückte sie und warf sie auf die Rückbank zum Gewehr. Dann öffnete er eine neue.

»Aber Sie müssen fahren«, sagte ich.

»Ja. Deshalb muss ich trinken. Würde ich nicht trinken, könnte ich nicht fahren.«

Ein paar Kilometer weiter führte mich Ilay zu den Resten einer Kirche zwischen den braunen Hügeln. Der Innenraum maß etwa sieben mal sieben Meter und wurde als Lager für Strohballen und Wasserkanister genutzt, in der Kuppel hatten sich Schwalben eingenistet. Die Fresken an den Wänden zeigten die Apostel mit versehrten Gesichtern. Alles war zerkratzt und bekritzelt. Gülsen liebt Mustafa 2015. Mehmet und Meryem 1999. Long live Che.

Ilay stand in der Tür. »Genug gesehen?«

Wir fuhren weiter, und nach ungefähr zwei Stunden hielt Ilay an.

»Was tun wir hier?«, fragte ich.

»Hinter dieser Hügelkette ist die Grenze zu Armenien. Ich werde Ihnen etwas zeigen.«

Zügig schritt er den Berg hinauf. Die Erde war rostrot. Zwischen Geröll und kargem Gestrüpp hatte sich Sand zu kleinen Flächen gesammelt. Nach einigen Minuten blieb Ilay vor einem Chatschkar stehen. Das Kreuz hatte man herausgeschlagen, geblieben war ein Loch, eine Aushöhlung im Stein. Von diesen Steinen gebe es hier etliche, sagte Ilay. Auch in seinem Dorf lägen sie überall herum. Er betrachtete meine Füße.

»Stiefel wären besser«, sagte er, »passen Sie auf, es gibt hier Schlangen.«

»Es ist Winter.«

»Es gibt hier Schlangen.«

Ein Pfad war nicht zu sehen, wir mussten klettern. Ich rutschte aus, stieß mir schmerzhaft den Ellbogen, aber ich ließ mir nichts anmerken. Ilay stieg schweigend voran. Endlich blieb er unmittelbar vor einem Geröllhaufen stehen, ich ließ mich auf einen Stein sinken. Ich schwitzte, und mein Ellbogen brannte. Ilay bückte sich, schob und warf einige Brocken beiseite, hob etwas kleines helles Gebogenes auf.

»Das könnte ein Schlüsselbein sein«, sagte er und hielt es mir hin. »Ist es das, wonach Sie suchen?« Ich nahm das gewichtslose Objekt in die Hand. Er grub, und weitere Knochen kamen zum Vorschein. Ich blickte auf den Gegenstand und versuchte zu begreifen. Ein zartes Stück Material, an manchen Stellen porös, an anderen von der Zeit geschliffen, gebleicht von Witterung und Wind, Schädigung durch Tiere war nicht zu erkennen. Ich schaute wieder zu Ilay. Zu seinen Füßen weitere Knochenteile. Ich bückte mich und begann zu ordnen.

»Es ist ein Bild«, sagte ich.

»Nein. Es ist kein Bild. Es ist ein Schlüsselbein, es ist eine Rippe.«

»Es ist ein Bild.«

»Vor fünf Jahren sind wir auf dieses Massengrab gestoßen. Armenische Knochen, türkische, kurdische? Was meinen Sie?«

»Was ich meine?«

»Es gibt immer noch Leute in den Dörfern, die sich alle paar Monate aufmachen, um nach dem Gold der Armenier zu suchen. Jedenfalls hat man bei dieser sinnlosen Tätigkeit diese Stelle gefunden. Hinter der Kirche gibt es ein weiteres Grab.«

»Bringen Sie mich zurück nach Kars.«

»Zu spät«, sagte er, wies auf die untergehende Sonne und begann, den Abhang hinunterzusteigen.

»Was soll das bedeuten?«, rief ich ihm hinterher.

»Das bedeutet, dass es zu gefährlich wäre, in der Dunkelheit den weiten Weg zu fahren. Die Straßen sind schlecht, ich habe getrunken, und man weiß nie, ob die weißen Toros nicht eines Tages zurückkehren.«

Ich steckte das Knochenstück, das ich gerade in der Hand hielt, in die Jackentasche und holte ihn stolpernd ein.

»Und was nun?«

Ilay deutete auf das Telefon, das er an sein Ohr hielt. Er führte ein kurzes Gespräch in einer Sprache, die ich nicht verstand, vermutlich Kurdisch. Dann sagte er, »ich habe meine Frau verständigt, Sie können bei uns bleiben. Es ist nicht weit.«

Ich fasste ihn am Arm, zwang ihn, stehen zu bleiben, »ich will aber nach Kars zurück. Mein Freund erwartet mich dort.«

»Schon gut, ich bringe Sie zurück. Aber da wir sowieso im Dunkeln fahren müssen, können wir auch nach dem Essen fahren.«

»Was haben Sie mit den weißen Toros gemeint?«, fragte ich, als wir wieder im Auto saßen.

»In weißen Renault-Toros sind die Todesengel der Geheimpolizei in den neunziger Jahren durch die Gegend gefahren. Wenn die weißen Toros auftauchten, wusste man, dass bald ein Freund oder Nachbar verschwinden würde.«

In meinem Kopf ging alles durcheinander. Geheimpolizei, die zerkratzten Gesichter der Apostel in der Kirche, Tarık, den ich zurückgelassen hatte, die Knochen, die sich so beiläufig in diese schweigende Landschaft gefügt hatten.

Wenig später erreichten wir den Weg zu Ilays Dorf, er war so schmal, dass wir zu Fuß weitergingen. Es roch nach nassem Schaf und Kohleofen. Am Weg standen vereinzelt Lehmhäuser, Wäsche hing an der Leine, in dicke Jacken gehüllte Männer saßen vor den Häusern und beäugten uns. Ilays Haus war das letzte, es stand an einen Felsen geduckt. Vor dem Eingang gab es eine Feuerstelle, darüber hing ein Kupferkessel an einer Kette. Die Steinmauer hinter der Feuerstelle war schwarz von Ruß.

Wir wurden von Ilays Frau Zeynep und den vier Kindern empfangen. Ilay stellte mich vor, wir zogen die Schuhe aus, gingen hinein und setzten uns auf den Teppich.

»Haben Sie Hunger? Gestern haben wir eine Ziege geschlachtet, weil der ältere Sohn unseres Nachbarn seine Ausbildung in der Stadt abgeschlossen hat. Oder wollen Sie zuerst einen Tee?«

Ich hatte Hunger, und Zeynep brachte gegrilltes Ziegenfleisch, Fladenbrot, Zwiebeln und Ayran. Das Fleisch schmeckte nicht nach Ziege, aber ich wusste auch nicht, wonach Ziege schmeckt. Mert, der dreijährige Sohn, war als Erster fertig. Er kam zu mir, gab mir seinen Schnuller und setzte sich neben mich. Ich spürte sein spitzes Knie an meinem Bein. Auf seinem T-Shirt stand *Don't mess with Texas*.

Beim Tee erzählte Ilay, wie er und Zeynep vor dreizehn Jahren verheiratet wurden, wie sich die Familien getroffen hätten, wie dann die jungen Leute nach draußen in den Kuhstall geschickt wurden, um sich kennenzulernen.

»Wir standen zwischen all den Kälbern und schauten uns an. Wir warteten auf irgendetwas. Mein älterer Bruder hatte mir von einer geheimen Kraft erzählt, die zwischen Liebenden entstehen könne, also warteten wir auf diese Kraft. Ich fragte Zeynep, spürst du etwas? Und sie sagte, nein und du?«

»Doch ich habe etwas gespürt«, sagte Zeynep, »ich musste vor Aufregung pinkeln.«

»Dann sprachen wir über die Kälber. Über Milch und Käse. Es war nicht sehr romantisch.«

»Aber es war lustig, Ilay.«

»Ja, es war lustig. Irgendwann kam mein Vater in den Stall und fragte erwartungsvoll, seid ihr euch nähergekommen? Wir sagten, ja den Kühen sind wir nähergekommen.«

Mert war eingeschlafen. Er lehnte an der Wand, den Kopf auf der Brust. Zeynep legte ihn vorsichtig hin und deckte ihn zu. Nach dem Tee ging ich mit Ilay hinaus. Er zeigte auf das andere Ufer des schmalen Flusses.

»Sehen Sie, dort drüben ist Armenien, der Fluss ist nicht tief, man kann ihn zu Fuß durchqueren.«

»Und tun Sie das manchmal?«

Er nickte. »Wir fischen auf unserer Seite, und drüben fischen die Armenier. Manchmal angelt man hier einen riesigen Hecht, bis zu fünfzig Kilo schwer, dann treffen wir uns in der Mitte des Flusses und teilen den Fisch. Wir stehen bis zur Hüfte im reißenden Wasser, die Arme tief in die blutigen Innereien des Tieres vergraben und freuen uns am Zerlegen. Ich kann Ihnen Fotos zeigen – zum Beweis.«

Zum Beweis wofür, dachte ich und hörte das Rauschen des Flusses und das Zischen einer neuen Bierdose.

»Und manchmal mache ich mich am Abend davon. Über die Grenze nach Armenien. Dort holen mich meine Kumpels ab, und wir sitzen herum und trinken. Und wenn ich dann völlig betrunken am Morgen nach Hause torkele, muss ich mindestens zwei aufgeblasene Plastiktüten an meinem Körper befestigen, damit ich nicht ertrinke.«

»Und kommen die Armenier auch herüber?«

»Nein. Sie wollen nicht. Aber Sie dürfen nicht denken, dass das alle hier machen. Das mache ich, weil ich verrückt bin. Hier ist die Türkei, dort drüben ist Armenien, und dazwischen ist ein wenig Wasser.«

»Warum haben Sie mir das Grab gezeigt?«, fragte ich.

»Wem sollte ich es sonst zeigen? Deswegen sind Sie doch hier.«

Ilay ging ins Haus. Ein großer weißer Hund lag in der Nähe und knurrte vor sich hin. »Sei ruhig, ich bin bald wieder weg«, sagte ich leise. Der Hund hörte auf zu knurren. Die Luft war tintenschwarz. Auch Armenien auf der anderen Seite war in Tinte getaucht. Nur ein schwaches Licht flackerte in der Ferne. Irgendwo auf dieser anderen Seite lagen die Stapel des Evangeliars auf meinem Arbeitstisch, fluchte Inessa im Stillen auf die Schwiegermutter hinter dem Vorhang, tanzte Ano in einer dunklen Bar zu schleppenden Beats, weinte das Kind um den Vater. Irgendwo auf dieser anderen Seite war Levon nicht mehr. Ich hatte ihn versäumt.

»Komm ins Haus, es ist kalt.« Zeynep war herausgetreten. »Wir trinken noch einen Tee, dann fährt Ilay dich nach Kars.«

Wo wir zuvor gegessen hatten, waren Matten auf den Teppichen ausgelegt. Zeynep zeigte auf einen freien Platz. Auf Zehenspitzen stieg ich über die schlafenden Kinder und setzte mich. Der Tee war bittersüß.

»Es gibt noch etwas –«, sagte ich leise. In kurzen Sätzen beschrieb ich meine Arbeit und fragte, ob man zufällig in einem der ehemals armenischen Häuser auch eine armenische Bibel gefunden habe. Ilay schüttelte den Kopf, er wisse von nichts, man könne aber bei den Nachbarn fragen, unmöglich sei es nicht. Im Dorf lebten sechs Familien. Karaduman und seine Frau seien die ältesten und diejenigen, die immer noch ihre Neffen und Enkel auf die Suche nach Schätzen der Armenier schickten.

Als wir klopften, saßen Karaduman und seine Frau auf dem Teppich und aßen Reis. Trotz seines hohen Alters sprang Karaduman auf und rief, »wer kommt so spät? Kommt herein. Aber ich muss lüften.«

»Schon gut«, sagte Ilay, »wir haben nicht viel Zeit. Ich habe Besuch mitgebracht. Die Dame sucht eine armenische Bibel. Hast du so etwas?«

»Warum sucht sie eine armenische Bibel?«

»Sie ist Armenierin.«

»Von hier? Setzt euch. Hier sind getrocknete Aprikosen. Esst. Die sind gut.«

Wir setzten uns. Ilay nahm eine Aprikose und bedeutete mir, es ihm gleichzutun.

»Also, habt ihr bei euren Raubzügen so eine Bibel gefunden?«

»Ja. Ich habe so etwas. Ich kann das verkaufen. Fünfhundert Dollar will ich dafür haben«, sagte Karaduman. Er richtete sich geschäftstüchtig auf und wirkte plötzlich viel jünger. Ilay lachte laut auf. »Bist du wahnsinnig, Karaduman? Zeig erst, was du hast.«

»Fünfhundert Dollar.«

»Kommen Sie, wir gehen«, sagte Ilay und tat, als wolle er aufstehen.

»Warte, du Hund. Ich bringe dir das Buch.«

Karaduman kramte lange in einer Plastikwanne, die hinter den Schlafmatten und einem Bücherstapel stand.

»Dass du so kurz vor deinem Tod keine Angst vor Allahs Zorn hast! Komm, ich helfe dir, bist doch blind wie ein Huhn«, sagte Ilay.

Schimpfend durchsuchten sie die Wanne. Vor allem Ilay empörte sich, wie viel Müll Karaduman angesammelt habe. Endlich fanden sie, was sie suchten in einer Cornflakes-Packung. Karaduman pustete Staub und Krümel vom Umschlag und reichte mir das Buch.

Es war eine Bibel, gedruckt vermutlich Ende des

neunzehnten Jahrhunderts, nicht älter. Der Einband war mit Paketband geklebt, das Papier war feucht und stark von Schimmel befallen. Insgesamt war es in einem erbarmungswürdigen Zustand. Es gab nur wenige Abbildungen, und das Kolophon war herausgerissen. Karaduman und Ilay sahen mich erwartungsvoll an.

»Es ist schön«, sagte ich.

»Können Sie es gebrauchen?«, fragte Ilay.

»Es ist nicht sehr wertvoll. Aber ich könnte es mitnehmen und restaurieren.«

»Können Sie das?«

»Das ist mein Beruf.«

»Siehst du, du Esel, sie will das Buch restaurieren, und du wolltest es verkaufen.«

»Ich will es immer noch verkaufen.«

»Du willst von einer Armenierin, deren Vorfahren als Gebeine hinter deinem Haus liegen, Geld abzocken?«

»Ja. Das will ich.«

Ich hatte hundert Euro für Ilay in der Tasche und zweihundert türkische Lira. »Das ist alles, was ich bei mir habe«, sagte ich leise zu Ilay.

»Bieten Sie ihm fünfzig Euro«, sagte Ilay.

»Fünfhundert habe ich gesagt. Keinen Cent weniger.«

»Du warst schon immer ein Gauner und bist es noch, Karaduman.«

Auf der Rückfahrt nach Kars war Ilay immer noch wütend.

»Allah wird Karaduman strafen. Sein Verstand ist verhungert. Auch Karaduman ist Kurde und weiß, dass vor allem die Kurden damals die Armenier schlachteten. Er weiß das. Alle Kurden wissen das. Und heute haben die Kurden keinen Platz in der Türkei, hatten nie einen Platz im türkischen Staat. So hat es einmal ein armenischer Freund am Fluss gesagt: Ihr habt unseren Platz genommen, und jetzt habt ihr keinen Platz. Man hat den Kurden gesagt, für jeden getöteten Armenier kommt man in den Himmel, also töteten sie die Armenier in den Dörfern. Und als sie merkten, dass ihnen die Handwerker ausgingen, verzweifelten sie, und plötzlich hieß es, für jeden geretteten Armenier kommt man in den Himmel. Da war aber keiner mehr. Aber wenn ein Armenier kommt und wenn ein Armenier das Haus seiner Vorfahren zurückhaben will – und das schwöre ich Ihnen bei meinen vier Kindern –, packen wir sofort unsere Sachen und verschwinden.«

»Wohin? Wohin verschwinden Sie?«

Als Ilay mich vor dem Hotel absetzte, gab ich ihm das Knochenstück. »Bitte bringen Sie es zurück.«

Er steckte es ein und nickte.

»Ich fürchtete schon, wir hätten Sie an die PKK verloren«, begrüßte mich Tarık, als ich den Speisesaal des Hotels betrat.

»Es war nahe daran.« Es war gut, den Freund wiederzuhaben. »Ich hoffe, Sie haben sich nicht gelangweilt ohne mich.«

»Sie kennen mein Motto: Nulla dies sine linea. Ich habe die Ruinen von Ani besucht. Ich brauche Ihnen nicht zu erzählen, dass diese Stadt an der nördlichen Route der Seidenstraße einst über hunderttausend Einwohner und tausendundeine Kirche besaß. Ich habe dreihundert Meter tief in die Schlucht auf den smaragdgrünen Fluss Arpaçay geblickt, der seit Beginn des zwanzigsten Jahrhunderts das armenische Ani von der Republik Armenien trennt. Dort heißt der Fluss Achurjan. Den späteren Nachmittag und Abend verbrachte ich in einem armseligen Teehaus, wo ich mich der Lektüre von Puschkins *Reise nach Arzrum während des Feldzugs des Jahres 1829* widmete. Leider bin ich des Russischen nicht ausreichend mächtig und musste auf eine mangelhafte Übersetzung ins Türkische zurückgreifen. Und just in dem Moment, als ich der kaukasischen Finsternis und Gewalttätigkeit überdrüssig wurde und das Buch zuklappte, blickte ich in die schwarzen Augen einer tscherkessischen Schönheit und war versöhnt.« Er bestellte eine Flasche Wein und fragte, ob ich mit Ilay gefunden hätte, was ich suchte. Ich erzählte ihm von unserer Fahrt, dem Dorf, den Knochen.

»Aber das wussten Sie doch schon alles«, sagte Tarık.

In meiner Manteltasche, dort, wo das Knochenstück gelegen hatte, fühlte ich Sand oder Erde, einen ganzen Berg.

»Worauf horchen Sie, Helen? Warum horchen Sie, selbst wenn Sie sprechen?«, fragte Tarık. Nach einer Pause fuhr er fort, »in dieser Gegend wurde immer so viel gekämpft und getötet, wie soll man da irgendwelche Knochen einem bestimmten Ereignis zuordnen? Sie hätten mir ein paar Astrágaloi mitbringen können, Sprungbeine von Paarhufern, die schon die alten Griechen zum Spielen benutzten.«

Ich erzählte von den Fischen, die Ilay mit den Armeniern teilte.

»Glauben Sie die Geschichte?«, fragte Tarık.

»Ich weiß es nicht. Es ist eine gute Geschichte. Ich möchte sie gern glauben.«

»Ja. Es ist eine gute Geschichte. In der Türkei erzählen wir gute Geschichten. Und wir glauben unsere Geschichten.« Tarık nahm einen Schluck Wein und seufzte tief, als müsse er über das, was er gesagt hatte, noch mal nachdenken.

»Morgen ist Silvester«, sagte ich.

»Wir werden ein rauschendes Fest feiern.«

»Wir haben schon einmal gemeinsam Silvester gefeiert, erinnern Sie sich?«

»Natürlich erinnere ich mich. Ich erinnere mich stets an alles. Manchmal wird mir das zum Verhängnis. Als ich Sie zum ersten Mal traf und Sie nach Ihrem Namen fragte, antworteten Sie, ich heiße Helen, ich bin immer schon Helen gewesen. Das hat mich damals erheitert. Habe ich Ihnen schon die Grüße meiner Mutter ausgerichtet? Sie ist wohlauf. Im Frühjahr planen wir eine Reise nach Wien. Am meisten freue ich mich auf die köstlichen Mehlspeisen im Café Gloriette.«

»Wann müssen Sie wieder Vorlesungen halten?«

»Wissen Sie, Schiller schreibt in *Über naive und sentimentalische Dichtung* unter der Überschrift *Idylle*:

> Wir müssen uns nach einer Klasse von Menschen umsehen, welche, ohne zu arbeiten, tätig ist und idealisieren kann, welche alle Realitäten des Lebens mit den wenigstmöglichen Schranken desselben in sich vereinigt und vom Strom der Begebenheiten getragen wird, ohne der Raub desselben zu werden. Nur eine solche Klasse kann das schöne Ganze menschlicher Natur, welches durch jede Arbeit augenblicklich und durch ein arbeitendes Leben anhaltend zerstört wird, aufbewahren und in allem,

was rein menschlich ist, durch ihre Gefühle dem allgemeinen Urteil Gesetze geben.«

»Ich gehöre nicht zu einer Klasse, die ohne Arbeit alle Realitäten des Lebens idealisieren kann.«

»Aber ich. Ich bin entlassen.« Tarık nahm seine Brille ab, drehte sie gedankenverloren in den Händen, setzte sie wieder auf, um sie dann gleich wieder abzusetzen, zusammenzufalten und in die Brusttasche seines Hemdes zu stecken.

»Weshalb?«, fragte ich.

Er zuckte die Achseln. »Der heilige Hieronymus fragte: Wenn Rom untergehen kann, was kann da noch sicher sein? Ich bin einer von Tausenden. Mein Forschen, das – wie Sie wissen – den reinsten humanistischen Antrieben folgt, ist nun ganz und gar privater Natur.«

Den letzten Vormittag des Jahres schlenderten wir durch die breiten, rechtwinklig angelegten Straßen von Kars, und Tarık wies auf einige russische Bürgerhäuser der Jahrhundertwende, stuckverziert, mit großen Fenstern und kunstvoll geschnitzten Holzbalkonen, die aussahen, als würden sie jeden Moment herabstürzen. Als wir in eine ärmlichere Gegend gerieten, seufzte er, »hier, in Anbetracht dieser armseligen Hütten und der kohlegeschwärzten Luft, verlässt mich mein Gefühl, gesättigt zu sein. Es bekommt mir nicht, wenn man mich zu lange von den mediterranen Gefilden trennt. Am Mittelmeer reite ich mit Europa auf jedem Stier, aber hier –.«

»Machen wir einen Ausflug zum Vansee, was meinen Sie, Tarık?«

»Wenn Sie das Steuer übernehmen, Helen.«

Wir mieteten einen Kleinwagen und erreichten den See am Abend, fanden eine Pension direkt am Ufer, waren, wie schon in Kars, die einzigen Gäste, tranken Rakı und schauten die Silvestergala im Fernsehen an. Zum Jahreswechsel wanderten wir ans Ufer. Der See hielt den Himmel, spiegelte, einst dampfend, seit Millionen von Jahren mal launisch, mal zahm den Lauf der Dinge. Ich schickte einen stillen Gruß an Van, die Vankatze.

»Wie begreiflich das ist – die Vergöttlichung der Natur, nicht wahr, Helen? Was für ein großes Glück, zu existieren, zu atmen, die Sterne zu sehen, das Wasser – und trotzdem zieht es uns zur Melancholie, zum Traurigsein –, und wieder ist ein Jahr vergangen.« Über der Stadt flogen Raketen in die Luft und zersprangen bunt und wild.

»Alles Gute für dich, Helen.«

»Ein frohes neues Jahr, Tarık.«

Erzähl mir von Zu hause

Erzähl mir von zu Hause, Anahid.

Und Anahid erzählte Hrant alles, was sie über andere Länder wusste. In Deutschland fliegen Menschen mit einem Zeppelin, in Russland gibt es einen Zaren, und in Amerika Indianer und in Australien Kängurus und wilde Kamele, und in Afrika gibt es Giraffen, und in Frankreich hat man einen Eiffelturm errichtet. Sie erzählte ihm von Victor Hugo, denn in der Schule hatte sie einen Roman von ihm gelesen. Es ging um ein Findelkind und eine Tänzerin. Victor Hugo sei einer gewesen, der viel in Kutschen gesessen habe. Hrant wollte auch in einer Kutsche sitzen und in diese Länder fahren. Gemeinsam wollten sie diese Länder bereisen. Sie erinnerten sich an ihren Besuch in Trapezunt, dort gab es Gärten und öffentliche Plätze, wo Männer und Frauen auf Bänken saßen und süßes Sahneeis aßen.

Erzähl mir von zu Hause, Anahid.

Und Anahid erzählte von Sarkis, der tote Insekten aß und sich wie der Sultan persönlich benahm, wenn der Vater nicht zu Hause war. Früher verdiente sich

Sarkis einige Lira mit der Vermittlung von Mieteseln. Den Schwanz der Esel färbte er mit leuchtender Farbe, damit seine Esel schon von weitem erkennbar waren. Nach Erledigung seiner Vorhaben brachte der Kunde den Esel wieder zurück. Konnte der Kunde den Esel nicht selbst zurückbringen, schickte Sarkis dich, den Esel zu holen und ihn zur Sammelstelle zurückzureiten. Du bekamst dafür eine Murmel, manchmal zwei. Ein gutes Geschäft.

Anahid dachte an Sarkis, der sein Buch ganz dicht vor das Gesicht halten musste, weil er doch so schlechte Augen hatte, an Sarkis, der sie niemals bemerkte, wenn sie im Feigenbaum saß, selbst wenn er ganz nah davorstand, und erst dann mit einem Lächeln antwortete, wenn sie sagte, ich bin es.

Im Sommer, wenn niemand Regen erwartete, legte Sarkis sich auf das Dach, wo Aprikosen und Pflaumen trockneten, und schaute in die Sterne. Dort lag er, wenn der Vater die nackte Schulter der Mutter berührte. Das hatte Anahid beobachtet. Wenn Sarkis und der Vater irgendwo kämpften, beschützte er den Vater vielleicht.

Erzähl mir von zu Hause, Anahid.

Und Anahid erinnerte sich an das Haus, an den Garten, an die Sauerkirschen, die Maulbeerbäume und die Tiere. Nach dem Sommer sollte Hrant zur Schule gehen. Er würde mit vielen anderen Kindern in einem Klassenraum sitzen, und wenn er sich auf dem Hocker im Waschraum groß machen würde und den Hals langstrecken, würde er das Meer sehen.

Erzähl mir von zu Hause, Anahid.

Anahid erzählte von Festen, vom Fest, das zum Bestehen des armenischen Alphabets gefeiert wurde. An Ostern sagen wir, Christus ist auferstanden. Wahrhaftig auferstanden.

Kannst du dich an Mutters Gesicht erinnern, Anahid?

Natürlich kann ich das.

Hrant schwieg und dachte nach, still und zornig und mit dieser Falte auf der Stirn. Es waren ja nur knapp sieben Jahre, an die er sich erinnern musste. Später, wenn sie alt wären, müssten sie sich an viele Jahre erinnern. Aber woran würden sie sich erinnern? Würde sie sich an Gedanken erinnern? Konnte sie sich jetzt an Gedanken erinnern? Was hatte sie vor einem halben Jahr gedacht? Anahid sah die Mutter vor sich, wie sie den Reis wusch, Hammelknochen zerbrach, um an das Mark zu kommen. Sie sah den Vater, der zum Essen mit einem Seufzer der Erleichterung die Schärpe abnahm, die er im Gasthaus am Ufer um die Taille trug. Er schimpfte über die Kunden, über Türken, Armenier, Juden, Griechen. Die einen wollten ihren Tee heiß, die anderen lauwarm, wieder andere wollten gar keinen Tee, das hätten sie ausdrücklich gesagt, aber es hörte ja niemand richtig zu. Wenn der Vater im Haus half, sagten die Nachbarn, bei euch steht alles auf dem Kopf, die Frau flaniert, und der Mann fegt, die Frau zählt das Geld, und der Mann zählt die Stunden.

Ich denke an Brot, Anahid. Denk an etwas anderes, Hrant, zum Beispiel an deine Füße oder an deinen Bauchnabel oder an dein Herz. Dein Herz schlägt schnell gegen deine Brust, ich kann es fühlen, es ist ein kleiner pochender Stein. Denk daran, dass dieser kleine Stein nur dir gehört, und eines Tages, Hrant, wird dieser Stein müde werden, aber jetzt ist er wütend. Ich denke an Baklava, Anahid, an klebrigen Honig, mir sind die Fliegen egal. Ich mag das Spiel nicht mehr, Anahid. Welches Spiel willst du spielen, Hrant? Ich will gar nichts mehr spielen, Anahid. Er ließ den Kopf sinken und hielt sein geschwollenes Ohr.

Lass uns Türken werden, Anahid, dann können wir wieder nach Hause. Fast hätte Anahid die Hand gegen den kleinen Bruder erhoben. Aber vielleicht hatte er recht, nur wusste sie nicht, wie man das anstellte, Türken werden. Wir müssen weiter, Hrant.

In die Stämme mancher Bäume waren Namen geritzt. Bäume werden sehr alt, das mussten die Menschen gedacht haben, als sie ihre Namen dort hinterließen. Gedenkt unser. Es waren Liebesgrüße oder Gebete, und manchmal waren es auch Botschaften. S Abraham aus H jetzt im Waisenhaus K. Im Haus Meerenge. Tischlerei. Unter den Dielen. Anahid fragte Hrant, ob er auch etwas in einen Baum ritzen wolle, aber er wollte nicht.

Araik

Zurück in Jerewan rief ich Sara an und erzählte ihr von den Knochen in den Bergen bei Kars, und sie sagte, das seien bestimmt Tierknochen gewesen. Ziegen, Schafe, Kaninchen. Dann schwieg sie ziemlich lange und sagte, »am Ende ist es egal«. Ich saß auf meinem Bett und ließ den Blick durch das Zimmer wandern. Es hatte mich bereits losgelassen. »Hat Lilit nie Armenisch mit dir gesprochen?«, fragte ich.

»Doch, wenn meine Mutter wollte, dass ich sie nicht verstehe.«

Lilit war für Sara immer *meine Mutter* gewesen. Für mich war Sara immer Sara gewesen. Sara Michailowna Mazavian. In meiner Erinnerung fliegt sie umher, oder sie wird zu Stein. Den Stein fürchtete ich. Sie saß am Fenster und starrte hinaus, und im Stein saß – größer, als ich denken konnte – eine Abwesende. Sah sie auf die Uhr, zuckte sie zusammen, die beiden Zeiger machten ihr Angst, immer gingen sie in eine Richtung, nur in die eine Richtung.

Als Lilit zu ihrer letzten Reise aufbrach, war ihr Haar gekämmt, war das Kleid gebügelt, waren die Augenbrauen nachgezogen. Bis zu ihrem Tod waren

Sara und ich einmal im Jahr nach Moskau gefahren. Sei nett zu deinen Großeltern, sie haben viel gelitten. Wann? Immer. Jedes Mal war Sara nach wenigen Tagen nervös geworden und rief, wir reisen ab, ich bekomme keine Luft mehr. Und wir reisten ab. Auf dem Weg zum Flughafen weinte sie.

Das Zimmer wurde weich, der Sessel, die Küchenecke, meine Schuhe auf dem Boden, alles verschwand mit dem schwindenden Licht.

Միայնակ – *miaynak* – ist das armenische Wort für einsam. War Lilit einsam gewesen? War Sara einsam? Diese Fragen hatte ich mir nie gestellt. Als mein Großvater anrief, weil Lilit sich das Leben genommen hatte, sagte Sara, ich habe es gewusst. Was hast du gewusst?, fragte ich. Dass sie das tun wird, sie reißt alle mit, sie konnte nicht lieben, weder sich selbst noch andere.

Ich habe das damals nicht verstanden. Ich war kein kleines Kind mehr, aber ich war auch noch nicht erwachsen. Sara buchte einen Flug nach Moskau, und am Abend gingen wir ins Kino. *Chungking Express* von Wong Kar-Wai. Wenn Sara nicht wusste, wohin mit sich, wohin mit mir, gingen wir ins Kino.

Die letzten Schneeflecken verschwanden. Ich kannte jedes Gesicht in jedem Haus, in jeder Wohnung, wusste, wer welche Schlafgewohnheiten hatte, wann das Fernsehgerät ausgeschaltet wurde, wann die Leselampe eingeschaltet wurde, wer wann und wie lange nachts am Fenster stand und mich betrachtete, wie ich am Fenster stand. Einer, der humpelte, verließ frühmorgens das Haus, vor der Haustür drehte er sich dreimal um die eigene Achse. Abwechselnd trug er einen blauen und einen grauen Mantel. Ich mochte den grauen Mantel lieber, Salz und Pfeffer.

Dreimal musste ich klingeln, schon wollte ich wieder gehen, als ich Araiks Stimme durch die Sprechanlage hörte. Dann summte es.

»Wo ist Evelina?«

»Sie ist in einem Sanatorium. Sie ruht sich aus.«

»Und Sie?«

»Ich komme zurecht.«

In der Küche stapelte sich das schmutzige Geschirr, der Kühlschrank war leer. Ich kaufte ein, kochte eine Suppe mit Rindfleisch, wechselte die Bettwäsche, half Araik beim Waschen und Anziehen. Zuerst weigerte er sich, dann wurde sein schwerer Körper ganz weich unter meinen Händen, und er weinte. Ich suchte frische Wäsche heraus, und er weinte. Ich rasierte ihn, und er weinte. Er aß die Suppe und weinte.

»Sie sind nicht zu seiner Beisetzung gekommen.«

»Nein, das bin ich nicht.«

Ich blieb über Nacht, und am Morgen saßen wir in der Küche, und plötzlich sagte Araik, »da lag er im Sand und starb. Das habe ich vor meinem inneren

Auge gesehen. Mein Sohn. Das Kind stirbt nicht vor dem Vater. Das habe ich jetzt verstanden. Verstehen Sie das, Helen?«

»Wie könnte ich das verstehen.«

»Natürlich können Sie das verstehen. Gott hat mich alt werden lassen. Ich durfte mich ergötzen an all den Farben und der Wärme des Lebens. Ich durfte mich meinem Selbstmitleid hingeben, meiner Belanglosigkeit. Was jetzt kommt, ist das Nichts.«

»Nein.«

»Holen Sie uns einen Cognac, Helen. Ich hätte sterben müssen, nicht er.«

»Jetzt?«

»Sterben?«

»Den Cognac.«

Araik sah mich an, lachte, wischte sich die Tränen aus dem Gesicht und lachte weiter, er hörte gar nicht mehr auf. Sein ganzer Körper samt Rollstuhl vibrierte. Unter sein Lachen mischten sich wieder Tränen, bis er den Kopf in den Händen vergrub. Ich holte den Cognac und die Gläser aus der Vitrine.

»Kommen Sie wieder zur Nacht?«

»Ja, ich komme wieder zur Nacht.«

»Sie hatten meinen Sohn gern.«

»Ich hatte Ihren Sohn sehr gern.«

»Ich wusste es gleich.«

Ich kaufte ein, ich ging zur Arbeit. Natürlich ging es weiter. Evelina war noch im Sanatorium. Ich kochte für Araik. Jeden Tag, nichts schmeckte ihm, aber er aß. »Sie schon wieder, meine Helen, Sie schon wieder.« Wir spielten Schach, und er ließ mich gewinnen, und ich tat, als merkte ich es nicht. Wenn wir nicht Schach spielten, sahen wir fern, oder er zeigte mir Fotos und erzählte Geschichten dazu, erzählte von dem Jungen Levon, seinem Kind. So lernte ich Levon kennen, so blieb er bei mir, so hatten wir eine neue Zeit. Bevor ich abends nach Hause ging, bereitete ich für Araik einen Tee und löschte das Licht im Flur.

Ano besuchte mich. Ano hatte sich verliebt. Ihre Anrufe hatte ich nicht beantwortet, und je länger ich ihre Anrufe nicht beantwortet hatte, desto schwerer war es, ans Telefon zu gehen. Jetzt war sie da.

»Ich freue mich für dich«, sagte ich. Ano ging in meinem Zimmer auf und ab, ich folgte ihr mit den Augen und schnappte hin und wieder ein paar Worte auf, »seine Hände, seine Augen, lachen, reden, noch nie, noch nie so glücklich, endlich wieder, endlich schlafen, wenn er neben mir liegt«. Ano trug dunkle Jeans und einen schwarzen Rollkragenpullover und sah aus wie eine französische Studentin kurz vor der Abreise nach Deauville. Sie hatte Lammfleisch und Gemüse mitgebracht und wollte gemeinsam mit mir kochen, aber am Ende kochte sie, und ich lag auf dem

Sofa, rauchte und sah ihr dabei zu, sah ihr zu, wie sie schnell und geübt das Gemüse schnitt, Kräuter hackte. Sie gab Käse und Pfeffer über die heißen Kartoffeln und ein Gewürz, das nach Kreuzkümmel, Sesam und Zitrone schmeckte. Nach dem Essen räumte sie auf und spülte das Geschirr. »Du musst essen«, sagte sie, »und schlafen, der Rest kommt von allein.«

Vardan schrieb, er habe ein Zimmer bei einer Pensionärin am Stadtrand von Stockholm gefunden, morgens stelle sie ihm warmen Kakao vor die Tür. Stockholm sei eine wilde Stadt, überhaupt – Europa! Er warte auf Hovhes, aber sein Gefühl sage ihm, dass er nicht kommen werde.

Bis zum Schluss hatte ich mir die Beschäftigung mit einem Käsekästchenspiel im Johannesevangelium aufgehoben. Es war am Rand der Seite, im unteren Drittel, kaum noch zu erkennen, das Kreuz hatte gewonnen. Die Seite war eingerissen und notdürftig mit einem Klebeband aus Zellglas und Kautschuk geklebt. Das Material stammte vermutlich aus den vierziger Jahren des zwanzigsten Jahrhunderts, erstaunlich, dass es noch hielt. Hätte ich die Seite nass gereinigt, wäre das Käsekästchen möglicherweise verblasst. Ich nahm Japanpapier mit besonders langen Pflanzenfasern, riss Teile davon ab, damit ein gleichmäßiger Verlauf zum alten Papier entstehen konnte, und trocknete mit einem Glättkolben das Japanpapier an. *Und da das Schiff ergriffen wurde und nicht mehr gegen den Wind gerichtet werden konnte, gaben wir auf und ließen uns treiben.* Mit Lukas hatte ich angefangen, mit Johannes hörte ich auf. Noch waren es lose Blätter, fein geputzt, Fehlstellen sorgfältig unterlegt, geheilt, von zudringlichen Maden befreit, zu vier Evangelien gestapelt.

Ich widmete mich dem Einband. Zur Stabilisierung der Bruchstellen in Rücken und Deckel fräste ich auf dem Innendeckel vier Rillen quer über den Bruch, füllte sie mit Buchenholzstäbchen und Heißleim auf, schliff dann die Fläche vorsichtig an, bis sie vollkommen plan war, um die bearbeiteten Stellen des Holzdeckels mit Japanpapier von mittlerer Stärke zu versiegeln. Das alte Leder klebte ich wieder auf und unterlegte zwei winzige Stellen mit neuem Leder. Zum Verschließen des Buches fertigte ich fingerbreite Lederriemen aus einfachem Kalbsleder an. Ich nahm mein Schärfmesser, ein Geschenk meines Lehrers zum Abschied, damit habe er sich selbst schon durch die Jahrhunderte geschält. Beim Ausschärfen konzentrierte ich mich stets auf langsame, gleichmäßige Schnitte. Wenn ich nicht aufpasste, wurde die Haut zu dünn und bekam Risse. Dünnte ich Leder aus, tat es mir weh, als schabte ich meine eigene Haut, der Lederstaub drang in meine Poren, füllte sie aus. Das dünne Leder bestrich ich mit Zin-Shofu und feuchtete es von außen an, damit es sich anschmiegte und zur zweiten Haut werden konnte. Die ausgedünnte Kalbshaut wurde wieder zur Fetushaut des ungeborenen Tieres. Mit Kälberblut wurden Wunden gepflegt. Es ist eiweißfrei und kann auf Ikonen Risse im Goldauftrag schließen.

Evelina kehrte aus dem Sanatorium zurück. In der Teeküche gab es einen kleinen Empfang. Sie trug Trauer und war noch schmaler geworden.

»Ich habe Levon zum letzten Mal gesehen, als er Julja zu uns brachte. Er trug einen blauen Wollpullover, und am Kragen entdeckte ich ein kleines Loch. Es war wirklich winzig, aber so etwas stört mich. Zieh deinen Pullover aus, habe ich gesagt, solange du isst, stopfe ich das Loch. Er sträubte sich, gab mir dann aber den Pullover. Araik erzählte irgendetwas, worüber er in der Zeitung gelesen hatte, und Levon saß über seine Suppe gebeugt und aß. Als er ging, weinte Julja. Ich sagte, wer wird denn hier weinen, und Levon sagte, lass sie weinen, und ich sagte, du hast gut reden, du bist ja dann weg. Das war das Letzte, was ich sagte, du bist ja dann weg. Als Levon gegangen war, hörte Julja auf zu weinen. Wir spielten Halma, dann gingen wir spazieren. Es sind die Toten, die den Lebenden die Augen öffnen, Helen. Danke, dass Sie sich um Araik gekümmert haben. Sie sind hier fertig, nicht wahr?«

»Nicht ganz.«

»Sie hat sich nicht an die Heftung getraut«, rief Inessa von ihrem Platz aus.

Evelina ignorierte sie. »Kommen Sie wieder, Helen? Oder soll ich Ihnen gleich eine zweite Handschrift zur Restaurierung geben? Diesmal vielleicht ein botanisches Verzeichnis? Orphische Hymnen?«

Als ich am Abend nach Hause kam, stand Danil vor der Tür.

»Man kann nicht einfach verschwinden, Helen.«

»Der Flieger geht morgen früh.«

»Ich weiß.«

»Hast du Hunger?«

»Nein. Kommst du nach Hause?«

»Ja.«

Er gab mir den Kieselstein aus meiner Nachttischschublade.

»Ich hatte nie einen Kieselstein in meiner Manteltasche. Warum sollte ich Steine aufsammeln?«

Er sah mir zu, wie ich packte. Stück für Stück verschwand in meinem Koffer. Zurück blieben die vertraut gewordenen Risse, Winkel, Flecken, die goldene Teekanne, vergessene Nägel in der Wand, die Launen der Dusche und der Heizung, und schon bekam ich Sehnsucht nach dem, was ich gerade erst verließ. Ich holte das Seestück und den Ararat hinter dem Schrank hervor und hängte die Bilder wieder an ihren Platz. Schließlich war alles verpackt, ich verschloss die Wohnungstür, nahm Abschied von den verwirrten Kabeln im Hausflur, den undichten Fenstern. Wir nahmen ein Taxi. Die Nacht verwischte Häuser, Banken, Straßenschilder, bekannte Ecken und Kreuzungen.

»Jetzt habe ich nichts von Armenien gesehen«, sagte er.

»Ich zeige dir noch etwas«, sagte ich.

Aus dem verrauchten Raum hinter der Pförtnerloge kam längst kein Polizist mehr, um mich zu taxieren, nicht einmal am späten Abend und in Begleitung eines Mannes.

Ich schaltete das Deckenlicht ein und setzte mich an meinen Arbeitsplatz. Ich roch Erde, Ei und Pilz, Holzstaub und altes Tier. Die Lüftungsanlage war zu laut. Ich schaltete sie aus.

Jetzt ist es still. Du bist bei mir, sitzt neben mir. Der Buchblock ist stabilisiert, nichts kann verrutschen. Fünf Nadeln, fünf Seidenfäden, zwei schwarze, zwei rote, ein weißer. Den roten Faden rechts in die Öse, den weißen gleich hinterher, fest ziehen, fester, meine Finger tanzen mit den Fäden dem Zopf entgegen, die erste Reihe ist geschafft, weiter, mit System, nächste Reihe, rot, neuer Faden, gut, es wird, es ist.

Das Meer

Hrant hatte das kleine Steinhaus zuerst gesehen. Es stand versteckt hinter Büschen und schien bewohnt zu sein. Vor dem Haus waren Tomaten, Zucchini und Auberginen gepflanzt, in einem Käfig hockte ein dickes Kaninchen mit weißen Ohren. Sie klopften an die Tür, aber niemand öffnete, so traten sie vorsichtig ein. Auf einem Holztisch standen ein Krug mit Sauermilch und eine Schale mit Brei unter einem Fliegennetz. Können wir das essen, Anahid? Bist du verrückt geworden, die Bewohner können jeden Augenblick zurückkommen. Ich habe Hunger, Anahid. Dann iss, aber iss zügig. Im Schrank fanden sie Brot und getrocknete Früchte. In Windeseile schlangen sie hinunter, soviel sie konnten, mit klopfenden Herzen, den Blick zur Tür gerichtet. Lass uns hier verschwinden, Hrant. Warum? Diese Leute können zurückkommen, und wenn sie uns finden, töten sie uns vielleicht. Warum sollten sie das tun, Anahid? Du hast nichts verstanden, Hrant. Du hast selbst nichts verstanden, Anahid, lass uns das Haus ansehen. Aber schnell, nur ganz kurz. Das Haus hatte zwei Räume, die Stube mit der Küche und eine Schlafkammer.

Hrant sah das Bett und ließ sich hineinfallen. Das dürfen wir nicht, murmelte Anahid, und krabbelte hinterher, sank in die feste Wärme des Strohs in den Säcken. Hrant hatte sich eingerollt und war schon eingeschlafen, auf seinem Gesicht ein Lächeln. Sie durften hier nicht sein. Anahid war die Erwachsene, sie hätte nicht zulassen dürfen, dass sie hier waren, denn nichts in diesem Haus ließ darauf schließen, dass es gute Leute waren, denen es gehörte. Aber ebenso wenig in diesem Haus ließ darauf schließen, dass es böse Leute waren. An der Wand hing eine gerahmte Sure. Anahid versuchte, sie zu lesen, aber die Augen fielen ihr zu, sie kniff sich ins Bein, in den Arm, sie durfte nicht einschlafen, sie musste Hrant bewachen, und sie mussten weiterziehen. Dann meinte sie, die Erlaubnis einer höheren Macht zu spüren, die ihnen das Recht gab, in diesem Bett zu liegen, einfach zu liegen, egal wo, nur nicht auf Steinen, auf Moos, auf Sand.

Anahid erwachte und spürte einen leisen Schauer in ihrer Brust. Sie betrachtete Hrants kleines Gesicht, das vom bleichen Mondlicht kalt beleuchtet wurde, seine geschlossenen Augen, seine langen schwarzen Wimpern, die feine Haut, die trockenen Lippen, die verschwitzten Locken.

Die Vögel versammelten sich im Geäst. Jemand rief, Anahid! Jemand rief, wach auf! Es war wieder hell, und die Hausherren waren nicht zurückgekehrt.

Hrant erwachte mit einem Ruck. Anahid strich ihm über die schmutzige Stirn. Sein Ohr sah immer noch nicht gut aus. Vorsichtig richtete Anahid sich auf und sah sich um. Das Laken war gelblich, offenbar waren die Besitzer dieses Hauses keine reinlichen Leute. Der Nachttopf war geleert, roch aber streng. Anahid öffnete das Fenster, wie sie es zu Hause getan hätte. Sie nahm den Nachttopf und ging nach draußen. Es musste früher Morgen sein. Die Sonne schimmerte rot. Anahid reinigte den Nachttopf mit dem Wasser aus der Regentonne, wie sie es auch zu Hause getan hätte. Neben der Regentonne lag ein Stückchen Seife. Sie würden sich schnell waschen, und dann würden sie weiterziehen. Zunächst wollte Hrant nicht aufstehen. Er sagte, er bleibe für immer liegen, er sei müde, für immer müde. Anahid versprach ihm Kekse und zog ihn an den Füßen aus dem Bett, zog ihn in die Regentonne. Hrant schrie und weinte, als Anahid ihn von Kopf bis Fuß abschrubbte. Er weinte sich all sein Elend aus dem Bauch und in die Seife und in die Regentonne. Anahid rubbelte ihn mit einem fadenscheinigen Tuch trocken und hielt ihn im Arm, bis er sich beruhigt hatte, dann schickte sie ihn weg, um sich selbst zu waschen. Ihr Haar war verfilzt und verklebt. Das kühle Wasser brachte die Haut zum Leuchten, aber in ihren Kleidern hingen Dreck und Erinnerung. Nackt und nass tapste sie ins Haus, suchte im Schrank und fand einen Kittel, eine

Strickjacke. Im Spiegel sah sie ihre Großmutter und zog alles wieder aus. Sie fand eine Männerhose, sie fand einen Kaftan, sie fand einen Gürtel, sie fand eine Schere.

Was hast du mit deinen Haaren gemacht, Anahid? Abgeschnitten. Du siehst aus wie ein Mann. Ab heute bin ich ein Mann, Hrant. Aber du siehst nicht schön aus, vorher sahst du schön aus, jetzt siehst du hässlich aus. Hrant lief zum Kaninchenstall und hockte sich davor. Anahid setzte sich zu ihm. Das Kaninchen hatte ein dummes Gesicht, aber ein weiches Fell. Wir werden dich töten, flüsterte sie, und das Kaninchen glotzte mit zitternden Barthaaren. Hrant war empört, er nahm das Kaninchen heraus und hielt es im Arm.

Anahid misstraute der Ruhe, sie suchte die karstigen Bäume nach Zeichen der nahenden Besitzer ab, lauschte, erhebt eure Stimme, seid still. Du, Anahid, musst es entscheiden. Weder die Mutter noch der Vater sprachen zu ihr, alles war Schweigen, als hätte es sie nie gegeben, als hätte die Mutter sie nie geboren, als existierten sie immer schon allein in diesem verlassenen Haus mit den mageren Hühnern und dem Kaninchen. Also musste sie das Buch fragen. Sie zog es aus dem Lederbeutel und rief Hrant zu sich.

Was sollen wir tun? Sollen wir weitergehen? Sie schlug das Buch auf und las: *Freuet euch aber, dass eure Namen im Himmel geschrieben sind.* Sie riss die Seite aus und spuckte darauf. Jetzt du, Hrant. Sie klappte das Buch zu und reichte es ihm. Er schloss die Augen, schlug das Buch auf und legte seinen Finger in die Mitte der Seite. Schau, die Könige sind überklebt. Das war Cousin Armen, dafür hat er Prügel bekommen. Schlag eine andere Seite auf.

Der Pfau schaut beleidigt zur Seite, und die Amseln teilen sich eine Kirsche, Anahid. Siehst du, Hrant, wir müssen das Haus verlassen. Das verstehe ich nicht, Anahid, wir müssen fortgehen, weil die Amseln um die Kirsche streiten?

Auch sie verstand es nicht. Aber irgendwo musste sie ihren Gedanken festmachen. Hrant blätterte weiter in dem Buch. Ich mag die Engel nicht, sagte er, sie haben böse Gesichter. Ich werfe dich dem Kaninchen zum Fraß vor, denn du bist ein Christ, Hrant. Sie erzählte ihm von Herodes und dem bethlehemitischen Kindermord. Mit offenem Mund hörte er ihr zu, dann flüsterte er, ist das wahr, Anahid? Entscheide selbst, ob es wahr ist oder nicht, Hrant.

Anahid stellte sich vor den Spiegel, reckte das Kinn, atmete tief ein und stellte sich mit halbgeschlossenen Augen in Positur wie eine Schauspielerin.

Komisch siehst du aus, Anahid, sagte Hrant. Sie war gar nicht Anahid, mit den Haaren hatte sie die alte Anahid abgeschnitten. Sie packte Hrant an den Schultern und schüttelte ihn, damit auch er sich verwandle. Aber er verwandelte sich nicht. Er wurde nur immer kleiner, bis er leise, dann kaum hörbar vor sich hin weinte und mit den Händen das Gesicht verbarg. Hör auf, Anahid, hör auf, du machst mir Angst. Meinst du, ich habe keine Angst? Sag du mir doch, was wir tun sollen! Da wischte sich Hrant die Tränen aus dem Gesicht, richtete sich auf und sagte, wir gehen nach Hause, Anahid, morgen gehen wir nach Hause.

Ein zweiter Schneidezahn war ihm zur Hälfte herausgewachsen und leuchtete bläulich. Seine Zunge befühlte abwechselnd die Lücke und die Milchzähne.

Wir müssen jetzt gehen, Hrant, wir sind schon viel zu lange hier, es ist zu gefährlich. Wir gehen morgen nach Hause, und heute bleiben wir noch hier bei dem Kaninchen, Anahid. Gut, lass uns nach Hause gehen, Hrant, wenn du das sagst, morgen, noch vor Sonnenaufgang, gehen wir nach Hause.

Sie war froh über diese Entscheidung, die nicht sie, die Erwachsene, getroffen hatte, sondern ihr Bruder, das Kind. Für einen Moment fühlte sie sich leicht, denn vielleicht war alles nur ein Traum, denn so, wie sie vieles denken konnte, konnte sie vieles nicht denken. Berühre es nicht, überlasse alles der Zeit, sagte sie sich, aber in ihrem Kopf war ein Rufen, ein Pochen, ein irres Singen, was sage ich da, rief sie und sprang auf, was sage ich da! Wie kann ich mich so vergessen? Sie rannte in die Küche packte alles Essbare und das Buch in den Beutel, rannte zu Hrant, der wieder bei dem Kaninchen hockte, packte ihn am Arm. Genug jetzt, Hrant, wir müssen hier weg, und zwar sofort! Nein, ich bleibe hier, sagte Hrant, seine Unterlippe zitterte, und er war weiß vor Wut. Ich habe gesagt, morgen, Anahid, morgen, und nicht jetzt, es ist egal, ob jetzt oder morgen! Nein, es ist nicht egal, Hrant! Ich hasse dich, Anahid, du bist an allem schuld, du hast mich von zu Hause weggebracht, du willst mir Böses, und ich weiß, was du mit dem Mann gemacht hast, ich sage das der Mutter! Es gibt keine Mutter mehr, es gibt kein Zuhause mehr, schrie Anahid und taumelte und fiel fast und trat gegen den Kaninchenkäfig und hätte so gern ihre Hand um das spitze Knochengefüge des Kaninchenhalses gelegt und zugedrückt und gedrückt, bis das Kaninchen aufgehört hätte, mit den Barthaaren zu zittern und zu glotzen. Steh auf, Hrant! Nein! Dann gehe ich allein, Hrant, wenn du meinst, so mit mir sprechen zu können, dann sieh zu, wie du allein zurechtkommst! Ja, geh, du dumme hässliche Pute, ich hoffe, ich sehe dich nie wieder! Damit rannte Hrant ins Haus, kam noch einmal zurück, um das Kaninchen aus dem Käfig zu holen.

Anahid ging los, mit festen Schritten, immer schneller. Sie rannte, sie stolperte über eine Wurzel, sie blieb mit dem Gesicht zur Erde liegen. Sie spürte keinen Schmerz, Staub kroch ihr in die Nase, in den Mund, in den Hals, sollte sie doch ersticken am Staub, sollte sie zu Staub werden, zu Dreck, Dreck zu Dreck. Wie lange sie dort unter der gleißenden Sonne lag, wusste sie nicht. *Denn jeder, der sich selbst erhöht, wird erniedrigt werden; wer aber sich selbst erniedrigt, wird erhöht werden.* An Pfingsten hatte ihr Lehrer mit geduldiger Stimme vom ständigen Wechsel von Knechtung und Befreiung gesprochen, er hatte von der Abfolge von Perioden gesprochen, die nannte man Geschichte. Wie hatte sie Hrant so anschreien können? Wie hatte sie ihm sagen können, dass es kein Zuhause mehr gab? Welcher Dämon war in sie gefahren? Anahid erhob sich und konnte kaum erwarten, den Bruder wieder in die Arme zu schließen, sein Gesicht abzuküssen, mit ihm zusammen zu beten und zu glauben. Gott würde sie erhören, denn sie hatte niemanden mehr als Gott und ihren Bruder. Sie war die Erwachsene, und er war das Kind. Sie würde Hrant bei der Hand nehmen, und sie würden weitergehen. Alles war ein Traum. Es würden Reiter kommen und sie mitnehmen. Es würden Sturm und Regen kommen und die Welt reinwaschen. Die alte Welt würde wieder jung werden.

Schon von weitem hörte Anahid eine Glocke und das Meckern von Ziegen. Sie rannte, und sie hörte eine Stimme, die nicht Hrants Stimme war. Es war die harzige Stimme einer alten Frau. Die Hausherrin war zurückgekehrt. Anahid wollte schreien, aber ihre

Stimme war tot. Sie duckte sich hinter einen Strauch und sah die Frau und sah ihren Bruder, ihren kleinen Hrant, der vor der Frau stand und den Kopf hängen ließ, und dann erkannte sie die Hirtin, die ihnen die Ziege abgenommen hatte, die ihnen Feigen und Brot gegeben hatte, die gesagt hatte, ihr glaubt doch an Gott, Armenierkinder, dann zeigt Gott euch die Richtung. Und sie sah Hrants dünnen Hals, seine schmalen Schultern, und die Frau sprach auf Hrant ein und untersuchte seinen Kopf, hob sein Kinn, drehte und wendete den kleinen Körper. Zeig deine Beine, hast flinke Beine, hast dich hier schon eingerichtet, Armenierkind, komm ins Haus, du Teufel, das Ohr kleben wir dir wieder an.

Leise erhob Anahid sich aus ihrem Versteck, malte in Gedanken mit dem Daumen ein Kreuz auf Hrants Stirn und verließ ihren Bruder. Hrant würde es gut haben. Das Buch würde ihn beschützen, und wenn das, was gerade passierte, zu Ende war, würde Anahid zurückkommen und ihn holen. Sieh, wie du gewachsen bist, sieh, wie gut die Welt ist, sieh, wie weit der Himmel ist. Er würde es gut haben bei dieser Frau. Natürlich würde er es gut haben. Der Mensch war gut, nur manchmal vergaß der Mensch, dass er gut war. Hrant würde leben. Die Mutter war tot. Dreh dich um, Anahid, dreh dich endlich um, hatte sie geschrien, und Anahid hatte sich umgedreht und hatte doch alles gesehen.

Anahid konnte Gedanken fesseln. Sie konnte Gedanken vernichten. Sie konnte Gedanken auflösen. So wie sie selbst sich auflöste, wenn ihr Körper die Gedanken abstieß wie alte Haut. Urteilten die Tiere, die ihr begegneten, über sie? Die kleinen Steinchen unter ihren Füßen waren laut. Die Sonnenstrahlen knisterten, sie sah Hrant Eidechsen fangen. Aber er war nicht da. Sie musste nicht mehr auf ihn aufpassen. Alle Kraft tröpfelte aus ihr heraus, still und beharrlich, Tropfen für Tropfen. Sie war sich selbst gleichgültig geworden, so gleichgültig wie der Staub unter ihren Füßen. Hrant würde gerettet werden. Hrant würde sie hassen, und wenn er hasste, blieb er am Leben. Sie gab seiner Wut eine Richtung. So einfach war das. Selbst die wenigen Wolken am Himmel wandten sich ab, denn sie waren Zeugen ihrer Schuld.

Das Meer lag vertraut und in gewohnter Ruhe vor ihr. Anahid legte sich in den Sand und ließ sich von den letzten Strahlen der Sonne wärmen. Die Stimmen aus Vaters Restaurant drangen an ihr Ohr. Noch Kaffee! Wo bleibt denn das Fleisch? Los, Anahid, Mädchen, schlaf nicht ein! Sarkis, hol den Wein! Seht ihr denn nicht, bis auf den letzten Platz sind wir heute Abend belegt, wo habt ihr denn eure Gedanken, Kinder? Wort um Wort wurde von den Wellen verschluckt, und am Ende blieben nur die Möwen, sie kreisten stumm und gierig, verloren sich im Himmel. Wie gelassen die Sonne untergehen konnte. Ein großer Hund mit purpurroten Lefzen trottete die Wasserlinie entlang, er beachtete sie gar nicht. Sie schloss die Augen und glitt in den Schlaf. Wer sie wecken wollte, sollte es sanft tun.

Dank

Ich danke für die Begegnungen und Anregungen während meiner Reisen in Armenien und der Türkei, ich danke all jenen, die mir dort und hier mit ihrem Wissen beiseitestanden, namentlich Henning Fritsch, Christiane Hauch, Ira Glasa, Meliné Pehlivanian, Dr. Elke Hartmann, Dr. Angelika Klammer, Akın Aktin, Çiğdem Ikiisik, Dr. Jörn Schafaff, Thomas Biewer, Gayane Eliazyan stellvertretend für das Kollegium am Mesrop-Maschtoz-Institut für alte Manuskripte in Jerewan, der Abteilung Bestandspflege und Digitalisierung der Staatsbibliothek zu Berlin, der Orientabteilung der Staatsbibliothek zu Berlin und dem Team des Projekts houshamadyan.org. Für die materielle und ideelle Unterstützung danke ich der Kulturakademie Tarabya, dem Deutschen Literaturfonds e. V., der Robert Bosch Stiftung, der Stiftung Preußische Seehandlung, dem Berliner Senat und der Akademie der Künste.

Շնորհակալութիւններ

Շնորհակալ եմ Հայաստան եւ Թուրքիա ուղեւորութիւններուս ընթացքին տեղի ունեցած հանդիպումներուս, որոնք ներշնչումի աղբիւրներ հանդիսացան: Շնորհակալութիւն կը յայտնեմ բոլոր անոնց որոնք, հոն եւ հոս, իրենց գիտելիքներով իմ կողքիս կանգնեցան, յանձինս Հեննինկ Ֆրիչի, Քրիսթիանէ Հաուխի, Իռա Կլազայի, Մելինէ Փեհլիւանեանի, Տոքթ. Էյքէ Հարթմաննի, Տոքթ. Անկելիքա Քլամմերի, Աքըն Աքթինի, Չիյտեմ Իքիըշըքի, Էրհան Արըքի, Տոքթ. Եէորն Շաֆաֆֆի, Թոմաս Պիվըրի, Գայիանէ Էլիազեանի: Այս անունները կը յիշատակեմ իբրեւ ներկայացուցիչներ Մեսրոպ Մաշտոցի անուան Մատենադարանի, Պերլինի Պետական գրադարանի վերականգնումի եւ թուայնացումի բաժանմունքի, միեւնոյն գրադարանի Արեւելագիտութեան բաժանմունքի, ինչպէս նաեւ «Յուշամատեան» ծրագրի աշխատակազմներուն: Նիւթական եւ բարոյական աջակցութեան համար շնորհակալութիւն կը յայտնեմ Թարապիայի Մշակութային ակադեմիային, Գրականութեան գերմանական հիմնադրամին, Ռոպերթ Պոշ հիմնարկին, Պրուսիական ծովային առեւտրի հիմնարկին եւ Պերլին նահանգի կառավարութեան:

Ծանօթագրութիւն

Վէպին մէջ յայտնուող բոլոր դէմքերը երեւակայածին են: Ապրող անձերու հետ ամէն նմանութիւն պատահական է եւ ոչ դիտումնաւոր: